Stella Runaway

Nehmen Sie irgendeine Kunst, eine Disziplin, eine Fertigkeit, und treiben Sie sie so weit, wie es nur geht, treiben Sie sie an den wildesten Rand der Ränder, und Sie zwingen sie ins Reich der Magie. Und es kommt überhaupt nicht darauf an, was Sie wählen, denn wenn Sie es nur weit genug treiben, schließt es alles andere ein.
Tom Robbins, Even Cowgirls Get The Blues.

Uta Titz

Stella Runaway

Roman

Libelle

Für Franco, den Straßenmusiker –
schön, dass es dich gibt, Mann.

Zeichen & Wunder

I'm broke but I'm happy
I'm poor but I'm kind
I'm short but I'm healthy – yeah
Alanis Morissette

Fünf Wochen nachdem Stella Runaway die Hitparaden gestürmt hatte, verlor ich meinen Job. Als ich zum Personalchef gerufen wurde, hatte ich bereits eine Ahnung von dem, was auf mich zukommen würde. Es ging um den Raubüberfall ein paar Tage zuvor. Die Videoaufzeichnung war von der Kripo zurückgekommen. Ich stellte mir vor, wie sich die Bullen schlapp gelacht und anschließend dem Chef empfohlen hatten, sich die Sache selbst zu Gemüt zu führen.

–Ich möchte, dass Sie sich das anschauen, sagte er ohne Einleitung, die Fernbedienung im Anschlag.

Ich wusste nicht, wozu das gut sein sollte. Ich erinnerte mich an alles, was passiert war. Trotzdem ließ ich mich wortlos auf den zweiten Bürostuhl sinken und starrte auf den Bildschirm, während er die Aufzeichnung laufen ließ. Die Qualität war miserabel, aber das war eindeutig ich, die da in einem albernen Uniformhemd hinter der Kasse stand. Offenbar schaute ich gerade aus dem Fenster auf die Tankstelle, als sich der Typ mit der Baseballkappe ins Bild schob. Sein Gesicht war nicht zu sehen, teils durch den Schirm der Kappe, teils durch ein Halstuch verdeckt, das er sich über den Mund gezogen hatte. Als ich ihm gegenüberstand, hatte ich nicht viel mehr erkennen können, das hatte ich auch den Bullen gesagt.

Der Typ richtete mit ausgestrecktem Arm eine Pistole auf mich.
–*Überfall,* bellte er, während er hektisch mit der Waffe fuchtelte und mir mit der linken Hand einen Stoffbeutel auf die Theke warf.
–*Die Scheine aus der Kasse, dalli dalli!*
Auch die Tonqualität war mäßig, aber jedes Wort war deutlich zu verstehen. Ich starrte auf die Pistole, die Hände mit einer beschwichtigend wirkenden Geste leicht erhoben. Dann drückte ich schnell die Kasse auf und fing an, die Scheine in den Stoffbeutel zu stopfen. Mein Gesicht wirkte versteinert. Bis hierhin hätte man meinen können, dass mich nichts als blanke Angst steuerte. Man musste mich schon kennen, um zu wissen, dass dieser Gesichtsausdruck die Vorstufe zu einem Wutanfall sein konnte. Was nicht heißen soll, dass ich frei von Angst war. Dann fing ich an zu reden.
–*Okay, okay, alles, was du willst, bitte sehr... Scheine, Silber, alles. Ist das mein Laden? Was hab ich damit zu tun? Der ganze Kram gehört einem Scheiß-Konzern, und ich lass mich hier für Kleingeld ausbeuten, verstehste, die haben Kohle ohne Ende, was du hier an Schaden anrichtest, bezahlen die doch aus der Portokasse... hier, nimm doch noch'n paar Zigaretten mit...*
Man sah mich Zigarettenstangen aus dem Regal greifen und auf die Theke knallen, selbst auf dem Video war zu erkennen, dass ich mich in etwas hineinsteigerte. Ich war mir nicht sicher, aber ich glaubte sogar in der Aufzeichnung etwas von der Unsicherheit zu sehen, die meinen Räuber befallen hatte, während ich immer lauter und hemmungsloser geworden war.
–*Hier, pack ein, kannste alles haben, Zigaretten, Schnaps, kannst den ganzen Laden mitnehmen, verstehste, interessiert mich nicht, ABER HALT KEINE SCHEISS WAFFE AUF MICH!*

Die letzten Worte brüllte ich ihm vorgebeugt ins Gesicht, die Hände an die Theke gekrallt. Man sah, wie der Typ langsam die Pistole in die Jacke steckte, sich seinen Stoffbeutel schnappte und den Rückzug antrat. Was das Video nicht zeigte, waren das leichte Zusammenzucken und der irritierte Blick des Räubers, als er ganz leicht den Kopf gehoben hatte, so dass ich ihm in die Augen schauen konnte. Braune Augen, erstaunt aufgerissen, Lachfalten. Davon hatte ich den Bullen nichts gesagt, irgendwie fand ich bei der Vernehmung, das ging die nichts an. Dieser Augenblick war etwas zwischen dem Räuber und mir gewesen, etwas, was mich dazu gebracht hatte zu sagen:

–*Ich rauch jetzt erst mal eine, dann ruf ich die Bullen. Viel Glück.*

Und wahrhaftig, als der Typ aus dem Bild verschwunden war, sah man, wie ich mir eine Zigarette ansteckte, mich hinter der Theke auf den Hocker setzte und ein paar Minuten lang ins Leere schaute und rauchte. Eine ganze Zigarettenlänge nur dieses Bild ohne einen Ton, dann drückte ich die Kippe aus und griff zum Telefon, um den Überfall ordnungsgemäß zu melden.

An dieser Stelle stoppte der Personalchef das Band, das Bild erstarrte, aber mir fiel es schwer, meinen Blick davon loszumachen.

–Die von der Kripo haben gesagt, dass Sie nach diesen Aufzeichnungen nicht den Tatbestand der Komplizenschaft erfüllen. Sie sagen, bei Überfällen reagieren viele Leute merkwürdig. Aber es dürfte trotzdem klar sein, dass wir Sie nach diesen Äußerungen nicht länger beschäftigen können, so eine Einstellung zur Firma ist für uns nicht tragbar. Es bleibt mir nichts anderes übrig, als sie sofort zu entlassen. Allerdings möchte ich Ihnen hier noch einmal Gelegenheit geben, sich zu dem Vorfall zu äußern…

Mir fiel beim besten Willen nichts ein, was nicht schon gesagt worden war.
–Ich hätte lieber gleich die Papiere, bitte.
–Wie Sie wollen.
Er starrte mich giftig an, überlegte noch ein paar Augenblicke, dann gab er es auf. Ich weidete mich an der Wortlosigkeit, die das Büro ausfüllte, während er in einem Ordner nach meinen Papieren fischte, ein Schweigen, das unsere Beziehung perfekt wiedergab. Solange ich dort angestellt war, hatte ich manchen Kommentar vorbereitet für eine passende Gelegenheit... Nun lag das auf einmal hinter mir. Ich war nicht nachtragend. Er war das Opfer der Umstände, nicht ich.
Ich stand vor dem Spind, ließ alles, wie es war, nahm meine Jacke und ging zum Hinterausgang.
Ich berauschte mich an der Leichtigkeit, mit der ich solche Schritte immer noch tun konnte. Einfach verschwinden. Ich hatte mich nicht mal verabschiedet, in ein paar Wochen würde ich den Namen der Firma vergessen haben. Mit federnden Schritten ging ich zur Haltestelle. Der Himmel trug ein ins Weißliche gehendes, seltsam blendendes Grau.

Ich wohnte seit fast anderthalb Jahren in einem Randbezirk der Stadt, zwanzig Minuten Fußweg von der Straßenbahn entfernt, auf einem verwahrlosten Gelände, das die Natur allmählich zurückeroberte. Meine Hütte stand in der Nähe eines Baggerlochs, in dem es von Fischen wimmelte. Diese Fische waren der Grund für das Wunder, dass ich dort leben konnte.

Mein Vermieter weigerte sich seit Menschengedenken standhaft, das Gelände der Stadt zu verkaufen. Es hieß, die Angebote hätten astronomische Ausmaße erreicht, aber er war reicher als die Stadt und hatte sich darauf versteift, dass die Welt keinen besseren Platz bieten konnte, wenn er an schönen Sonntagnachmittagen angeln wollte, und dass kein exotischer Fisch mit den Karpfen aus diesem Baggerloch mithalten könne. Böse Zungen meinten, dass er nirgendwo anders auf der Welt eine solche Erfolgsquote beim Angeln erreichen würde. Mein Eindruck war eher, dass er mit diesem Ort verwurzelt war, vielleicht hatte er hier als kleiner Junge seinen ersten Fisch gefangen. Ich nahm an, dass er nicht immer reich gewesen war, dass ihn außer Geld und Ruhe im Grunde nichts wirklich interessierte.

Er kam immer sonntags, aber nur im Sommer und wenn das Wetter schön war. Wenn wir uns sahen, grüßte er kaum, was mir absolut recht war, wie überhaupt die ganze Situation. Als der vorherige Verwalter ins Altersheim gezogen war, hatte sich ein gemeinsamer Freund für mich eingesetzt. Meine Miete bestand darin, dort zu wohnen, nachts den Hund laufen zu lassen und tagsüber andere Menschen, insbesondere aber Angler, vom Gelände zu entfernen, falls sie sich von mannshohem Maschendraht und den PRIVATEIGENTUM – BETRETEN VERBOTEN!-Schildern nicht schrecken ließen. Was übrigens seltener vorkam, als man in unmittelbarer Nähe einer versmogten, übervölkerten Betonwüste hätte annehmen können. Ich hatte auch dafür zu sorgen, dass die Zufahrt befahrbar und der kleine, mit Schotter bestreute Hof vor der Hütte von Unkraut frei blieb. Ansonsten konnte ich machen, was ich wollte, solange ich kein Feuer legte und keine Leute anschleppte. Nichts lag mir ferner.

Bevor ich derart gesegnet wurde, hatte ich in einer kleinen Bude im dritten Stock gelebt, die mich jeden Monat Geld kostete. Davor hatte ich auf dem Küchensofa eines Typen namens Paul gewohnt, noch früher in einem Pennerhotel und wiederum davor auf der Straße. Ich hatte mich in den letzten Jahren drastisch verbessert, auch wenn ich dazu nicht viel beigetragen hatte. Manchmal beschämte mich mein Reichtum. Es gab eine Küche mit einer Spüle aus Stein und einem emaillierten Holzherd, der gleichzeitig der ganzen Bude als Heizung diente, einen Tisch und zwei Stühle, einen Eisschrank, eine Waschmaschine und einen niedrigen Holzschrank, über dem ich eins dieser Gestelle installiert hatte, die man an Schnüren herunterlassen konnte: eigentlich für Töpfe und Pfannen gedacht, bei mir aber mit Beuteln für Lebensmittel bestückt, denn ich befand mich in endlosen Territorialstreitigkeiten mit den Mäusen.

Aus dem dahinter liegenden Zimmer hatte ich bis auf ein großes Regal für meine paar Bücher, Platten und Kleider alle Möbel geräumt und mich auf dem durch eine dicke Schicht Teppiche isolierten Fußboden eingerichtet. In der Ecke mein Lager und den Blaster in Reichweite, unter dem Fenster ein funktionstüchtiger alter Plattenspieler. Dort hatte auch der Fernseher gestanden, bis ich ihn zertrümmerte. Neben der Küche befand sich ein kleines Bad mit einem Boiler, ich hatte Strom und fließend Wasser. An manchen Tagen tigerte ich stundenlang durch die Hütte, rauchte einen Joint in der Küche, stocherte mit dem Schürhaken im Herd, setzte mich in mein Zimmer und legte eine Platte auf, schaute mich um und fasste Dinge an. Ich aalte mich in dem Glück, zu Hause zu sein.

Der Job an der Tankstelle war also verbrannt. Ich feierte mich ein paar Tage, schlief lange, döste auf einer noch nicht völlig schrottreifen Campingliege in der Frühlingssonne. Ich brachte meine Hütte auf Hochglanz, wischte sogar Staub und die Innenseite des Schrankes, bewältigte einen Berg Wäsche und putzte die Fenster. Vielleicht lag es wirklich an der Jahreszeit, dies waren die ersten milden Tage, die Stare waren zurückgekehrt, das erste helle Grün machte sich in den Sträuchern breit. Bald würden die Forsythien blühen, die Weidenkätzchen am Baggerloch waren schon da. In dieser Zeit überflutet mich immer ein gigantisches Glücksgefühl: wenn wieder ein Winter überstanden ist und der ganze Sommer noch vor einem liegt. Allein der Geruch der Luft kann mich völlig kirre machen. Ich jubelte innerlich und gab heftigen Beifall, als ich das erste Frühlingslied einer Meise hörte. Ungeduldig wachte ich über die Triebe der Blumenzwiebeln, die ich um die Hütte herum gesetzt hatte. Drei, vier Tage redete ich nur mit Tieren und Pflanzen und schwamm in Glückseligkeit. Dann wurde es wieder kühler, der Himmel blieb düster und es war ein einziger Matsch draußen. Auch gingen allmählich die Vorräte zu Neige. Es wurde Zeit, ein paar Gänge zu erledigen.
So leicht es mir immer gefallen ist, Jobs hinzuschmeißen, so schwer tat ich mich jedes Mal mit dem Theater auf den Ämtern, das darauf folgte. Die zuständige Sachbearbeiterin reagierte wie ihre Kolleginnen vor ihr. Ich musste etwas an mir haben, was sie irritierte und besonders penibel werden ließ.

–Frau Emma Rosenbaum?
–Ja, sagte ich, obwohl dies der mir fremdeste aller meiner Namen war.
–Siebenundzwanzig? Sie klang irgendwie ungläubig.
–Ja … das steht da doch alles!
Ich deutete auf das Papier, das ich ihr nach stundenlangem Kampf schweißgebadet überreicht hatte. Die erste Stunde hatte ich zwischen einer Million anderer Menschen im stickigen Flur verbracht, glücklich, wer einen Sitzplatz ergattern konnte, die meisten standen gegen die Wand gelehnt. Ich setzte mich gleich auf den Boden und zerbröselte den Zettel mit meiner Wartenummer zwischen den Fingern. Ich hätte gerne eine Zigarette geraucht, oder besser einen Joint, aber jeder Versuch in diese Richtung wurde sofort unterbunden. Alle zehn Minuten kam ein Wichtigtuer über den Flur und blies sich in Sachen Rauchverbot auf, wenn ihm nicht gerade einfiel, einen vom Boden aufzuscheuchen, weil man den Feuerschutz gefährdete.
Als ich endlich dran war, überreichte man mir den Fragebogen, mit der Bitte, ihn draußen auszufüllen und zwei Zimmer weiter abzugeben. Mir stockte das Blut, aber ich hatte keine Wahl, erneut zog ich eine Nummer, lieh mir bei irgendwem einen Kugelschreiber und kritzelte meine Eckdaten in die Spalten des Formulars. Dann saß ich wieder da und versuchte, jeden Trieb zu unterdrücken, den Wunsch nach einer Zigarette, nach frischer Luft, das Verlangen, barfuß über eine endlose Wiese zu rennen oder wenigstens die Treppe runter auf die Straße.
Um mir die Zeit zu vertreiben, sann ich darüber nach, was mich hier hielt: ob es eiserner Wille war oder Trägheit. Darüber hätte ich fast den Aufruf meiner Nummer verpasst.
Das alles hatte mich zwei Stunden meines Lebens ge-

kostet, und die Alte hatte die Stirn, mich giftig zu mustern. Immerhin, jetzt sah sie mich an.
–Haben Sie irgendeine Berufsausbildung...?
–Ja, fünf Jahre Straßenmusik.
Alles andere ließ ich sorgfältig unerwähnt, es ging niemanden etwas an. Ich konnte froh sein, dass mein Konterfei nie bis in diese traurigen Räume durchgedrungen war.
– Aber das ist ja kein Beruf...
Das war der Punkt, an dem es reichte, an dem ich keinen Scherz mehr vertrug.
–Tut mir Leid, aber ich glaube, da sind Sie falsch informiert, sagte ich scharf.
Sie zuckte fast unmerklich zusammen, hatte sich aber rasch wieder im Griff. Für einen Moment hatte ich das Gefühl von Oberwasser, aber ihre nächste Bemerkung wischte wieder alles weg:
–Ich kann Sie aber mit diesem »Beruf« nicht eintragen...
Sie brachte es wirklich fertig, die Anführungsstriche auszusprechen, und ich brüllte kurz innerlich auf. Großer Geist, warum muss ich immer an die Arschlöcher geraten. Dann holte ich tief Luft, verzog mein Gesicht zu einem gequälten Lächeln.
–Schreiben Sie Sängerin.
–Haben Sie eine Ausbildung in der Richtung?
–Fünf Jahre Straßenmusik.
Sie seufzte ein So-kommen-wir-nicht-weiter-Seufzen.
–Sie haben zuletzt als Kassiererin an der Tankstelle gearbeitet?
–Ja.
–Na also.
Ich kannte das alles und wusste, dass mir keine andere Wahl blieb, wenn ich hier irgend etwas erreichen wollte. Manchmal fragte ich mich, warum ich wider

besseren Wissens immer wieder versuchte, bei diesen Anlässen meine Vorstellungen vom Leben zu vertreten, ob das spielerischer Trotz war oder eine Art Selbstzerstörungstrieb.
Wir redeten eine Viertelstunde aneinander vorbei, dann unterschrieb ich ihre Formulare.
Immer waren die Ergebnisse von ihrer Tagesform abhängig und hatten nichts mit mir und meinen Anliegen zu tun. Ich hatte vor ihren Schreibtischen das Gefühl, auf einem anderen Stern zu sein, auf dem man dabei war, meine Spezies zu katalogisieren und zu erforschen.
Unsere Welten waren sich völlig fremd, ich hatte keinerlei Einfluss auf die ihre, stand aber in einer unergründlichen Abhängigkeit zu ihr. Alle Menschenvernunft, die ich aufbringen konnte, all die Erfahrung, die ich gesammelt hatte, die mühsam erworbenen Fertigkeiten, all das zählte hier nicht. Das war es, was mir diese Gänge zur Hölle machte.

Vor dem Amt lungerten ein paar Typen rum, von denen ich zwei kannte. Wir klatschten uns in die Hände und unterhielten uns über Belangloses, bis die unvermeidliche Frage kam:
–Und, was macht die Kunst?
–Geht immer weiter, hielt ich mich vage.
Ich fühlte mich nicht besonders gut, hatte keine Lust auf das Thema. Ich lenkte das Gespräch auf ein gemeinsames Erlebnis, und wir plauderten noch ein paar Minuten, bis das gegenseitige Interesse versiegte und wir uns gestenreich verabschiedeten.
Mir war nicht danach, nach Hause zu fahren, ich nahm die Bahn in die Stadt und klapperte noch verschiedene Ecken ab. Ich mied das Künstlerviertel und die ganze Kneipenszene, hielt mich auf der Straße, begutachtete

mein altes Revier und registrierte hier und da kleine Veränderungen. Geschäfte hatten renoviert, eine Pizzeria war umgezogen, eine Passage geschlossen worden, hinter dem Bauzaun zog man eine neue Fassade hoch, eine teure Maßnahme, um ein paar Junkies zu vertreiben und den Straßenmusikern ihre Bühne zu nehmen. Die Panik, mit der die Stadtoberen sich bemühten, die Kontrolle zu behalten, führte immer wieder dazu, dass sie Maßnahmen trafen, die die Angst auf allen Seiten nur noch schürten. Alles lief darauf hinaus, dass die Menschen immer weiter voneinander weg sortiert wurden. Vielleicht würde es in der Stadt irgendwann nur noch verschiedene Bereiche geben, für Arme, für Reiche, für Touristen, für Junkies, für Politiker, für Alte, für Singles unter 35, für Berber, für kriminelle ausländische Jugendliche. Wer von einem ins andere Viertel wollte, müsste ein Formular ausfüllen, eine plausible Begründung vorweisen und einen Zoll plus Bearbeitungsgebühren bezahlen. Solche Gedanken kamen mir jedes Mal, wenn ich durch die Innenstadt lief, da konnte ich nichts machen, das lag an meinem bisherigen Leben und den Kämpfen, an den Rätseln, die ich versucht hatte zu lösen.
Ich traf keinen einzigen Bekannten mehr und war mir nicht sicher, ob ich darüber froh oder erschrocken sein sollte. Vielleicht hatte sich die Welt ja auf einmal schneller weitergedreht...
Ein paar Monate hatte ich mich nicht blicken lassen, und schon sah ich nur noch Fremde. Es hatte Tage gegeben, da traf man Leute massenweise, mitunter welche, die man aus völlig anderen Leben kannte. Manchmal auch solche, die man in einem dieser anderen Leben ohne Zögern Freunde genannt hatte und die einem nun als Fremde entgegentraten. Nein, da war es mir doch lieber so wie jetzt, ganz allein in der Menge.

Vertraut blieben die Straßen in ihrer ausgefransten Pracht, die Gerüche der Fressbuden und Autoabgase, die Geräusche von Straßenbahnen und den vielen Tausenden von Schuhen, die über den Asphalt klappern, das Schnurren, Stöhnen und Schreien der Stadt, dieses brüllenden, Gift und Dreck speienden Monsters, das jeder Art von Kontrolle spottet.

Irgendwann hatte ich genug davon, ich nahm die Bahn und schaute bei Joelle vorbei, um zu erklären, dass es mit dem Geld noch ein paar Tage dauern würde. Bei Joelle gab es in dieser Hinsicht nie Theater, das schätzte ich an ihr, da hatte ich ganz andere kennen gelernt.
– … brauchst du noch mal was?
–Wäre gut, ja …
Sie wischte mein förmliches Zögern mit einer Handbewegung weg und stand auf, um Tee zu machen. Ich saß an ihrem riesigen Küchentisch, der ihr gleichzeitig als Ladentheke diente. Heute war es ruhig, aber zu Stoßzeiten Anfang des Monats war es hier oft gerappelt voll, die Holzbank, die Couch, die Stühle besetzt, man probierte eine Pfeife, beriet sich über die Vorzüge und Preise bestimmter Sorten, man blieb nach dem geschäftlichen Teil noch auf eine Tasse Tee und tauschte den neusten Tratsch aus, Leute kamen und gingen. Ein einziger verqualmter Taubenschlag, aber einer mit Stil, und Joelle thronte in ihrem Schaukelstuhl. Wir kannten uns seit Jahren, wir hatten nie viele Worte gebraucht, um uns zu verstehen, aber immer gerne miteinander geredet. Sie war Ende vierzig, und ich bewunderte sie. Das Leben hatte sie cool gemacht.
–Lass dich nicht allzu lange hängen, sagte Joelle, als sie mir den Tee reichte. – Passt nicht zu dir.

–Ich lass mich nicht hängen, ich war heute um acht auf'm Amt. Ist alles in Arbeit.
–Nerv mich nicht, du weißt genau, was ich meine. Du bist 'ne Musikerin. Ich hoffe, du weißt das und hängst nicht das Einzige an den Nagel, was du wirklich kannst.
–Moment, ich kann alles Mögliche, täusch dich mal nicht.
–Ja, alles Mögliche, was auch jeder x-beliebige andere könnte. Das wertet die Arbeit nicht ab, und auch nicht die, die sie tun. Aber du hast 'ne Gabe. Damit hast du 'n klaren Auftrag.
–Hat jeder. Aber den wenigsten nützt das was. Wer kommt denn schon mit seinem Talent zum Zuge?
–Nicht jeder, aber du, mein Schatz. Wenn man ein gewisses Level erreicht hat, ist es lächerlich, sich zu verkriechen. Du kannst das mal machen. Aber es sollte nicht zur Gewohnheit werden, das wollte ich eigentlich nur sagen.
Ich nahm einen Schluck Tee und bediente mich aus der Mischung, die sich in einem Schälchen neben der blitzsauberen Wasserpfeife befand, es war das Angebot der Woche, Roter Libanese. Ich setzte das Köpfchen auf die Pfeife und nahm ein Feuerzeug in die andere Hand, während ich zu Joelle sagte:
–Du hast da irgendwas falsch verstanden, fürchte ich. Ich verkrieche mich nicht, und mir geht es ausgezeichnet. Ich hatte mal etwas Entspannung nötig, richtig. Man kann nicht immer das Gleiche machen, oder? Im Übrigen: hast du mich jemals sagen hören, ich würde keine Musik mehr machen?
Ich hob die Pfeife an die Lippen, warf das Feuerzeug an und nahm einen ordentlichen Zug, um dem Thema ein Ende zu setzen.
–Ja, allerdings.

Damit hatte ich irgendwie gerechnet.
–Da musste dich verhört haben, sagte ich gepresst mit dem Rauch in den Lungen, dann blies ich einen gewaltigen Qualmkegel an die Küchendecke und hustete ein bisschen. Als ich fertig war, hörte ich sie sagen:
–... was ich hören wollte, alles klar, Schwamm drüber.
Joelle konnte hart sein, wenn es nötig war. Ich war dabei gewesen, als sie mal einem Typen eine Eisenstange vor den Kopf geknallt hatte, mit einer Hand und unbewegter Miene. Der Typ war etwas durchgedreht gewesen und hatte von irgendeinem Wichser die Adresse gekriegt, in der Annahme, hier gäbe es Koks. Er ließ sich nicht abwimmeln, und genau so was musste Joelle sich vom Hals halten. Sie hatte ihre eigene Auffassung vom Drogengeschäft und verteidigte sie konsequent. Zwei Leute brachten den Typen damals mit Ach und Krach zur Haltestelle, er war ziemlich weggetreten, konnte aber laufen. Wir anderen machten uns daran, in Windeseile die Vorräte aus Joelles Wohnung zu schaffen. An sich war das keine große Sache, aber jedem, der mit einem Päckchen das Haus verließ, stand der Schweiß auf der Stirn. Die Bullen kamen nicht.
Sie waren noch nie gekommen, und das grenzte an ein Wunder. Manchmal argwöhnte ich sogar, dass sie genau wussten, was da lief und es in Anbetracht der ehrbaren Grundsätze und Motive der verdächtigten Person laufen ließen. Manchmal träumte ich davon, dass die Bullen so denken würden. Joelle belieferte neben einem großen, aber erlesenen Freundeskreis eine Menge Krebs-, HIV- und Multiple-Sklerose-Patienten. Sie hatte allerbeste Ware und ein erstklassiges Geschäftsgebaren, verdiente nur minimal an der Sache, nichts, was das Risiko gelohnt hätte, und sie führte nur Cannabis-Produkte, von verschiedenen Gräsern über ein Haschischsortiment bis zu hochwertigem Öl. Joelle be-

trachtete es als Aufgabe, die jemand übernehmen musste, und für diese Aufgabe war keiner besser geeignet als sie. Sie war einer der weisesten, warmherzigsten und verantwortungsvollsten Menschen, die ich kannte, sie hatte allen Respekt verdient.
–Und, lecker, der Libby?, fragte sie mich mit einer Geste, die besagte, ich solle mich ruhig bedienen.
Ich zeigte einen erhobenen Daumen, während ich die Pfeife ausblies und auf den Tisch zurückstellte. Wenig später klingelte es, ein Kunde. Ich trank die zweite Tasse Tee aus und signalisierte meinen Aufbruch. Joelle drückte mir ein Tütchen Gras in die Hand, strubbelte mir durch die Haare und entließ mich mit einem abschließenden Winken. Draußen wurde es dunkel, ich freute mich auf zu Hause, auf den Hund, mein Herdfeuer, mein Bett, auf die Nacht ganz allein da draußen vor der Stadt unter den Sternen.

–Spielste Gitarre?, fragte der Typ, der den LKW fuhr, und deutete mit dem Kinn auf den Koffer zwischen meinen Knien.
–Mmm, ja.
Ich stöhnte unhörbar.
Wir hatten einen blitzblanken Frühlingsvormittag, ich war beim ersten Sonnenstrahl aufgesprungen und hatte meinen Kram gepackt. Plötzlich blühten draußen die Forsythien. Die Luft war unglaublich klar und voller Verheißung, sogar die Autos waren schön. Ich schnappte mir einen der ersten LKW, die vorbeikamen. Jetzt hätte ich nichts lieber getan, als still in den Holzkugeln zu hängen, die über den Sitz gespannt waren, über die Felder zu schauen und an nichts zu denken.

Der Fahrer gab sich weiter Mühe, ein Gespräch in Gang zu kriegen:
–Und was machste sonst so, außer Gitarrespielen, beruflich, mein ich?
–Gitarrespielen, unter anderem. Ich bin Straßenmusikerin.
–... Echt?
Das gab ihm ein paar Augenblicke zu denken, aber er fing sich schnell wieder.
–Kann man denn davon leben?
–Ist gar nicht so einfach, zu verhungern, in diesem Land.
Das zog eine längere Pause nach sich. Ich schaute ihn von der Seite an.
Er war vielleicht fünfunddreißig, hatte wohl eine Familie zu ernähren, vielleicht war er hoch verschuldet und kämpfte fünfzehn Stunden täglich mit Schlafentzug, Ehekrisen und der Steuerbehörde, um den Schaden einigermaßen in Grenzen zu halten. Er gab nicht auf oder warf alles hin, das kam für ihn nicht in Frage, er konnte es sich noch nicht einmal vorstellen.
Mit Falten auf der Stirn und offenem Mund blieb er auf dem Gas, spielte an seinen Armaturen und brachte seine Welt wieder unter Kontrolle. Auf einmal wünschte ich ihm, dass er es schaffte.
–Ich hab auch mal in 'ner Band gespielt, Keyboards. War 'ne gute Zeit, da war ich noch in der Lehre.
Es gab erschreckend viele Leute, die die gleiche Geschichte hatten. Mir jedenfalls war genau diese wieder und wieder erzählt worden. Und wenn ich ganz ehrlich war, kam ich ja auch aus einer solchen Geschichte, nur war ich dann weiter gegangen. Ich wollte von ihm eigentlich nichts wissen, musste aber das unerquickliche Gespräch wieder aufnehmen.
–Was habt ihr so gespielt?

–Hardrock.
–Aha, ja?
Mir fiel beim besten Willen nichts dazu ein, was ich hätte sagen können. Das Schweigen ging ins Bleierne, die Luft im Führerhaus wurde dickflüssig. Ich unterdrückte ein Räuspern, er kramte in der Fahrertür und brachte eine Kassette zutage, die er einlegte, bevor ich fragen konnte, was ich zu erwarten hatte an diesem Morgen, der erst so großartig zu sein schien und jetzt in einer so banalen Sackgasse hing.
Es waren die Stooges. Ein Stromstoß durchfuhr mich, als ich den treibenden Groove von *The Passenger* erkannte, ich konnte nicht stillhalten, trommelte mit den Händen auf die Knie, ich strahlte übers ganze Gesicht, während ich dem Fahrer mit wilden Gesten zu seiner Wahl gratulierte. Er grinste zurück und fing an, im Rhythmus auf seinem Sitz zu hüpfen. Auf einmal kam ein Einvernehmen zwischen uns auf, das ich nach dem Versagen der Worte für unmöglich gehalten hätte. Er hatte das Medium gefunden. Als die Kassette durchgelaufen war, fand sich wundersamerweise noch ein Ding mit den Helga Pictures, und so rollten wir gelöst in der Morgensonne weiter, bis die Ausfahrt kam.

Ich kannte das Städtchen nur flüchtig, wusste aber von einer Fußgängerzone. Als ich dort ankam, tat mir allmählich der Arm weh, an dem die Gitarre hing. Ich war eindeutig aus der Übung. Ich hielt mir meine Rekordzahlen an Kilometern und Gepäck vor Augen, verscheuchte den Anflug von Sentimentalität aber augenblicklich wieder. Damals hatte die Gitarre genauso viel gewogen, ganz zu schweigen von den Tonnen von anderem Zeug, die ich über die Jahre von A nach B geschleppt hatte. Letztendlich war ich doch froh, dass die härtesten Zeiten vorbei waren. Ein Gedanke wie eine

Falle. Es gab im Moment wenig Anhaltspunkte dafür, dass die harten Zeiten nur hinter mir lagen. Ich war mir auch nicht sicher, für welche Lebensform ich mich langfristig entscheiden würde, wenn ich wählen sollte. Ich hielt mich normalerweise nicht mehr lange bei solchen Fragen auf, sie standen im Raum wie abstrakte Plastiken, ich amüsierte mich an ihren bizarren Formen, an ihrem seltsamen Glanz; und konnte irgendwann auch wieder wegschauen. Ich gehe frei ein und aus in meiner Galerie der Widersprüche.

Ich ignorierte das Ziehen in den Armen und ließ mir Zeit mit der Wahl des Platzes, denn das war eins der Rituale, die ich mir fast immer gegönnt habe. Ich schlenderte die ganze Meile rauf und runter und entschied mich schließlich für einen bogenförmigen Durchgang, der im Rathausvorplatz mündete. Es war genau das, was zahlungskräftige Zuhörer unter einer malerischen Kulisse verstehen. Der Durchgang hatte etwa fünf Meter Länge und drei Meter Breite, so dass ich auf eine gute Akustik hoffen konnte.

Schwungvoll legte ich den Koffer auf das Kopfsteinpflaster, ging in die Knie und ließ die Schlösser aufschnappen.

Während ich nach den langen Monaten der Auszeit so lässig und routiniert diese Handgriffe verrichtete, die ich schon eine Million mal geübt hatte, rieselte mir eine Gänsehaut über den Rücken, und in meinem Bauch machte sich ein seidenweiches Flattern breit.

Das ist es, dachte ich, du bist soeben in den Zustand der Erleuchtung eingetreten. Der Gedanke überkam mich wie ein Déjà-vu. Ich rückte den Koffer zurecht und trat zurück an die Mauer. Der Koffer war leer, kein Schild, keine Werbung, keine CD, keine Glücksgroschen, um beim Publikum die Zahlungshemmung zu lösen. Ich hatte keinen Namen, ich hatte nur meine Stimme,

meine Gitarre, meine Erfahrungen und meine Musik. Alles, was ich wirklich brauchte. Was ich vor mir hatte, war ein magischer Akt. Ich schloss die Augen und atmete konzentriert, bevor ich anfing zu zaubern.
Als ich die Augen wieder öffnete, war ich gerade in einer lockeren Gitarrensequenz ohne Gesang, die sich hervorragend eignete, in die Runde zu grinsen oder Ganzkörper-Grimassen zu schneiden. Auf der anderen Seite des Bogens standen ein Teenie mit knallroten Haaren und ein Vater mit Einkaufstaschen und zwei Kleinkindern, das ältere klebte ihm am Hosenbein, das jüngere stand vor ihm, starrte mich fasziniert an und wippte versuchsweise in den Knien. Ich lächelte, so freundlich ich nur konnte, und schaute seitlich auf den Rathausplatz, wo in einigem Abstand zwei, drei Leute stehen geblieben waren, sich aber nicht in die Enge des Bogens und in meine unmittelbare Nähe trauten. Ich schloss die Augen wieder und sang zu Ende. Das rothaarige Mädchen und der Vater klatschten, die Kinder schauten irritiert. Ich verbeugte mich knapp und ging zu meinem Koffer.
–Ich geh mal in die Sonne, informierte ich mein Publikum.
Die Gitarre um den Hals, schnappte ich mir den Koffer und trug ihn offen ein paar Meter weiter, ins Freie. Ich steuerte den Brunnen an, der gegenüber vom Rathaus stand. Der Platz war zweite Wahl, akustisch wie optisch: das Becken war um diese Jahreszeit mit Holzplatten abgedeckt, und die zwei Bäumchen rechts und links ragten noch kahl aus ihren Umrandungen. Alles in allem ein etwas tristes Bild, aber es ging um andere Vorzüge, zum Beispiel um die Frühlingssonne, die heute alle anzog und in Euphorie versetzte; und wenn ich eins gelernt hatte, dann war es, mich bei praktisch jeder Geräuschkulisse zu Gehör zu bringen.

Ich lehnte mich an den Brunnen und stimmte die Gitarre nach. Mir war nach einem Stück der genialen Alanis. Bei dem hüpfenden Groove von *You learn* geriet ich selber ins Hüpfen und war einigermaßen außer Atem, als ich mit großer Geste den letzten Akkord über die Seiten perlen ließ. Ich hatte nur für mich gespielt, für die Sonne und aus Freude an diesem Kunststück, das ich immer noch beherrschte. Als ich aufschaute, standen gut zwanzig Leute im Halbkreis um mich herum. Ich lächelte knapp in die Runde und nahm den überaus freundlichen Beifall entgegen, der mir geschenkt wurde. Aus den Augenwinkeln konnte ich sehen, wie bereits einige die Geldbörsen zückten und ging sofort die nächste Nummer an, um den Zauber nicht zu stören. Ich sang mit geschlossenen Augen und lauschte zugleich dem Geräusch, mit dem die Münzen in den Koffer fielen, anfangs ein trockenes Klack, das bald in ein munteres Klimpern überging, als Silber auf Silber traf.

Nach zwei, drei weiteren Stücken öffnete ich endgültig die Augen und betrachtete mein Publikum. Ich konnte die Rothaarige ausmachen, die mir gefolgt sein musste. Ihr Blick war voller Faszination und Sehnsucht. Das kannte ich, vor vielen Jahren musste ich so ähnlich ausgesehen haben. Was dieses Mädchen so schutzlos im Gesicht trug, klang auch in dem Lächeln verschiedener anderer Leute an, die mir zuhörten. Ein Mütterchen mit Gehhilfe blinzelte mir fröhlich zu, als sie ein Geldstück in den Koffer fallen ließ, ein Pärchen stand eng umschlungen und wiegte sich zur Musik. Das hier waren die kostbaren, guten Augenblicke, die ich so tief wie möglich einsaugen wollte. The real thing. Unbegreiflich für die Leute, die gern von Authentizität labern.

Nach sieben, acht Nummern kündigte ich eine Pause

an. Eine ganze Reihe Leute war neu dazugekommen, andere waren weitergegangen, viele zückten pflichtschuldig die Börsen, und ich drehte mir eine Zigarette und rauchte sie genüsslich, während ich ein paar Komplimente entgegennahm und mich höflich bei jedem bedankte, der an meinem Koffer vorbeipilgerte. Als sich die Menge aufgelöst hatte, schlenderte ich hin und riskierte einen Blick. Ich konnte einen Zehner und diverse Heiermänner ausmachen, der Rest war zum größten Teil Silber, Groschen hatte nur gegeben, wer nichts anderes hatte. Alles in allem tippte ich auf einen knappen Schein. Unglaublich, wie man sich von aller Welt geliebt wähnt, an so einem Tag, bei so einem Anblick. Ich orientierte mich kurz an der Rathausuhr und beschloss, einen weiteren Set zu spielen, bevor ich mir einen Kaffee gönnte. Ich räumte das Geld in die linke Hosentasche, ging zu meinem Platz zurück und stimmte die Gitarre.

Auch der zweite Set lief gut, ich liebte mich selber, wie lässig ich wieder in die Sache eingetaucht war, und wie gut ich immer noch klang. Für einen Augenblick bildete ich mir sogar ein, reifer zu klingen, stärker geworden zu sein. Dass das Geschäft so gut lief, hatte ich allerdings hauptsächlich dem Umstand zu verdanken, dass in Käffern wie diesem nicht jeden Tag ein Straßenmusiker steht. Ich war, ähnlich wie eine Kirmes oder ein Wanderzirkus, eine Attraktion, für die man gerne etwas springen ließ. Nach dem siebten Stück ließ ich es gut sein und packte ein.

Ich entschied mich für eines der Straßencafés auf der Fußgängermeile, setzte mich aber nach drinnen, denn die strahlende Sonne täuschte. Eigentlich war es ziemlich kalt, das fiel aber nur dann auf, wenn man sich nicht bewegte. Während ich meinen Milchkaffee schlürfte, spielte ich mit dem Gedanken, mein Geld zu zählen, widerstand aber der Versuchung. Ich wollte mich vorerst in keiner Sicherheit wiegen. Das machte die Sache nicht nur spannender, ich kannte mich gut genug, um zu wissen, dass ich schnell zufrieden war. Rasche Erfolge lenken auch rasch woandershin. Ich gab der Kellnerin ein unverhältnismäßig hohes Trinkgeld und blieb noch eine Zigarettenlänge, um über den Reflex zu sinnieren, der uns veranlasst, unser Glück mit anderen zu teilen.

Als ich an den Rathausplatz zurückkam, lag die Brunnenseite schon im Schatten, aber es herrschte nach wie vor reger Betrieb. Einen Moment zögerte ich, aber ich war nicht in der Stimmung, mich auf der Meile eventuellen Querelen mit Ladenpersonal zu stellen, das der Meinung war, eine halbe Stunde sei genug der guten Musik. Ich war gekommen, um meine Finanzen zurechtzurücken und wollte keine Zeit auf Nebenschauplätzen verschwenden. Ich postierte mich erneut vor meinem Brunnen und griff in die Saiten.

Nach dem ersten Set fiel mir auf, dass meine Fingerkuppen glühten und die Nägel meiner rechten Hand völlig runter waren. Früher hatte ich es ein paar Mal mit einem Plektrum versucht, war aber mit dieser Technik nie warm geworden. Nun aber, da meine Finger nicht mehr über die dicke Hornschicht von einst verfügten, bereute ich es schnell, dass ich eine Zigarettenpause gemacht hatte. Solange ich spielte, merkte ich nichts davon, aber wieder neu anzufangen, wurde schmerzhaft. Trotzdem widerstand ich eisern der Versuchung, Feierabend zu machen, und legte von neuem los. Nach drei Nummern war ich wieder so weit eingetaucht, dass ich meine Wehwehchen hinter mir ließ. Ich gab alles, was ich zu geben hatte, ich tanzte und stampfte mit den Füßen, brüllte mich heiser, zog entrückte Grimassen und dachte an nichts.

Als ich einpackte, zitterten mir die Knie. Die Nagelbetten meiner rechten Hand waren Matsch, unterhalb des Schallloches zeigten sich auf der Gitarre kleine Blutspritzer. Meine Kehle fühlte sich wund an, Schweiß klebte mir das Unterhemd an den Rücken. Ich raffte die Münzen zusammen und füllte auch meine letzte noch leere Hosentasche. Ich war bereit, mich in die nächste Pizzeria zu schleppen, um Kasse zu machen und meinen ausgelaugten Körper zu belohnen. Als ich mich aufrichtete, stand ein älterer, teuer gekleideter Typ neben mir.

–Sie sind ja unglaublich gut, teilte er mir ohne Umschweife mit.

–Bin ich das, ja?

–Oh ja, faszinierend…

Er starrte auf meine blutige Schlaghand.

–Bin etwas aus der Übung, erklärte ich.

–Tatsächlich? Das hat man aber nicht gehört.

Darauf wusste ich nichts zu erwidern. Mir war nicht nach einer längeren Unterhaltung, langsam wurde mir kalt. Ein Blick auf die Rathausuhr zeigte, dass ich seit meiner Kaffeepause über zwei Stunden geschuftet hatte. Ich fand, ich hatte meinen Feierabend verdient.

–Haben Sie mal dran gedacht, eine CD zu machen?

Ich zuckte mit den Schultern, machte ein möglichst unfreundliches Gesicht. Ich hatte genug und brauchte diesen Mann nicht, alles, was ich mir wünschte, war, dass er abzog und mich in Ruhe ließ.

–Sie sind doch ein Profi, Sie könnten doch Karriere machen, mit dieser Stimme!

Ich lachte ihm ins Gesicht.

–Nee, da steht mir nicht der Sinn nach.

Er war einen Moment völlig verblüfft. Dann besann er sich auf unseren Altersunterschied und schlüpfte übergangslos in die Rolle des väterlichen Mahners.

–Ja, Mädchen, das sagst du vielleicht heute, aber schau mal, du wirst doch auch älter, willst du mit 50 immer noch mit blutigen Händen auf der Straße stehen? Du hast doch Talent, könntest richtig was werden, das ist doch Verschwendung, dich hier für ein paar Groschen kaputtzumachen! Du machst ’n intelligenten Eindruck, drogensüchtig siehste auch nicht aus. Ich könnte dir helfen, ich kenne da ein paar Leute in den Medien…

Nun hatte ich wirklich genug gehört.

–Hör’n Sie: Wer könnte mir denn was Besseres bieten als das, was ich habe? Ich kann kommen, wann ich will, ich kann gehen, wann ich will, und dazwischen mache ich jedem eine Freude, der dafür empfänglich ist. Ich brauche nicht das ganz große Geld, um mir Freiheit zu leisten. Das ist doch der Reichtum, den die meisten gern hätten, oder? Ich kann von mir sagen: Ich bin ein glücklicher Mensch. Ist doch mehr, als man erwarten darf?

Natürlich war alles um einiges komplizierter, aber wer nimmt sich nicht manchmal die Freiheit, die Dinge zu vereinfachen, um sein Territorium zu markieren? Im Übrigen war ich schon viel zu weit gegangen, es würde mir nicht gelingen, das Gespräch kurz zu halten, wenn ich mich weiter meiner Erklärungswut hingab. Auf dem Gesicht meines Gegenübers lag etwas wie wirkliches Staunen.

Ich wusste, dass man manche Leute mit solchen Vorträgen enorm beeindrucken konnte, sie aber dann nicht mehr loswurde. Gerade die, die offen genug sind, an den Grundfesten ihrer eigenen Welt zu zweifeln, klammern sich an jeden, bei dem sie ein Körnchen Weisheit vermuten. Es kommt vor, dass man mit einem intelligenten Satz in den Verdacht gerät, das große Geheimnis des Lebens zu kennen.

–Sie haben wohl schon einiges gesehen, sagte er respektvoll.
–Naja, das bleibt nicht aus, wenn man die Augen offen hält…
Ich wischte die gewichtigen Worte mit einer müden Handbewegung weg und hob meinen Koffer auf. Er war sensibel genug, um die Geste zu verstehen, wollte mich aber noch nicht gehen lassen.
–Darf ich Sie zu einem Kaffee einladen?… Oder zum Essen?, fügte er hinzu.
Eigentlich hatte ich keine Lust auf den Typen. Ich hatte mich darauf gefreut, diesen Tag ganz alleine zu feiern, in einer ruhigen Pizzeria die Kasse zu zählen und die Früchte meiner Arbeit zu genießen, bevor ich mich auf den Weg nach Hause machte. Der Mann störte das Bild, aber hatte ich ihn mir nicht selber aufgehalst? Diese fatale Unfähigkeit, die Klappe zu halten, die dann die simpelsten Gespräche zu philosophischen Debatten ausufern ließ.
Schließlich dachte ich an das Geld, das ich mir auf diese Art sparen konnte und schleppte meinen Bewunderer in einen weiß gekachelten Hamburgerladen, der nicht dazu einlud, länger zu bleiben, als man brauchte, um den teuren Dreck aus den Pappkartons zu schälen und mit klebrigem Zeug runterzuspülen. Ich nutzte die Gelegenheit, mir im Neonlicht der Toilette ausgiebig die Hände zu waschen. Einen Moment war ich nah daran, mein Geld zu zählen, verwarf den Gedanken aber wieder, da es mich nervös machte, meine Gitarre in der Obhut eines Fremden zu wissen.
Als ich dann mit gewaschenen Händen im Warmen über meinem Plastiktablett hing und salzige Dinger in mich reinschaufelte, fand ich das alles gar nicht mal übel, zumal das Gespräch sich nicht anstrengend gestaltete. Im Grunde wollte der Typ nicht viel von mir

wissen, er bewegte sich in den Parametern, die ihm geläufig waren, und fragte mich lediglich, ob ich ein Dach über dem Kopf hätte, wie lange ich dieses Leben schon führte und wo ich überall gewesen sei. Diese Sorte Fragen konnte ich im Halbschlaf beantworten, ohne mich persönlich berührt zu fühlen. Es brauchte nicht mehr als ein paar nette Geschichten, um die Neugier meines Gegenübers zu stillen. Dabei spielte es keine Rolle, ob sie im Einzelnen der Wahrheit entsprachen. Ich hatte nichts vor mit ihm und brauchte nichts weiter zu erfinden, ließ nur alles aus, was die Sache zu kompliziert gemacht hätte.
Als wir uns die Hand gaben, bedankte ich mich und erklärte diese Begegnung zu einer angenehmen. Das meinte ich sogar aufrichtig. Wenn alle Leute so wären, so respektvoll und halbwegs interessiert an ihrer Umgebung, wäre das Leben in diesem Land freundlicher, das Gefühl für Gemeinschaft ausgeprägter, wäre der Wind da draußen ein paar Grad wärmer.

Es wurde bereits dunkel, und ich ging ohne Umwege zum Bahnhof. Noch immer wusste nicht, wie viel ich in meinen Taschen hatte – ich zähle ebenso wenig mein Geld vor Fremden, wie ich meine Gitarre länger als nötig bei ihnen stehen lasse –, aber ich fand, dass ich einen angenehmen Heimweg verdient hatte. Ein langer, anstrengender Tag hing mir in den Knochen, die Aussicht auf eine friedliche Zugfahrt stimmte mich sanft und geduldig. Am Bahnhofsbüdchen erwarb ich Tabak, eine Tafel Schokolade und eine Schachtel Zigaretten als luxuriösen Lohn meiner Mühen. Ich hätte gerne einen kleinen Joint geraucht, aber meine letzten Vorräte hatte ich wohlweislich zu Hause gelassen, in dieser Hinsicht konnte ich mich inzwischen einer gewissen Disziplin rühmen.

Im Zug ließ ich mich zufrieden in die Polster sinken und wartete, bis die Lichter des Bahnhofs verschwanden. Dann fummelte ich meinen gesammelten Verdienst aus den Taschen und baute die Münzen zu kleinen Zehner-Türmchen auf der Fensterablage. Als es zu eng wurde, schichtete ich das Ganze in Zwanziger-Einheiten um. Ich berücksichtigte nur das Silber; Groschen und Indianergeld kamen einfach in die Brusttasche meiner Jacke. Als alles ausgezählt war, zog ich ab, was ich Joelle schuldete und gab mir einen halben Schein, den ich bei ihr noch investieren wollte. Übrig blieb ein knapper Schein. Das würde mich locker ein paar Tage über Wasser halten. Dafür, dass man überall hörte, die Zeiten seien hart geworden, kam ich mir geradezu gesegnet vor.
Klar, es würde nicht immer so gut laufen, auch war das Wetter noch zu unbeständig. Trotzdem fühlte ich mich einmal mehr unangreifbar, die gröbsten Unannehmlichkeiten würde ich abblocken können. Ich warf einen zärtlichen Blick auf meinen Gitarrenkoffer, der neben mir zwischen den Sitzen klemmte, meinen Zauberkasten, mein magisches Werkzeug. Einmal hatte ich gedacht, er könnte mir alle Türen öffnen, inzwischen wusste ich es besser. Es war nicht nötig, die Welt zu erobern, wenn man sicher war, in ihr überleben zu können. Ich lutschte ein Stück Schokolade zwischen zwei Zigaretten und überließ mich dem Schaukeln und Rumpeln des Zuges und dem Blick in die Dunkelheit draußen, bis die Lichter der Stadt in Sicht kamen.

Als ich aus der Straßenbahn stieg, regnete es wieder, und so sehr ich mich beeilte: keine Chance, trocken nach Hause zu kommen. Mit klammen Fingern schloss ich die Gartentür auf. Der Hund sprang freudestrahlend um mich herum, drängelte sich neben mir durch die Haustür und schüttelte sich das Wasser aus dem Fell.

Ich verstaute die Gitarre und brachte das Herdfeuer in Gang, bevor ich mir die Kleider vom Leib zerrte und mich unter dem heißen Wasserstrahl in der Dusche bog, bis der Boiler leer war.

Als ich mich dann mit feuchten Haaren und in frischen Kleidern mit einem Dreiblatt-Joint in der Hand vor dem Herd drehte, um die köstliche Wärme gleichmäßig in mich aufzunehmen, kehrten langsam meine Kräfte zurück. Ich ging in mein Zimmer, um eine Platte aufzulegen, konnte mich nicht zwischen Michelle Shocked und den Indigo Girls entscheiden und legte schließlich REM auf, *Automatic for the People,* bevor ich wieder in die Küche ging, um Tee aufzusetzen. Gemächlich rauschte das Gras in meinen Schädel, ich klebte vor dem Herd und schaute minutenlang auf den brodelnden Teekessel. Der Joint machte mich nicht müde, auch wenn ich äußerlich immer träger wurde, schnurrte mein Geist angeregt vor sich hin. Irgendwann fiel mir auf, dass die Musik nicht mehr lief, aber ich war schon zu weit in meinen eigenen Kosmos eingetaucht, um mich darum zu kümmern.

Während ich meinen Tee schlürfte, kamen Bilder des vergangenen Tages zurück. Dies war der Tag meiner Wiedergeburt als Straßenmusikerin, dachte ich und lachte leise vor mich hin. Noch gestern hätte ich den Gedanken weit von mir gewiesen, in diesen Beruf zurückzukehren. Ich hatte lediglich Geld gebraucht und mit dem leuchtenden Frühlingstag die Gelegenheit er-

griffen, welches zu verdienen. Jetzt wusste ich auf einmal wieder, dass ich diesen Beruf nicht einfach von meinem Dasein trennen konnte wie irgendeinen Job. Hatte ich nicht lange genug da draußen gelebt, um zu wissen, dass diese Arbeit zur Sucht werden kann? Und wie jeder Süchtige ließ ich mich nach nur einem angenehmen Tag dankbar in die alten Rituale zurückfallen, mit dem Gefühl, nach langer Entbehrung endlich wieder dort zu sein, wo ich immer hingewollt hatte.
Ich dachte an das rothaarige Mädchen vom Nachmittag und fragte mich, ob ihr Gesichtsausdruck einfach Schwärmerei gewesen war oder ob mein Auftritt ihr vielleicht einen Kick gegeben hatte. Vielleicht packte sie jetzt gerade ihre Sachen, um aus ihrer Welt auszubrechen. Vielleicht hatte sie mich auch schon wieder vergessen.
Ich hatte gelernt, dass nur wenige konsequent genug sind, dem Ruf zu folgen, wenn sie ihn vernehmen. Jede Logik, jede Angst, jede Vernunft fahren zu lassen, jede anerzogene Grenze wegzuwischen und es einfach zu tun. Inzwischen wusste ich auch, dass es für die meisten gesünder war, dem Impuls nicht nachzugeben, auf diesem Weg warteten ebenso viele Schmerzen und Gefahren, wie er Wunder bereithielt; und er führte nie zurück. Ich hatte viele Leute gesehen, die ihn besser nicht gegangen wären.

Ich erinnerte mich ziemlich genau an den Zustand, in dem ich vor neun, zehn Jahren durch die Welt gelaufen war, äußerlich träge und ziellos, innerlich fiebrig und von einer Panik gestreift, die mich von dem Leben wegzog, in dem ich verharrte. Ich hatte nichts, was mich wirklich reizte, trat jede Tätigkeit mit dem Vorsatz an, sie so bald wie möglich wieder hinzuschmeißen. Ich hatte eine Menge gelesen, aber kannte mich mit nichts aus und war mit allem überfordert. Wenn ich Geld hatte, um zwei, drei Wochen über die Runden zu kommen, ließ ich alles fallen und trampte im Land herum, ein paar Mal auch über die Grenze, gab aber bei der geringsten Schwierigkeit auf und verkroch mich wieder in meiner Bude. Ich wusste nur, dass ich raus wollte, war ich aber draußen, konnte ich dort genauso wenig mit mir anfangen.

Aus reinem Dünkel zwang ich mich dazu, Kerouac zu lesen, es war nichts, was mir wirklich nah ging, aber ich hatte immer die Taschenbuchausgabe von *On the road* bei mir, in der Hoffnung, dieses Buch könnte als Erkennungszeichen dienen, falls ich auf einen Geistesverwandten stoßen sollte. Ich habe weder damals noch später, als ich wirklich auf der Straße lebte, da draußen auch nur einen getroffen, dem der Titel ein Begriff gewesen wäre.

Ich gewöhnte mir an, in Bahnhöfen und abgelegenen Ecken der Stadtparks nach verwegen aussehenden Gestalten zu suchen und über Drogengeschäfte ins Gespräch zu kommen, in der Hoffnung, irgendwelche Anhaltspunkte zu finden, die mich dem wilden, echten Leben etwas näher bringen könnten. Ich schaute mir ein paar Attitüden ab und schnappte die nötigsten Vokabeln auf, um mich in den Kreisen der Treber, Punker und Berber bewegen zu können, ließ mir in dunklen Ecken gepresstes Henna als Haschisch und Bleistiftminen als Trips andrehen, verschenkte mein Geld an Junkies, die mich mit der immer gleichen Jammergeschichte beeindruckten, oder lauschte stundenlang den Phantastereien eines dreckstarrenden Berbers, der mir bei einer Flasche Korn die letzten dreihundert Jahre seines Lebens erzählte.

Manchmal berauschte mich das alles auch wirklich, hatte ich den Eindruck, ein paar Stunden ganz in die wilde Welt eingetaucht zu sein, nach der ich suchte. Es gab Nachmittage an Autobahnraststätten, wo ich andere Suchende und Reisende traf, tiefe Gespräche führte und mich für eine Stunde haltlos verliebte, um dann in den nächsten LKW zu klettern und die Unbeständigkeit dieser Begegnungen zu feiern. Dann wieder saß ich in meiner Bude, dazu verdammt, mich acht Stunden des Tages mit Tätigkeiten zu öden und mich mit Leuten auseinander zu setzen, die mir sternenweit egal waren. In diesen Phasen lag ich selbst am Wochenende reglos auf dem Bett, voller Abscheu vor meiner Inkonsequenz, meiner Feigheit und Bequemlichkeit, die mich an meine Bude fesselten. Ich sah in den festgelegten Wegen keine wirkliche Wahl. Ich war nicht besser als die ganzen Masken um mich herum, die sich für drei Wochen im Jahr aus der Tretmühle freikauften, um in eine romantische Gegend zu jetten. Wenn ich sie verachtete, spuckte ich nur in den Spiegel. Aber ich sah keinen Weg, konnte meine Wünsche nicht in Worte fassen. Mir fehlte ein Kanal für meinen großen Willen. Bis mir – wie soll ich sagen – meine Vision begegnete.

Ich erinnere mich an keinerlei Koordinaten dieser Geschichte, ich könnte weder ein Datum nennen noch mit Sicherheit sagen, ob ich unter dem Einfluss einer Droge stand, könnte mich nicht einmal auf eine bestimmte Stadt festlegen. Ich weiß nur, dass es Spätsommer war in einer Fußgängerzone, die ich danach nie wieder betreten habe. Vielleicht ein zeitloser Ort wie im Märchen von der versunkenen Stadt, die nur ganz selten für einen Tag aus dem Meer aufsteigt.

In meiner Erinnerung laufe ich ohne Grund und Ziel, ohne bestimmte Gedanken, die Straße entlang, als mir plötzlich klar wird, dass ich auf den Klang einer Musik zulaufe, die mich magisch anzieht. Erst nehme ich nur

eine Ansammlung von Menschen wahr, die in einem Halbkreis steht. Im Nähertreten sehe ich auf einmal diese Erscheinung, einen Mann mit einer Gitarre, der breitbeinig auf dem Boden kniet, umgeben von einem hellen, warmen Leuchten, das ganz offensichtlich durch das Zusammenklingen seines Instrumentes mit seiner lauten, tragenden Tenorstimme erzeugt wird. Als er das Stück beendet, wird das Leuchten schwächer, ich höre den Beifall der Leute um mich herum, aber ich kann mich immer noch nicht rühren, da setzt er von neuem an, und die Luft beginnt wieder zu glühen... Ich bekomme weiche Knie, eine Gänsehaut rauscht mir über den Rücken.
Dann riss dem Magier eine Saite. Während er sie ersetzte, löste sich auch die dichte Atmosphäre auf, die mir als Leuchten erschienen war und all die Menschen angezogen hatte. Nun zogen sie Geldbörsen hervor, warfen Münzen in den Gitarrenkoffer und gingen ihrer Wege.

Er war nicht der erste Straßenmusiker, den ich sah, auch nicht der erste, der mich beeindruckte. Ich hatte schon immer eine starke Sympathie für diese Menschen empfunden, mich aber wenig mit ihnen beschäftigt oder gar identifiziert. Heute weiß ich, dass diese vage Distanz eine Art Scheu ist, vor dem heiligen Element, das die echten Straßenkünstler umgibt. Einzelne, die nicht aufgehört haben zu träumen und irgendwann anfingen, konsequent zu handeln. Da steht einer mitten in der brodelnden, zähflüssigen Suppe des Lebens, umgeben von Leuten, die ihn nicht gerufen haben und die damit beschäftigt sind, mit dem fertig zu werden, was sie Alltag nennen. Sich mit dem Zauber zu identifizieren hieße, rauszugehen aus allem,

und es gibt Millionen Gründe, die einen davon abhalten.
Viel später habe ich gelernt: Als Straßenkünstler hast du die Aufgabe, die Menschen für eine Weile von ihren Plänen abzubringen, von den Linien wegzulocken, auf denen sie laufen, sie zumindest für einen Augenblick zum Stehen zu bringen. Und wenn sie bereit sind, dir ihre Zeit zu schenken, darfst du nicht versagen. Du musst dich emporschwingen und mit leichter Hand feinste Atmosphären zaubern, Licht verströmen, Lächeln hervorrufen, Träume aufführen. Die Frage jedes neuen Tages ist dann: Traust du dir das zu?

Ich habe die Lichtgestalt nicht angesprochen an jenem seltsamen Tag. Von so viel Mut blieb ich weit entfernt, ich war danach so schwach, dass ich mich drei volle Tage nicht aus dem Bett erhob, einfach nur atmete und an die Wand starrte.
Am dritten Abend kam ich wieder an die Oberfläche. Ich fing systematisch an zu packen, das Nötigste, fast nichts. Ich ging zur Bank und holte ab, was der Automat hergab, dann warf ich die Geldkarte in den Papierkorb. Meinem Vermieter ließ ich einen Zettel und den Schlüssel zurück. Um fünf Uhr am andern Morgen stand ich an der Autobahnauffahrt, ich war voll und ganz bei mir. Ich hatte eine Reisetasche über der Schulter, ich wollte eine Straßenmusikerin werden. Ich hatte kein Instrument und keine Ahnung, wohin ich mich wenden sollte. Ich ließ keine Ausrede mehr gelten.

Auf dem Weg zu Joelle machte ich wieder beim Magnolienbaum Halt. Es war ein großer, alter Baum zwischen anderen Gehölzen in einem Vorgarten. Er stand direkt an der Straße, hinter dem Zaun über den Gehsteig ragend. Im Frühjahr verwandelte er sich während zehn, zwölf Tagen langsam in eine große, duftende Wolke, einen Traum aus weiß-rosa schimmernden Blüten, die langsam aufgingen und im Moment der vollen Blüte bereits anfingen, als dicke, weiche Blätter zu Boden zu fallen.
Sie fielen auf die Straße, wo sie vom Regen, von Schuhsohlen und Autoreifen zu einer braunen, glitschigen Masse verschmiert wurden, alle Welt rutschte darauf aus und fluchte. Ich verachtete diese Aufregung: Ein Fleck auf der Hose, selbst eine Schramme oder ein Bluterguss schienen mir ein lächerlicher Preis für das ungeheuerliche Schauspiel, das der Baum bot. Mit der Zeit hasste ich die Leute, die über die Blätter auf der Straße schimpften, Leute, die nur auf den Asphalt schauen, die nie zu dem Baum aufgeschaut hatten. Selbst wenn man sie zwänge, sie würden das Wunder nicht sehen.
Im Frühling blieb ich immer, wenn ich vorbeikam, ein paar Minuten bei dem Baum stehen und versuchte, ihn mit allen Sinnen in mich aufzusaugen, alle Stadien der Verwandlung bewusst wahrzunehmen, von den dicken Knospen am schwarzen Geäst bis zum letzten Blütenregen, zu den hellgrünen Blättern, die folgten und den Baum zu einem unter vielen machte. An diesem Tag waren die Blüten schon fast halb geöffnet. Mit entblößter Kehle stand ich vor dem Zaun und betete den Baum an.

–Mann, das is' Nepalese, den hatte ich seit Jahren nicht!

–… ich warte jetzt nur noch drauf, dass die zahlen…
–… fünf Jahre nichts mehr auf die Reihe gekriegt…
–… und dann ab auf die Kanaren, adios!
–… bis ich dann geschnallt hab, dass ich 'ne Quecksilbervergiftung hab…
–… eh, mach mal hin mit der Mischung, Alter!
Bei Joelle war Hochbetrieb. Ich saß etwas abseits am Fenster auf einem Hocker und verfolgte verschiedene rote Fäden, die quer durch den Raum gesponnen wurden, froh, dass mich keiner der Redner fixierte. Ich hatte keine Lust, mich auf eine bestimmte Geschichte zu konzentrieren, genoss einfach die Atmosphäre, während ich an meinem Tee nippte.
–… sechs Amalgamfüllungen, kein Wunder…
–… die haben mir mein letztes Gras abgenommen, ich war vielleicht abgefuckt…
–… nee, Nepal ist praktisch jeden Preis wert, der ist besser als Öl, Tatsache!
–… aber mir keine Empfangsbescheinigung gegeben…
–… ohne Scheiß, zwei Drittel von uns sind quecksilbervergiftet, und die meisten merken's noch nicht mal!
–… naja, einer von den Jungs hat mir eine Pfeife spendiert, und solchermaßen moralisch gestärkt bin ich dann zu den Bullen und hab mein Gras zurückverlangt…
Das versprach eine interessante Sache zu werden, ich blendete die Quecksilberfrau, den Nepalfreak und den Versicherungsfall aus und verfolgte die Geschichte mit dem Gras. Der Erzähler, den ich gelegentlich schon hier getroffen hatte, war ein triebhafter Selbstdarsteller, einer von der wuchtigen, lauten Sorte. Eigentlich sah er aus wie ein Bulle, mit Kantschädel und Schnurrbart, aber nach dem, was er so erzählte, war er Industriekaufmann, Familienvater und Gewerkschaftsmit-

glied. Ich persönlich sah ihm gerne bei seiner Show zu, er war echt gut.
–Die haben mich behandelt, als wenn ich sie nicht mehr alle hätte. Ob ich nicht wüsste, dass das verboten ist. Ich sag, Sie haben mir mein Eigentum weggenommen, ohne mir 'ne Empfangsquittung dafür zu geben, das ist Raub. Ich möchte Anzeige erstatten. Die sagen, wenn ich mich nicht vom Acker mache, lochen sie mich ein und machen 'n Bluttest. Am nächsten Tag war ich beim Staatsanwalt, und das war 'n Linker, ehrlich, ich schwöre! Heutzutage gibt's alles... das war 'n Roter! Der hat sofort kapiert, worum's geht, der hat sich ans Telefon gehängt und dafür gesorgt, dass der Bulle seinen Verweis kriegt und ich 'ne Aufwandsentschädigung von 'nem Pfund. Manchmal musste nur dranbleiben, und es geschehen Zeichen und Wunder!
–Yeah, sagte ich leise.
Er hob sein Teeglas wie die Bierflasche, die er wohl lieber gehabt hätte, aber dieser Punkt war in der Hausordnung geregelt, da verstand Joelle keinen Spaß.
–Prost!
Seine aufmerksamen Zuhörer prosteten unter fröhlicher Zustimmung zurück, ich stellte meinerseits das Teeglas auf die Fensterbank und klatschte gemessen Beifall. Der Redner schaute zu mir, grinste und verbeugte sich knapp.
Auch Joelle war auf mich aufmerksam geworden.
–Emma, kommste mal eben?
Ich stand vorsichtig auf, um erst meinen Kreislauf zu testen, bevor ich mich auf den Weg zur Spüle machte, wo die Hausherrin gegen das Chaos kämpfte. Das Chaos hatte nicht die geringste Chance. Sie hielt mir ein Geschirrhandtuch hin. Ich lehnte mich dezent mit der Hüfte an die Spüle, atmete vorsichtig und polierte ein Teeglas.

–Hast du Zeit, 'ner alten Frau 'n Gefallen zu tun?
–Wenn du von dir redest: ja.
–Du kriegst ja mit, was hier los is'.
Sie deutete mit dem Kopf in die lärmende Runde.
–Ich hab schon Nachschub bestellt, aber meine Kuriere haben alle keine Zeit. Kannst mein Fahrrad nehmen. Dauert vielleicht eine Stunde. Soll nicht zu deinem Schaden sein.
Wenn Joelle mir das noch zutraute, war es um meinen äußeren Zustand nicht so schlecht bestellt, wie ich selbst befürchtet hatte. Im Übrigen baute ich darauf, dass mir die frische Luft gut tun würde.
–Geht klar, mach' ich.
–Du bist ein Schatz.
Sie nahm einen Briefumschlag aus einer Tasche ihrer Strickjacke und gab ihn mir mit dem Rücken zum Publikum.
–Ich ruf an, dass du kommst. Pass auf dich auf.
–Mach dir keinen Kopp. Bis später.

Draußen war es inzwischen stockdunkel, außerdem kühl und windig, und ein hauchdünner Nieselregen sprühte mir ins Gesicht. Ich war schon eine ganze Weile nicht mehr Fahrrad gefahren, hatte aber schnell wieder Spaß an der Sache, auch wenn ich mich lieber auf den Bürgersteigen hielt.
Ich kannte die Tour, schon ein paar Mal war ich eingesprungen, es war immer reibungslos abgelaufen. Ort des Geschehens war eine Disco in einem Außenbezirk. Ich parkte das Fahrrad eine Straße weiter an einem Laternenpfahl. An der Tür stand Halil, zugedröhnt bis unter die Haarwurzeln, wie ich registrierte, was ihn keineswegs harmlos, aber freundlicher als sonst aussehen ließ. Er zog mich rein, zermalmte meine Schultern und drückte mir beidseitig Küsse auf die Wange.

–Sonnenschein! Seh ich dich endlich auch mal wieder!
Halil war stockschwul, es gab weder Illusionen noch Befürchtungen zwischen uns, das machte unser Verhältnis sehr entspannt. Davon abgesehen war es ein wirklich angenehmes Gefühl, den Arm, der mir die Luft abdrückte, als den eines Freundes zu wissen.
–Was macht dein großes Talent, Cousine? Wann wirst du endlich berühmt und reich und holst mich von der Straße, eh?
Das fand ich nicht so lustig, wie ich vorgab, aber ich ließ mich lieber auf seinen Scherz ein.
–Ich denk an dich, Kumpel, Indianerehrenwort. Aber noch ist es nicht so weit, noch muss ich arbeiten für mein Geld. Heute bin ich für Joelle unterwegs.
Was ich an Halil schätzte, war seine schnelle Auffassungsgabe. Er schaffte es trotz all der Substanzen, die in seinem Blut kreisten, in der nächsten Zehntelsekunde auf dienstlich umzuschalten.
–Ookeeh, kein Problem, geh einfach nach hinten durch, ich sag den Jungs Bescheid.
Worauf er unverzüglich zum Funkgerät griff. Ich tätschelte ihm dankend den durchtrainierten Oberarm und hüpfte die zwei Treppen hinunter in die dröhnenden, kochenden Eingeweide der Disco.
Ich sammelte mich kurz, versuchte, mich an das Dunkel und die zuckende Lightshow zu gewöhnen, die Druckwellen der Bässe am ganzen Körper, und die Luft, die auf absurde Weise Smog und Regenwald in sich vereinigte. Ich wischte mit einer lässigen Handbewegung die Themen Hörsturz, Massenpanik und die Sache mit den Lichtfrequenzen, die epileptische Anfälle auslösen, beiseite und stellte mich den Gefahren wie die Masse, die sich auf und um die Tanzfläche und an den zwei Bars tummelte. Ich peilte das Ende des Raumes an und warf mich zwischen die Gesichter und Par-

füms und die Hände mit Getränken, die Tausende von fremden Körpern, die sich im Blitzgewitter wanden und aneinander vorbeischoben.

Um meine Spannung etwas abzubauen, fing ich während des Manövers an, zum Wummern der Anlage zu zucken. Die Musik war tanzbar, aber völlig ausdruckslos. Als ich den Gang zu den Toiletten erreicht hatte, verschnaufte ich kurz. Ich drückte auf die Innentasche meiner Jacke, um nach dem Umschlag zu tasten. Er war noch da, warum auch nicht. Ich fuhr mir kurz mit beiden Händen durch die Haare und ging den knallrot gestrichenen Gang entlang an den Toiletten vorbei, schaute mich kurz um, sah niemanden und blieb vor einer Eisentür stehen, die links in der Wand hing. Die Tür trug keine Aufschrift, es hätte die Tür zu einem Lagerraum sein können, auch wenn dem aufmerksamen Beobachter auffallen musste, dass in der Ecke eine Videokamera hing.

Ich stand noch keine zwei Sekunden vor der Tür, da ging sie ruckartig auf, und wieder wurde ich von energischen Armen durch den Rahmen gezogen, allerdings eine Spur hastiger als vorhin. Im Flur hinter der Eisentür lungerte eine Handvoll weiterer Security-Jungs herum, rauchten und tranken Cola. Ich kannte sie nicht weiter, aber ich grüßte freundlich, und sie grüßten gemessen zurück. Es waren alles dunkeläugige Kampfsportler in schwarzen T-Shirts, die sich in allen möglichen Sprachen des vorderen Orients unterhielten und schwer auf die Männlichkeit ihrer Körperhaltung achteten. Ich wusste, dass ich für sie etwas Außerirdisches war, aber Halil bezeichnete mich als Cousine und Kemal machte Geschäfte mit mir, und Kemal war der Bruder vom Boss, das machte die Sache einfach.

–Emma! Schön, dass du auch mal reinschaust!

Kemal stand von seinem Sofa auf und strahlte mich an,

als wäre ich lediglich auf eine Tasse Tee zu ihm gekommen. Er war ein arabischer Intellektueller um die sechzig, mit vergoldeter Brille und turbulenter Vergangenheit. Er hatte vor langer Zeit gemeinsam mit Joelle auf den Barrikaden gestanden, auf welchen, hatte ich vergessen. Mir gegenüber verhielt er sich wie ein alter Onkel. Im Moment tätschelte er mir den Hinterkopf und versicherte, ich würde immer schöner. Das kannte ich schon, das sagte er jedes Mal, eine dieser Sympathiebekundungen der alten Schule. Ich setzte mich zu ihm aufs Sofa, um die übliche Tasse verzuckerten Tee zu trinken, und erkundigte mich artig nach seiner werten Gesundheit. Er war am Magen operiert worden, und das Rheuma quälte ihn, aber das konnte ihm seine Lebensfreude um kein Quäntchen mindern, wenn man ihn so hörte.
Dann wollte er wissen, was die Kunst und die Karriere machten.
So grenzenlos leid ich dieses elende Thema auch war, es würde mich noch eine Weile verfolgen. Und so sehr es mir wehtat, mich jeden Tag aufs Neue zu verleugnen, es war die schnellste Methode, zu anderen Dingen überzugehen.
–Läuft gut, log ich, ohne rot zu werden.
–Ich hab das Management gewechselt. Im Sommer geh ich auf Tour.
Das freute ihn, er hatte es ja schon immer gewusst, dass ich es schaffen würde. Damit war ich aus dem Schneider, und wir kamen zum geschäftlichen Teil. Ich hatte nichts zu tun, als den Umschlag gegen ein Päckchen einzutauschen, das ich mir in den Hosenbund schob. Kemal zwinkerte mir zu und kniff mir in die Wange, als er mich mit besten Grüßen an Joelle entließ.
Ich wurde von einem der Karatekids auf den Toilettenflur geschleust und zog den Reißverschluss meiner

Jacke zu, bevor ich mich auf den Rückweg durch die ekstatischen Massen machte. Der kürzeste Weg führte direkt an der Tanzfläche vorbei. Ich hatte gerade die Hälfte geschafft, da lief eine dieser endlosen Rave-Nummern aus, die klingen, als hätten sie den Live-Mitschnitt aus einem Aquarium zur Grundlage genommen, und ich hörte den DJ in den Abspann quatschen:
–Und jetzt, Leute, hab ich was Brandneues für euch – gestern abgemischt und heute schon bei uns … die neue Dance-Version von einem Hit, den ihr alle kennt … STELLA RUNAWAY MIT ›VAGABONDS KITCHEN‹!!!!
Ein eiskalter Blitz spaltete mir die Wirbelsäule, die glibberige Kralle der Panik schob sich in meinen Nacken, einen Augenblick sah und hörte ich nichts mehr, dann wurde ich unsanft angerempelt und herumgeschubst, bis die Strömung mich in freiere Gefilde drückte und ich nach einem kurzen Taumeln wieder zum Stillstand kam und Atem schöpfen konnte.
Dann setzten allmählich meine Sinne wieder ein, und ich erkannte hinter dem üblichen Gewummer tatsächlich diesen erbarmungswürdigen Hit, dieses bedauerliche Liedchen, das ich höchstpersönlich geschrieben hatte, in einem anderen Leben, unter ganz anderen Gegebenheiten. Nur, dass das schon lange nicht mehr mein Lied war, auch wenn man sich den brandneuen Blubbermix mal wegdachte. Es war das Lied der Massen geworden, die keine Ahnung hatten, was sie da mitträllerten, das Lied der Musikverkäufer, denen alles egal war, solange es sich verkaufte, das Lied der kritischen Magazine, die meinten, verstanden zu haben, und alles nur noch schlimmer machten. Die Nummer hatte es wahrhaftig geschafft, die Herzen zu erobern. Das alles hatte mit mir nichts mehr zu tun.
Während mir blitzschnell unsägliche Bilder durch den Kopf rauschten, hielt ich mich an dieser Argumenta-

tionskette fest. Das alles war schon einige Zeit sauber formuliert und abrufbereit in meinem geistigen Notgepäck, für einen Fall wie diesen, dass mich aus heiterem Himmel die Plage heimsuchen sollte, nach einem schönen Tag, kurz vor Feierabend, praktisch schon auf dem Heimweg. Und doch war es naiv zu glauben, ich hätte es damit hinter mir.

Als ich mich gesammelt hatte, tastete ich als Erstes mit rasendem Puls nach dem Päckchen auf meinem Bauch: Es war noch da. Ich atmete tief durch und ging mit energischen Schritten und kaltem Herzen zum Ausgang. Halil war ins Gespräch mit einem schmächtigen Jüngling vertieft, er drehte mir den Rücken zu, und ich hastete dankbar vorbei. Ich wollte keinen mehr sehen, ich war bedient, ich hatte die Menschheit satt.

Draußen schlugen mir Kälte und Feuchtigkeit ins Gesicht. Erleichtert füllte ich meine Lungen mit Sauerstoff, dann zündete ich mir eine Zigarette an. Ich war schweißgebadet und schmerzhaft klar bei Sinnen. Ich konnte kaum glauben, dass ich vor einer knappen Stunde noch selig grinsend auf einem Hocker geklebt und die Unterhaltung durch Joelles Hofstaat genossen hatte. Dann hatte mich dieser berühmte Fisch verschluckt, und jetzt stand ich vor Joelles Drahtesel und versuchte, ein grelles Bewusstsein zu verarbeiten, während ich am Schloss fummelte.

Ich hielt mich wieder auf dem Bürgersteig, fuhr langsam und umsichtig, ließ mir den Nieselregen um den Kopf sprühen und freute mich darauf, diesen Tag hinter mir zu lassen und in absoluter Stille mit einem Joint auf mein Lager zu sinken.

Noch immer wartete ich auf den Scheck vom Amt. Ich hatte die letzten Groschen und Pfandgläser in Tabak in-

vestiert und schlürfte zwei, drei Tütensuppen am Tag. Ziemlich widerlich, wenn man dabei an Gemüse, Cremepudding, Salate, Joghurt und Kuchen, an alle Köstlichkeiten dieser Welt denkt, die man sich nicht leisten kann. Das Wetter stand ständig auf der Kippe, manchmal schien sogar die Sonne, aber man konnte nie wissen, so dass ich keinen zweiten Versuch anging, meine finanziellen Probleme auf der Straße zu lösen.
Ich lebte seit langem am Rande des Abgrunds, ein paar Schritte näher oder weiter weg, im besten Fall hatte ich mein Auskommen. Ich war noch keine 30 und hatte es zu einiger Bekanntheit gebracht; ich hatte einen Hit geschrieben. Richtig Geld hatte ich allerdings nie verdient. Dagegen kannte ich mich sehr gut damit aus, was es heißt, kein Geld zu haben.
Ich hatte eingehend studiert, mit knurrendem Magen und klammen Fingern um eine Frittenbude zu streichen oder vor einem Schaufenster auf und ab zu gehen, in dem ein T-Shirt für den Wert einer Monatsmiete angeboten wurde. Ich kannte die Wut, die den Magen schließlich versiegelt und die Gedanken härter werden lässt. Ich hatte nie ein Problem damit, Geld anzunehmen, das man mir freiwillig gab, und meine Hemmschwelle war mit den Jahren immer weiter gesunken. Das Pfund eines lallenden Wichtigtuers war auch ein Pfund. Die Motive der Leute bleiben meistens unklar, wirklich, es ist unglaublich, was dir auf der Straße alles begegnet, wie viele Irre Geld zu verschenken haben – einmal wurde mir ein ganzer Schein offeriert von einem Christustypen im Anzug, der die fixe Idee hatte, ich sei ein guter Mensch, ich musste ihm versprechen, am nächsten Tag irgendwo anzurufen, wo eine Stelle frei war. Ich hatte schlechte Geschäfte an dem Tag, ich hätte alles Mögliche versprochen und war froh, dass er nicht von mir verlangte, mit ihm zu beten.

Trotzdem lebte ich in dem Gefühl, noch gut davongekommen zu sein. An den besseren Tagen machte ich die Leute glücklich, brachte die Luft um mich herum zum Leuchten. Gelang mir der Zauber, fühlte ich mich privilegiert.
Alles in allem ging es mir um diese Nuancen, um das Erfassen der Abgründe, um die Augenblicke der Erleuchtung, in denen alles sichtbar, hörbar und fühlbar ineinander fließt. Von dort aus gesehen spielte Geld letztendlich eine Nebenrolle, wenn es sich nicht gerade gnadenlos in den Vordergrund drängte. Ich hielt mich nie länger als einen harten Tag damit auf, die meiste Zeit gelang es mir, das Problem zu ignorieren. Selbst wenn ich wütend war, fühlte ich mich nicht ausgeliefert, denn all das war die Folge von Entscheidungen, die ich ohne Zögern getroffen und nie bereut hatte. Es gibt diese Freiheit, und sie fühlt sich gut an, aber sie hält dich auf Trab, manchmal grinst sie dir schon morgens aus dem Kaffee entgegen, manchmal haut sie dir auch voll in den Magen.

Einmal vor vielen Jahren wurde ich von der Straße weg auf eine Party angeheuert, wo ich meine Straßenlieder vortrug und von den Gattinnen der Schlipsträger mit Lachshäppchen gefüttert wurde. Ich war eine wilde Erscheinung, viele hielten mich für einen Jungen, was mir auch manchmal von Nutzen war. Sie lobten mein Talent, sie waren entzückt darüber, was ich doch für ein interessanter und netter Mensch sei. Sie waren kurz davor, mich in die Badewanne zu stecken, als ich endlich die Kurve kriegte und ihnen vorschlug, sich einen anderen Penner von der Straße zu holen, einen, der keine Lieder schrieb, einen, der nicht so glücklich war wie ich, aber doppelt so stolz, einen, von dem sie lernen könnten.

Diese Leute hatten mir eigentlich nichts getan, aber sie machten mich wütend mit ihrer dumpfen Arroganz, mit ihren Häppchen, von denen ich nicht satt wurde, ihrer Zentralheizung, die mich in meiner Kluft fast umbrachte, ihren gepflegten Händen und dem ganzen geschmackvollen, sauteuren Schnickschnack, mit dem sie sich behängten und umgaben. Ich hatte genug davon.

Ihre edlen Gläser, ihre gerahmten Bilder zersprangen unter meinem Blick. Ich schaute mich um und sah, wie ihre Glitzerwelt zerbröselte in einem erhabenen Augenblick, und vor mir standen ein paar verstörte Menschen. Ich sah in ihren Gesichtern keine wirkliche Ablehnung, aber Verlegenheit, Angst und dahinter etwas, das ich für Neid hielt.

Das machte mir den Kopf wieder klar, und ich ging zur Tür. Ich konnte gehen, wenn ich genug hatte. Und ich hatte genug, wenn ich die Taschen voll Silber oder die Finger wund hatte oder beides. Ich hatte genug, wenn ich ein paar Leute zum Lächeln gebracht oder irgendein Arschloch die Bullen gerufen hatte. Ich ging leichten Fußes.

Ich floh damals auf meine Platte, ein Zeltlager hinterm Rangierbahnhof, um mit den Jungs einen Joint zu rauchen. Wenn man mir an so einem Abend eine Dose Bier reichte, konnte es vorkommen, dass ich sie bis zur Neige leerte, nur so zum Ausgleich, um mir ganz klar zu sein, wie das bittere Leben auf dieser Seite schmeckte. Wir saßen ums Lagerfeuer, die Laune hatte sich bei meiner Ankunft gehoben, ich war willkommen, und ich hatte nichts als meine Anwesenheit, meine Lieder und etwas Gras zu bieten, aber das war manchmal viel.

Teddy hatte beim Schnorren einen Spazierstock ins Gesicht gekriegt, er hatte einen roten Streifen auf der

Wange. Der Typ hatte gut gezielt, die Spitze war knapp am Auge vorbeigegangen.
–Ich hab den ganz normal angequatscht, ich glaub, der hatte schon vorher ausgeholt, ich hab dem noch nicht mal im Weg gestanden!
–So ein Arsch. Und ...–?
–Das Problem ist, der war bestimmt fünfundsiebzig, so 'n Männchen, der ging mir bis hier.
Er streckte die Brust vor und zeigte, bis wohin.
–Jetzt frag ich dich, was machste da? Ich kann doch keinen Opa vermöbeln!
–He, immerhin ist der auf dich losgegangen! – Den müssteste anzeigen wegen Körperverletzung!
–Und wie bring ich das den Bullen bei? Für die hat sich der Opa gegen den Schnorrer gewehrt, und bis zum Richter isses dann Raubüberfall. Nä, das sind die Dinger, wo du einfach nichts machen kannst.
Niemand widersprach. Ich zündete den Joint an und gab ihn an Teddy weiter. Einer teilte Bier aus, der Indianer hatte irgendwo Fisch aufgetrieben, den er auf einem Rost im Rauch wendete. Später nahm ich die Gitarre und sang von dem steinigen Pfad, den sie alle kannten, und von den Wundern, die einem am Rand begegnen. Das Gute an Liedern ist, man kann selbst verfügen, wie die Geschichten ausgehen und in welchem Licht man die Sache zeigt. Ich bot meine ganze Kraft auf, um das richtige Leuchten zu erzeugen, um alle an meiner Gewissheit teilhaben zu lassen: Dies war der Weg der intensiveren Augenblicke, der helleren Freudenmomente, der tieferen Einsichten. Es war die Verbindung zum Wesentlichen, die wir mitunter mit Machtlosigkeit, mit Dreck und Demütigungen, mit Turkeys und mit einem frühen Tod bezahlen.

Das war nun schon ein paar Jahre her, und ich sah manches differenzierter seitdem. Der aufrechte Gang war nur eins von vielen möglichen Idealen, Freiheit war nicht jedermanns Sache. Die meisten fanden die Sicherung ihrer Höhle erstrebenswerter, und mittlerweile konnte ich es verstehen. Bestimmt war auch ich seichter geworden, war aber bis hierhin mit einer Konsequenz gegangen, die mich für eine grundsätzliche Umkehr ungeeignet machte. Von einem bestimmten Punkt an gibt es kein Zurück. Ich war weit davon entfernt, dem lange abgefahrenen Zug nachzulaufen, in dem die meisten meiner Altersgenossen seit zehn Jahren saßen. Man konnte ihnen keine Trägheit vorwerfen, alle waren sie mit irgendwas beschäftigt und voll bei der Sache, aber die Gegenstände ihres Interesses waren mir immer irgendwie phantasielos vorgekommen. Die Vision hinter ihrer Geschäftigkeit war mir schleierhaft, ich hatte nie verstanden, warum sie mit fliegenden Fahnen ins Vorhersehbare gerannt waren. Viele von ihnen spekulierten inzwischen mit Immobilien, während ich gerade mal ein Dach über dem Kopf hatte. Wenn ich sie nicht um ihre Sicherheiten beneidete, dann nur, weil ich wusste, wie dünn der Boden war, auf den sie gebaut hatten, und welche Abgründe sich darunter befanden.
Ich hatte nichts erwirtschaftet als Lieder und Geschichten. Ich hatte gesungen, geschrien, gefroren, gelacht, geschwiegen, gekotzt, ich war gefeiert, gefickt, getreten und gestreichelt worden, ich kannte Triumph und Ohnmacht, Angst, Wut, Ergriffenheit, die Beste Aller Drogen und diese Stromstöße jäher Freude, die mich manchmal durchfuhren. Ich war inzwischen zutiefst dankbar, wenn mir eine ruhige Phase vergönnt war, und ich wurde immer noch unruhig, wenn die Ruhe zu lange andauerte. Ich hatte nicht den Eindruck,

weiter gekommen zu sein als andere, das nicht, aber wenn manchmal zu lesen war, das Hauptmotiv für Selbstmord in meiner Generation sei Langeweile, konnte ich mich nicht erinnern, mich in all diesen Jahren einmal gelangweilt zu haben.

Kommen & Gehen

How does it feel
How does it feel
To be on your own
With no direction home
Like a complete unknown
Like a rolling stone?
Bob Dylan

Sechs Jahre, bevor Stella Runaway auf allen Sendern lief, hielt ich mich zum ersten Mal an einer Gitarre fest, ein Konzertbrett Marke Lagerfeuer, mit einem klobigen Hals und einem breiten Griffbrett. Sie war orange lackiert und trug schon ein paar Narben aus anderen Zeiten. Vom Klang her war sie nichts Besonderes, immerhin, sie war fast bis oben hin bundrein, und die Bässe klangen laut, was auf der Straße wichtig ist. Aber all das wusste ich damals noch gar nicht, als ich zum ersten Mal nach dieser Gitarre griff. Für mich war es nicht entscheidend, wie sie aussah, und um ehrlich zu sein, auch der Klang war mir völlig egal. Ich griff nach ihr wie nach dem berühmten Strohhalm, wie nach dem Gral, wie nach der einzigen Chance überhaupt. Diese Geste ist mir über die Jahre in Fleisch und Blut übergegangen, bis heute habe ich das Gefühl jedes Mal, wenn ich den Koffer öffne.

Es war auf einem Flohmarkt, zu dem ein guter Geist mich geleitet hatte, gerade als ich gar nicht mehr weiterwusste. Seit dem Morgen, an dem ich mich aufgemacht hatte, um zu leben, waren zehn, zwölf Tage vergangen, ich trampte ziellos herum. Die meiste Zeit verbrachte ich auf Autobahnraststätten, alle drei Tage steuerte ich eine Stadt an. Mein Zustand war alarmierend. Ich war nicht ganz da und fühlte mich doch so präsent wie nie zuvor, schwitzend und hohlwangig und mit flammendem Blick, wie diese Typen, die Gott gefunden haben; tatsächlich hörte ich auch eine Stimme zu mir sprechen, aber das war ich selbst, die da in einer Tour auf mich einquatschte. Das Ganze hatte etwas von einem LSD-Trip, nur dass all diese Effekte aus meiner körpereigenen Giftküche stammten. Auch war das keine Halluzination, sondern das richtige Leben. Ich wusste gar nichts, aber das zählte nicht, ich war draußen, ich war unterwegs.

Meine Barschaft hatte sich bis auf einen Schein und ein paar Zerquetschte in Luft aufgelöst, draußen ist das Leben teuer, vor allem auf Autobahnraststätten. An einen Zugewinn war auch nicht zu denken, denn ich war von meiner Berufung weit entfernt, hatte weder ein Instrument noch besondere Fertigkeiten. Auch sonst boten sich keine Möglichkeiten, zu Geld zu kommen, es sei denn, ich hätte mich dazu überwinden können, dem ein oder anderen Reisenden einen runterzuholen. Aber solche Angebote lehnte ich leichthin ab, ich hatte keine sittlich-moralischen Bedenken, was diese Art von Geschäften anging, aber ich war nicht ausgezogen, um aus Bequemlichkeit erneut etwas zu tun, das mir zuwider war.

Etwas ließ mich systematisch auf einen Abgrund zutreiben, auf ein Nothing-left-to-lose. Ich nahm das durchaus wahr, aber stellte diese Gedanken auf einem entfernten Nebengleis ab.

In einem vagen Anflug von Vernunft hatte ich beschlossen, die nächste Stadt anzusteuern, um billig zu essen und vielleicht eine Nacht in einem Bett zu schlafen. Ich hatte von Bahnhofsmissionen gehört, vielleicht würde ich mir auch die Jugendherberge leisten. Seit meinem Aufbruch hatte ich die meisten Nächte dösend in einer Raststättenecke verbracht. Im Morgengrauen stand ich zähneklappernd auf und versuchte dann, ein warmes Auto anzulocken. Einmal hatte ich auch in der Kabine eines LKW ein Lager gefunden, aber der Fahrer hatte trotz seiner Beteuerungen dann doch angefangen, mich zu betatschen, und ich stieg unverzüglich und ohne Bedauern aus und ging einen Kaffee trinken. Auf diese Art war ich lange nicht mehr richtig zu Schlaf gekommen.

Es war in einer nebeligen, kalten Morgenstunde, als ein uralter Kleinbus neben mir hielt, eine leibhaftige Hippieschleuder, der hellblaue Lack und die Rostflecken waren in allen Farben des Regenbogens besprüht und an den hinteren Fenstern hingen rote Vorhänge. Mein Tag hellte sich auf, denn so ein Auto war die Garantie für einen angenehmen Lift und hielt gleichzeitig die Möglichkeit interessanter Begegnungen bereit. Am Steuer saß eine Freakfrau um die dreißig mit einem Goldring im Nasenflügel und wunderschönen Hexenaugen. Sie hatte noch nicht nach meinem Ziel gefragt, da klebte ich schon im Beifahrersitz.
–Wo willste denn hin?
–So weit du fährst. Wie in der guten, alten Zeit, fügte ich hinzu.
Sie zog erstaunt die Augenbrauen hoch, dann fing sie an zu lachen. Wir kamen leicht ins Gespräch, und die Zeit perlte auf angenehme Weise dahin, ich wünschte mir, immer so weiterzufahren und über das Heilverfahren mit Steinen zu plaudern oder über die Schwierigkeiten, die man kriegen konnte, wenn man ein wenig Gras auf dem Balkon stehen hatte. Dann hielt der Bus auf einmal an.

–Hier sind wir, sagte die Hexe. – Hilfste mir ausladen?
Es handelte sich um etwa dreißig Kartons voll mit Tongefäßen aller Farben und Formen, hauptsächlich Schüsseln und Blumentöpfe, aber auch Geschirr, Vasen, Stövchen, alles Mögliche, handgefertigt und mit Naturfarben glasiert, jedes Stück ein Unikat, wie ein Schild erklärte. Ich schälte die einzelnen Teile aus dem Zeitungspapier, mit dem sie umwickelt waren und reichte sie der Hexe. Sie bestückte damit den Marktstand, den wir vorher aus Böcken, einer alten Tür, drei Obstkisten und einem blauen Tuch gezaubert hatten.
Als alles fertig war, sah das Ganze prachtvoll und sehr teuer aus. Um uns herum war der Markt bereits in vollem Gange. Ich bekam Lust, mich noch etwas umzuschauen.
–Kann ich meine Tasche 'ne Stunde bei dir unterstellen?
–Logisch, klar. Rechts hoch sind die Fressbuden, Gemüse und so, links runter gibt's Klamotten und Flohmarkt. Der ist gut, lohnt sich.
Eigentlich hatte ich vorgehabt, etwas zu essen, aber ich ging erst mal in Richtung Flohmarkt. Es war keine bestimmte Vorstellung, die mich dorthin zog, eher eine vage Höflichkeit, die mich dazu brachte, mir das Empfohlene auch anzuschauen. Ich hatte weder Geld für Spielereien noch ein Zuhause, für das ich sie gebraucht hätte. Bei den Schallplatten blieb ich stehen, hier bestand keine Gefahr, Geld auszugeben, aber es machte Spaß, sich durch die letzten dreißig Jahre der Popmusik zu wühlen und ab und zu ein vergilbtes Heiligtum zu bestaunen. Ich hielt gerade die *Walls and Bridges* von John Lennon in der Hand und suchte nach dem Textblatt, als ich in der Bewegung anhielt. Jemand spielte Gitarre, ganz in der Nähe, direkt vor mir. Der Typ hinter dem Stand zupfte und klopfte etwas Bluesi-

ges auf einer Wanderklampfe, um sich die Zeit zu vertreiben und auf sich aufmerksam zu machen. Was mich betraf, war ihm das gelungen.
–Was kostet die Gitarre?
–Die ist nicht zu verkaufen, die hab ich nur so dabei.
Ich glaube, wirkliches Entsetzen stand mir im Gesicht. Plötzlich war ich wegen nichts anderem hierher gekommen. Diesen Flohmarkt hatte der Himmel für mich organisiert.
–Ich brauch aber 'ne Gitarre, nichts anderes. Bitte, gib sie mir, ich brauche sie wirklich dringend! Das ist so…, ich bin Straßenmusikerin und habe kein Instrument mehr…
Ich fummelte mein gesamtes Vermögen aus der Hosentasche.
–Hier, das ist alles, was ich habe, bitte, du bist meine letzte Chance.
Der Typ schaute mich erstaunt an. Er zögerte.
–Hier gibt's doch bestimmt irgendwo einen, der 'ne Gitarre im Angebot hat…
Ich wollte kein Risiko eingehen.
–Nee, leider, ich war schon überall, ich hatte es schon aufgegeben, weißte, das ist wie ein Wunder, dass du jetzt auf einmal eine in der Hand hast, Mann… Ist das denn irgendwie ein Heiligtum, dass du die nicht verkaufen willst?
Der Typ schaute auf die Gitarre auf seinen Knien, auf das Geld in meiner ausgestreckten Hand, und sah wohl die Verzweiflung in meinen Augen.
–Eigentlich nicht, sagte er. – Ich hab noch eine, 'ne richtig gute.
Dann gab er sich einen Ruck.
–Ist gut, kannst sie haben. Pass gut drauf auf.
Ich nickte, mir kamen fast die Tränen. Ich legte das Geld auf seinen Verkaufstisch zwischen den Plunder

und griff mit beiden Händen ganz vorsichtig nach der Gitarre, die er mir reichte. Als ich sie in den Händen hielt, spürte ich den Impuls, so schnell wie möglich mit meiner Beute zu fliehen, aber ich riss mich zusammen und blieb stehen. Meine Hände umklammerten die Gitarre, man hätte mir die Finger brechen müssen, um sie mir wieder wegzunehmen.
Der Typ unterdessen hatte bedächtig das Geld vom Tisch geklaubt und musterte mich aufmerksam, bevor er den Schein einsteckte und sich erneut einen Ruck gab. Er hielt mir die Münzen hin, die er noch in der Hand hatte.
–Hier, als Startkapital.
Es war ziemlich viel Silber dabei, der Typ meinte es gut mit mir, er hatte ein gutes Geschäft gemacht und wollte es nicht übertreiben. Ich sollte noch lernen, wie ungeheuer selten es vorkommt, dass jemand einfach so auf Geld verzichtet, das er schon bekommen hat. In diesem Augenblick dachte ich nur an die Gitarre.
–Danke. Du hast mir das Leben gerettet, sagte ich schlicht und machte, dass ich wegkam.
Wir konnten beide nicht wissen, in welchem Maße dieser Satz die Wahrheit traf.
Ich ging zum Stand der Hexe zurück und blieb den ganzen Tag bei ihr sitzen. Irgendwann gab sie mir Geld aus der Kasse, und ich besorgte uns was zu essen, Kaffee hatte sie dabei. Es herrschte ein wunderbares Einverständnis zwischen uns, wie das manchmal vorkommt, wenn man einen Seelenverwandten trifft. Sie hieß Thea und lebte in einem ländlichen Vorort der kleineren Großstadt, in der wir uns gerade befanden.
–Komm doch 'n paar Tage zu mir, das ganze Haus ist 'ne große WG, lauter gute Leute, mit denen du bestimmt klarkommst.
Sie brauchte mich nicht lange zu überreden.

An jenem Abend glaubte ich, im Paradies gelandet zu sein. Ich hatte geduscht, hatte mich satt gegessen, und nun saß ich in einem geräumigen Treppenhaus, das zum Wohnzimmer umgestaltet war, auf einem Sessel; saß im Schneidersitz mit einer Zeitschrift auf dem Schoß und baute den vierten Joint. Das Licht war schlecht, denn die Neonröhren waren lila bepinselt worden, und das Treppenhaus wirkte eher wie eine Burgruine. Ansonsten gab es Kerzen, einen Scheinwerfer mit Schwarzlicht und einen Fernseher, der seit meiner Ankunft einen Musikkanal ohne Ton sendete.
In diesem Licht hatte die Runde einen besonderen Glanz. Thea hing quer über einem anderen Sessel, eine Flasche Bier auf dem Bauch. Sie trug ein Muskelshirt und breite Ringe um die Arme und war noch schöner als tagsüber. Wenn ich mich in eine Frau verliebte, was selten vorkam, geschah das auf ganz flüchtige, zarte Weise, nichts, was ich durch irgendwelche Konsequenzen beschweren wollte. Die ästhetische Freude aber gönnte ich mir gern.
Auf der Treppe links von mir, die nach oben führte, saß ein älterer, schmächtiger Typ mit geschorenem Schädel und einer runden Nickelbrille. Wie ich erfuhr, war er brillant und hatte mal eine blendende Zukunft gehabt, war aber frühzeitig ausgestiegen und zog es nun vor, ab und zu Taxis zu fahren und in einer WG auf dem Land auf Künstler zu machen. Er hieß Nat, die anderen nannten ihn manchmal Onkelchen, um ihn zu nerven. Nach ein paar Tagen nannte ich ihn Jean, nach dem Typ in Ernst Kreuders *Hörensagen,* der seine Lektüre nur unterbricht, wenn er sein Land-Taxi in Bewegung setzen muss.
Die drei Jungs auf dem Sofa gegenüber trugen Anzüge mit Weste und Manschetten, sie hatten Pomade in den Haaren und rauchten Zigarren. Sie waren nicht viel äl-

ter als ich, vielleicht fünfundzwanzig, lutschten an Bierdosen und debattierten hitzig über den Erfolg von Pearl Jam.
–Spätestens jetzt isses passiert: der Independent Rock wird ausverkauft...
–Ach wo, das haben Nirwana schon erledigt...
–...He, hab ich das letztes Jahr schon gesagt, ja oder nein?
–Das Ding ist, Alter, ALLES wird verkauft. Sag mir einen, der sich nicht verkauft!
–Henry Rollins.
–HENRY ROLLINS, jetzt hör aber auf...
Bis sich Nat mit einen paar Zitaten einklinkte und das Gespräch sauber umgeleitet wurde.
Zu meiner Rechten hing ein weiterer Kerl in einem Schaukelstuhl, der den ganzen Abend keinen vollständigen Satz sprach. Er war mager wie ein Gerippe und hatte dichte, schwarze Haare, die ihm ins Gesicht fielen. Er hieß Zap, sein Alter war undefinierbar, aber es war offensichtlich, dass er einiges hinter sich hatte. Er trank Wein aus der Flasche und stierte die meiste Zeit auf die Musikvideos, die stumm über den Bildschirm zuckten.
Ich war in etwas reingeraten, was man in meinem Geburtsjahr Avantgarde genannt hatte. Ich konnte es kaum fassen, so wohl fühlte ich mich auf einmal. Thea hatte mich vor ein paar Stunden vorgestellt, und als ich sagte, ich würde so rumtrampen, wurde das von einer Welle allgemeiner Sympathie aufgenommen. Dann fragte mich der eine von den Jungs in Anzügen, mit einem Plastiktütchen Gras in der Hand, ob ich die Fertigkeit hätte, einen Joint zu drehen. Nachdem der Joint die Runde gemacht hatte, liebten sie mich. Gute Joints bauen, das konnte ich schon immer. Irgendwann fing Nat an, mich ein bisschen auszuquetschen.

–Du machst Musik?
Die Gitarre lag in Sichtweite, ich war noch immer ungläubig, dass mir derartig viele wunderbare Dinge an einem Tag begegnen konnten. Ich war in der Stimmung, jedem zu vertrauen. Ich erzählte frei heraus, was mich trieb.
–Ich trampe rum, schreibe Gedichte. Ich will's mal mit Straßenmusik versuchen. Muss nur noch Gitarre lernen…
Die Runde war entzückt von so viel energiegeladener Weltfremdheit. Ich wurde ruck, zuck adoptiert und eingeladen, eine Woche zu bleiben. Zap, so hieß es, sei momentan Bassist bei den Lunatics, vor allem aber ein begnadeter Musiker, der mir alles Nötige beibringen könne. Das Gerippe im Schaukelstuhl gab zu diesen Ausführungen keinen Kommentar ab, aber als ich ihm den nächsten Joint reichte, zog es tatsächlich die Mundwinkel hoch.

Aus der ursprünglich vereinbarten Woche wurden fast zwei Monate. Ich fuhr mit Thea auf Märkte und übte nachmittagelang Gitarre, oder ich lungerte mit einer Flasche Wein bei Zap auf der Bude herum und wartete darauf, dass er seinen Pegel erreichte und aus dem Bett kam. Ob er als Musiker etwas taugte, kann ich bis heute nicht sicher sagen. Ich schaute mir einen Auftritt der Lunatics an und war beeindruckt. Es handelte sich um Lärmcollagen, zwei Schlagzeuger schwitzten hinter ihren Schießbuden, und eine Frau mit blauen Haaren traktierte ein elektrisches Cello, während die ganze Zeit die Nebelmaschine lief. Die Szene wurde bestimmt von auf schwindsüchtig machenden Gestalten in schwarzen Klamotten. Zap wirkte in diesem Umfeld vergleichsweise gesund, es war durchaus im Sinne des Zombie-Chic, ein oder zwei Süchte zu pfle-

gen. Zap allerdings war über das modische Stadium hinaus.
Als Gitarrenlehrer war er nicht schlecht, sofern er nicht schwitzend und zitternd versuchte, sich sein Quantum Wein einzuflößen, oder so dicht war, dass er keinen Finger mehr rühren konnte. In den guten Stunden dazwischen sangen wir auch manchmal zusammen. Seine Stimme war auf eine samtene Art rau, ein bisschen wie beim frühen Dylan, wenn er *I threw it all away* singt. Es konnte vorkommen, dass Bewohner und Besucher des Hauses aus ihren Löchern kamen und applaudierten. Ich selbst fand meine Stimme zu klar, zu wenig verlebt, aber Zap riet mir, mich in Geduld zu fassen und nicht zu versuchen, die Sache mit harten Alkoholika zu beschleunigen.
–Das kommt ganz von alleine, sagte er, wart's ab.
Nach und nach lernte ich noch andere Leute kennen, die im Hause ein und aus gingen. Carlos, einer der Jungs, die auch im Hochsommer herumliefen wie die Mormonen, betrieb einen schwunghaften Handel mit Marihuana und Speed. An manchen Tagen glich der Wohnflur einer Bahnhofshalle, in der schräge Gestalten mit aufgerissenen Augen durcheinander quasselten, schnieften und husteten. Ich nahm jeden Joint, jede Line, jeden Schluck, der mir offeriert wurde, ich saugte gierig alles in mich hinein, was nach der wilden, anderen Seite des Lebens roch, auf der, wie ich zu wissen glaubte, meine neuen Freunde zu Hause waren. Außer Thea, die ein legales Handwerk ausübte, und Nat, der Taxi fuhr und ab und zu Ausstellungen hatte und Bilder verkaufte, lebten sie alle aus mehr oder weniger dubiosen Quellen.
Die Jüngeren gingen meistens offiziell als Studenten, ein paar waren auch schon aus jeder Statistik verschwunden. Im Laufe der Jahre habe ich so viele Men-

schen kennen gelernt, die keinerlei bürokratische Verbindungen mehr mit der Gesellschaft pflegen, dass ich jede Art von offiziellen Erhebungen für willkürliche Schätzungen halte. Ich selbst war fast drei Jahre lang offiziell nicht existent. Und manchmal scheint mir, als wäre das Leben in den Wäldern der Dunkelziffer viel lebendiger und wirklichkeitsnäher als in der großen Markthalle der Gesellschaft.
Auch wenn der Gedanke verlockend war: Ich hatte nicht die Absicht, mich in diesem gastlichen Hause niederzulassen. Der Sommer neigte sich allmählich, und ich wollte, angeregt durch Nat, die kalte Saison im Süden verbringen. Ich verbot mir jeden Gedanken daran, eine Heimat zu suchen und mir ein festes Umfeld zu schaffen. Wenn ich jemanden Freund nannte, war das große Wort geprägt von der Gewissheit, dass unsere Begegnung nicht von Dauer sein würde.

Aber es gab noch etwas, was ich hinter mich bringen musste, bevor ich mich in den Süden aufmachte. Ich ließ mich an einem Samstag von Thea in die Nähe der Innenstadt kutschieren, und wir verabredeten eine Uhrzeit, zu der ich am Markt sein sollte, um mit ihr zurückzufahren. Sie hupte und winkte, dann war sie weg, und ich ging zur Fußgängerzone. Ich lief eine Weile unschlüssig herum. Ich kam an einem alten Zigeuner mit Schifferklavier vorbei, der seinen etwa achtjährigen Sohn oder Enkel begleitete. Der Junge spielte mit unbeteiligtem Gesicht auf einer halben Geige wie ein Waldteufel. In seinem aufgeklappten Koffer lag eine Menge Silber und auch ein paar Scheinchen. Ich hätte auch einen gegeben, wenn ich einen gehabt hätte. Die Vorstellung entmutigte mich, und ich floh meine neuen Kollegen, nachdem ich ihnen herzlich zugelächelt hatte. Ein Instinkt, der mich damals schon in die Nähe historischer Gebäude trieb, ließ mich an einer Kirche Halt machen, die über eine Freitreppe verfügte. Heute würde mich nur die äußerste Not oder das reine Imponiergehabe an einem solchen Ort musizieren lassen: Die Akustik taugt nichts, man muss schon völlig aus sich herausgehen, Krach machen und Funken sprühen, wenn man am Fuß einer Kirchentreppe vor einem großen lärmenden Platz ein Publikum betören will. Klein und verloren saß ich auf der dritten Stufe zu Füßen des Portals.

Thea hatte mir einen Hut mitgegeben, ein schwarzes Filzungetüm mit breiter Krempe. Ich deponierte ihn ebenerdig, drei Meter vor mir. Ich stimmte meine Gitarre durch und schlug ein paar Akkorde an. Dann unterbrach ich, räusperte mich und schloss die Augen. Ich spielte und sang eins der simplen Cover, die Zap mir beigebracht hatte, *So long Marianne,* schönes Lied vom Abhauen. Es war ganz einfach. Es machte Spaß. Ich sang lauter und öffnete die Augen. Das Alltagsleben lief um mich herum, ohne mich weiter zu beachten. Zwei, drei Leute schauten sich kurz um und wandten sich wieder ab. Aber ich ließ mich nicht verunsichern. In jener kurzen Stunde entdeckte ich, dass ich das wirklich gerne machte, vor der Welt zu stehen und zu singen. Es würde nur noch eine Frage der Zeit sein, bis ich gut war. Ich überlegte kurz, was ich spielen könnte, um diesem Gefühl Ausdruck zu verleihen und spielte mein erstes eigenes Stück, ein Gedicht, das ich mit einem einfachen Riff unterlegt hatte und teils rufend, teils singend vortrug.

Mein Programm war begrenzt, kein halbes Dutzend Stücke. Als ich alles gespielt hatte, brauchte ich eine Pause. Erst jetzt merkte ich, wie hoch konzentriert ich gearbeitet hatte. Ich war verspannt und hampelte ein bisschen herum, während ich eine Zigarette rauchte.

In meinem Hut hatte es mittlerweile ein paar Mal geklimpert. Ich schaute auf den Hut, auf meine Gitarre, ich schaute in die Runde, ich ließ eine schlangenweich seidige Gänsehaut an meinem Rücken entlangrieseln und den Zauber in mich eindringen. Ich war, was ich werden wollte: Straßenmusikerin.

Mein zweiter Sommer auf der Straße war eben jener, in dem die Stadt ein Problem hatte. Die Stadtväter befürchteten den Ausbruch der Anarchie, und die Linken sahen eine beschleunigte Endphase der kapitalistischen Gesellschaft. Die zuständigen Behörden waren einen ganzen Sommer lang glatt überfordert. Von der Presse wurde es mal das *Elend der Obdachlosen* und mal *Unser Problem mit dem Betteltourismus* genannt.
Einen ganzen Sommer lang war die Innenstadt zum Anlaufpunkt für im Freien lebendes Volk geworden, das mit bunten Haaren, Ringen und Nieten im Gesicht und Pappbechern in der Hand an jeder Ecke stand. Ich war schon etwas länger da und lange genug auf der Straße, um zu wissen, dass es sich neben den tatsächlich Obdachlosen, die im Sommer aus ihren miefigen Wohnheimen und Kakerlakenhotels flüchteten, neben Leuten ohne Aufenthaltserlaubnis und Heimkindern, die ganzjährig auf der Flucht waren, zu einem guten Teil um Schüler handelte, die auf diese Art ihre Ferien verbrachten. Oder um solche wie mich einst, Kids, die einfach schon länger ausbrechen wollten und hier eine Gelegenheit gefunden hatten, es zu probieren. Manchmal konnte ich ihre Metamorphosen beobachten, wenn sie irgendwann ankamen in Jeans und mit zusammengebundenen Haaren, die dann bereits nach ein paar Tagen gefärbt und gefilzt wurden. Die Jeans wurde an den Knien aufgerissen, irgendwann gerieten sie an Korn-Cola-Mischung oder Speed und bohrten sich mit Sicherheitsnadeln Löcher in Nasenflügel, Augenbrauen und Unterlippe.
Sie hatten alle schnell den Bogen raus, das war keine Frage der Intelligenz, sie brauchten sich nur umzuschauen. Spätestens wenn sie wirklich pleite waren, wandelte sich nach ihrem Outfit ihre ganze Haltung, und binnen drei, vier Wochen sah man eine weitere

wüste Erscheinung mit der Bitte um etwas Kleingeld durch die Fußgängerzone ziehen. Viele hatten einfach irgendwann genug davon und kehrten auf ihren eigenen Pfad zurück, viele interessierten sich auch viel zu schnell nur noch für Drogen und traten den langen, eintönigen und mühseligen Weg der Junkie-Karriere an. Manche hielten sich aber auch für einige Jahre auf der Straße und kosteten von den Möglichkeiten, die dieses Leben bot.
Ein paar dieser Treber bildeten den harten Kern der Clique, mit der ich diesen Sommer verbrachte. Manche von ihnen waren jünger als ich und schon länger auf der Straße. Mit Erziehung konnte man ihnen nicht mehr kommen, aber keiner konnte behaupten, dass sie nicht mit dem Leben zurechtkamen. Ich genoss meinerseits den Respekt, zu dem mir meine Gitarre und meine Stimme in jeder Art Gesellschaft verhalfen. Auf der Straße hat das eine besondere Qualität: Eine Gitarre kann ein magischer Schutzschild sein. Wenn du gut bist, steht dir der Weg des Gurus offen. Ich verstand mich noch nicht aufs Leuchten, aber ich glühte schon. Meine Lieder gefielen den Kids, sie waren wütend und verträumt wie wir alle, sie erzählten Geschichten, die jeder kannte. Dazu kam, dass ich zu den älteren gehörte, aber keinerlei Anstalten machte, mich aufzuspielen. Und an guten Tagen hatte ich, verglichen mit den Schnorrern, recht beachtliche Verdienste.

Ein paar Wochen zog ich mit einem Jungen, der Tripper genannt wurde, durch die U-Bahn: Wir stiegen in den Zug ein, ich stellte mich vor den Fahrkartenautomaten und gab ein, zwei Nummern zum Besten, Tripper ging mit dem Hut rum und zeigte sein Filmstar-Jungen-Grinsen. An der nächsten Haltestelle stiegen wir aus, und die Sache war geritzt. Wenn es gut lief, kam so in einer halben Stunde mehr als ein halber Schein zusammen. Davon ließ sich gut leben, und Spaß machte es auch, manchmal fuhren wir zu vier, fünf Leuten kreuz und quer durch die Stadt, kauften an einer Haltestelle Bier und stiegen an der übernächsten aus, um in einem nah gelegenen Park eine Dose zu rauchen.

Ich konnte nicht nur gute Joints bauen. Mein Talent erstreckt sich auf Rauchgeräte jeder Art. Zum Beispiel baute ich sehr schöne Dosen. Dazu braucht es nicht viel, das Minimum ist eine Sicherheitsnadel, ein Taschenmesser ist gut, zur Not tut's ein scharfkantiger Stein. Du schabst am unteren Ende der Dose ein Stückchen Lack ab und schabst noch etwas weiter, damit das Alu an dieser Stelle dünn wird. Dann knickst du die Dose so ein, dass an der blanken Stelle eine Mulde entsteht. In diese Mulde bohrst du mit der Sicherheitsnadel viele kleine Löcher, bis ein Sieb entsteht. Dieses Sieb muss nicht immer gleich aussehen, du kannst ihm die verschiedensten Formen geben: Herzchen, Peace-Zeichen, Anarchie-As, Smileys. Manchmal, wenn ich Lust hatte und schon was geraucht, verzierte ich die ganze Dose, indem ich Muster in den Lack kratzte. Ich gab mir immer Mühe mit der Verarbeitung, ließ mich nie drängen, wenn ich eine leere Coladose in ein Rauchgerät verwandelte, denn auch das ist Magie, und bei magischen Akten sollte man Feierlichkeit walten lassen.

Wir hingen also unter einem Baum im Gras, rauchten eine Dose und quatschten rum, bis ich es nicht mehr aushielt und aufsprang. Der Turn war gut gewesen.

–Was is, machen wir noch 'ne Tour?

–Eh, wozu der Stress, ich hab noch nich mal mein Bier aus…

–Na, ich dachte, wir rauchen nur kurz einen und machen noch was weiter, oder?
–Was machst'n so 'ne Wellen, wir ham was zu trinken, wir ham was zu rauchen, wir ham noch Kohle über, was willste denn mehr?
–Kohle.
Das war gelogen. In Wirklichkeit wollte ich singen, die Gitarre traktieren, wollte meinem Turn noch den Rausch des Musizierens draufsetzen. Aber das konnte ich nicht sagen, man hätte mich aufgefordert, vor Ort damit anzufangen, und das war es wiederum nicht, was ich wollte. Ich wollte vor einem Publikum singen, vor fremden Menschen. Ich wollte die Anerkennung, das Lächeln, den Applaus und das Geld von denen, die mich ohne Gitarre angewidert und ängstlich übersahen. Ich wollte die Sympathie jener, die wir eigentlich verachteten und nach Kräften ausnahmen.
Tripper, Mad Max und der Flaschenöffner hatten ihren Spaß.
–Heh, haste gehört, Emma geht unter die Großkapitalisten!
–Haste schon 'n Konto in der Schweiz oder zahlste noch das Haus ab, hä?
–Ich mein' ja nur, ging ich in die Defensive, wenn wir noch ein zwei Touren fahren, können wir vielleicht mal 'n Tag Pause machen, oder auch nicht, nur, es läuft doch gerade gut. Warum nicht noch 'n bisschen was mitnehmen, oder hat einer was gegen 'n dickes Piece einzuwenden?
–... Können wir ja machen, später.
–Dann ist aber Berufsverkehr, und die geben nix. Außerdem kommste nirgends mehr durch... fiel mir rechtzeitig ein. – Und danach, fügte ich hinzu, ist tote Zeit. Abendessen.

Meine müde Truppe ließ keins meiner Argumente gelten. Tripper grinste, Mad Max starrte auf seine Bierflasche, als fände darin eine Sondervorstellung statt. Das Ballett der Kohlensäurebläschen. Der Flaschenöffner fasste zusammen, was sie alle darüber dachten.
–Seit wann biste ’n Workoholiker?
Ich gab es auf.
–Ach, warum leckt ihr euch nich einfach selber, was hab ich damit zu tun, wenn ihr hier pennen wollt. Ich kann jedenfalls noch ’n paar Eindrücke vertragen, ich geh jetzt Musik machen... Kohle machen, korrigierte ich mich.
–Wir sehn uns später, Jungs. Ich schnappte mir meine Gitarre und drehte schon ab, da bemerkte ich, dass alle Augen auf mich gerichtet waren.
–Ich komm ja mit, sagte Tripper, lass mich nur eben noch mein Bier austrinken, BITTE, is das genehm, Boss?
–Klar, Arschloch. Das is ’n freies Land. Trink du mal dein Bier aus, Kumpel.

Tripper war ein heller Typ mit einer erstaunlichen Kondition, sein Name passte zu ihm, denn der ließ kaum etwas aus und war ständig mit einem Vorhaben beschäftigt. Er war seit zwei Jahren unterwegs, hatte sich rangehalten, er konnte sich in drei Sprachen durchschlagen. Er konnte jonglieren, kriegte praktisch jedes Mädchen rum, aber sein Hauptinteresse galt völlig zweckfreiem Aktionismus: Er stellte sich mit einem Schild an die Autobahnausfahrt, auf dem AUSTRALIEN zu lesen stand. Er hielt sich eine Albino-Ratte unter der Kleidung, die er, wie auch seine Haare, grün gefärbt hatte. Er balancierte jauchzend auf einem Brückengeländer, dabei war er kein lebensmüder Typ, er wusste, wie weit er gehen konnte und von was er die

Finger ließ. Aber er war siebzehn und hatte jede Menge Kraft.
Einmal nachts gab es LSD-Trips, und wir kletterten auf einen Baum im Stadtpark und redeten zwei Stunden und schwiegen eine Stunde und schauten zu den Sternen auf. Zwischen uns herrschte für diese kurze Zeit eine tiefe Einigkeit, die mich vage an ein paar Gefühlssplitter aus meiner Kindheit erinnerte. Ansonsten war er der beste Schnorrer, mit dem ich je gearbeitet habe, wir hatten ein paar Wochen ein federleichtes Leben, bis uns irgendwann ein Schaffner nicht nur rausschmiss, sondern von den Bullen abholen ließ.
Ich kannte das schon, in einer Wanne sitzen mit zwei Bullen und sich feindselig anschweigen, im Bewusstsein, dass das erst der Anfang ist, wenn man sich erst auf der Fahrt zum Revier befindet. Dass dort das wahre Theater stattfinden wird. Taschen ausleeren. Schuhe ausziehen. Die Bullen verzogen angewidert die Gesichter. Was für uns eine gewisse Genugtuung war. Manche Kids wuschen sich unter anderem deswegen nicht, weil sie sich dann auf dem Polizeirevier nie ganz ausziehen mussten. In dieser einen Sache hatten Mädchen einen Vorteil. Sie wurden mit einer Beamtin in ein Hinterzimmer geschickt.
Die Jungs ließen sie schon mal vorne vor versammelter Mannschaft den Controlletti-Strip hinlegen. Tripper zog seinen Gürtel raus, legte ihn zu Papieren, Kleingeld, Taschenmesser, Kondomen, Sicherheitsnadeln, Tränengasspray, Silberkettchen, Lederschnüren, dem ganzen Haushalt, als seine Ratte ihm aus dem Ärmel lugte. Der Bulle hinter der Theke fuhr zusammen. Tripper grinste, steckte die Ratte in die Beintasche seiner Streetfighter-Hose und knöpfte die Lasche zu.
–Das is Käpt'n Fjuutscha, der is friedlich, informierte ich.

–Du hältst die Klappe, antwortete ein anderer Bulle knapp.
Während der Stubenbulle hinter der Theke unsere Papiere prüfte und telefonierte, saß ich auf einer Holzbank, die Hände unter die Oberschenkel geklemmt, und schaute mit den zwei Bullen, die uns hergebracht hatten, Tripper beim Controlletti-Strip zu. Er sah blendend aus, ein Adonis der Straße, dünn, aber erstaunlich muskulös. Wäre nicht die gerade verheilende Schleppe auf seinen Beinen gewesen, man hätte meinen können, er sei kerngesund und bestens versorgt. Ich fragte mich manchmal, warum wir nicht miteinander vögelten, auch wenn mir das irgendwie inzestuös vorkam. Er war fraglos ein schöner Typ. Ich hoffte inständig, dass keiner der Bullen schwul war.
Ansonsten würden sie nichts sehen, was sie interessierte. Einer wie Tripper hatte Schleppe, aber er hatte keine Einstichlöcher und ähnlichen Scheiß. Er zog sich wieder an und wurde zur Vernehmung weggeschleppt. Sie hatten Schwierigkeiten, eine Beamtin aufzutreiben, die mit mir in ein Hinterzimmer ging, und so saß ich weiterhin auf der Bank und wurde Zeuge der einen Hälfte eines kurzen Telefonats, das der Stubenbulle mit Trippers Mutter führte.
–Guten Tag Frau Sowieso, hier Hänfling von der Bahnpolizei… Wir haben hier Ihren Sohn Peter!
–…
–Frau Sowieso, ich muss mich zur Überprüfung der Umstände bei Ihnen rückversichern…
–…!!!

An dieser Stelle hielt er den Hörer mit angeekeltem Gesichtsausdruck von seinem Ohr weg. Ich konnte auf meiner Bank deutlich hören, wie sehr weit entfernt in einer anderen Stadt eine Frau ins Telefon schrie. Der

Bulle verdrehte die Augen, holte Luft und ging die Sache von neuem an.
–Frau Sowieso, jetzt beruhigense sich doch mal... Nu wartense doch mal einen Augenblick...
–...
Er knallte den Hörer auf die Gabel und wandte sich kopfschüttelnd an seine Kollegen, die neugierig an der Theke hingen. Auch ich war ganz Ohr.
–Den Punk können wir ins Heim bringen. Seine Mutter sagt, äh, sie hätte dem Typ vom Jugendamt zum wiederholten Mal einen geblasen, damit man ihr mit dem Thema nicht mehr auf die Nerven geht... und ob sie demnächst... ach, was soll's... Er zuckte heftig mit beiden Armen, als wolle er das Gespräch abschütteln.
Die beiden Bullen, die uns gebracht hatten, kicherten hemmungslos.
–Da wundert einen nix mehr, wenn man sich die Brut so anguckt, philosophierte der eine laut, nicht zu mir gewandt, aber hauptsächlich für meine Ohren bestimmt.
–Ja, von Dreck kommt nur Dreck, ob braun oder grünhaarig, setzte der andere nach, und sie wieherten wieder los, bevor sie einen Schein unterschrieben und abzogen.
Als die Tür ins Schloss fiel, hörte ich den Stubenbullen hinter seiner Theke noch etwas sagen, sicher nicht für meine Ohren bestimmt und doch laut genug, dass ich es hören konnte:
–Wir könn' froh sein, wenn so 'n Junge sich nur die Haare färbt und betteln geht, sagte der Stubenbulle zu seinem Bildschirm.

Die Bullette nahm mit einem Gesichtsausdruck, der sich nicht zwischen Ekel und Mitleid entscheiden konnte, meine Kleider entgegen und vergewisserte

sich, dass sie nichts Illegales enthielten. Sie inspizierte flüchtig meine Gliedmaßen, fand aber nichts als die Schleppe, die hatten wir alle. Man brauchte nur einen Kratzer zu haben, der mit der Flüssigkeit aus einer Schleppewunde in Berührung kam, und schon wurde der Kratzer zur offenen, nässenden Wunde und breitete sich in die nächsten Kratzer aus. Die Typen vom Gesundheitsamt nannten das Hautflechte, sie hatten eine Salbe dagegen. Man musste eine Woche Multivitaminsaft trinken, auf Schnaps verzichten und war das Problem los. Trotzdem bekam man das Zeug hin und wieder, und in diesem Sommer, in dem sich unter Brücken und in Parks ganze Ausreißercamps gebildet hatten, kamen sie mit der Salbe nicht mehr nach. Stattdessen verteilten sie Flugblätter, in denen stand, wir sollten uns so oft wie möglich die Hände waschen. Ich hatte die Schleppe im Nacken und auf dem Rücken. Die Bullette schüttelte mein Hemd nur kurz mit zwei Fingern und gab es mir sofort zurück, obwohl sie Gummihandschuhe trug. Die Unterwäsche konnte ich anbehalten.
–Ihr solltet mal ’n bisschen auf eure Hygiene achten, sagte sie, als ich mich wieder anzog.
–Haste keine Möglichkeit, dich zu waschen?
Die Frage kam öfter, der Einfachheit halber verneinte ich sie meistens.
Die Bullette war informiert, sie nannte mir zwei der einschlägigen Adressen, wo Leute wie ich die Möglichkeit hatten, für wenig Geld und unter Ausschluss der Öffentlichkeit Toilette zu machen. Ich hätte ihr zwei, drei weitere nennen können, die illegalen inbegriffen, ich frequentierte alle paar Wochen eine von ihnen, aber bereits nach ein paar Stunden auf der Straße hatte ich wieder den gleichen Geruch, den gleichen öligen Film auf der Haut, den gleichen Dreck an den Händen wie immer, nach einem Tag juckte die Kopfhaut,

dann hatte ich mich wieder daran gewöhnt und vergaß einfach zu duschen.
Es hatte keinen Sinn.
Die Straße sitzt in deinen Kleidern, auf deiner Haut, in deinen Haaren. So riecht einer eben, der auf der Straße lebt, nach Autoabgas, Asphalt, Gummi und Müll, nach Schweiß, nach Bier.
Ich dankte der Bullette höflich für die Information und ging mit ihr in das Büro nebenan, wo ein unglaublich fetter Stubenbulle kurz vor der Rente ein paar Papierbögen ausfüllte. Es war reine Formsache, wie er mir erklärte. Ich unterschrieb, dass ich nichts zu sagen hatte und wurde mit einem rosa Zettel zum Ausgang geschickt, um meine Habseligkeiten in Empfang zu nehmen.
Auf ihrem Weg vom Empfang zur Ausgabe hatte die Gitarre Bekanntschaft mit einer Büroschere gemacht, die ihre Nylonsaiten durchtrennt und ihre Stahlsaiten über dem Schallloch angefräst hatte. Für einen Augenblick geriet ich völlig aus der Fassung, Blut und Tränen schossen mir ins Gesicht, ich sah rote Kreise und heulte auf. Der Garderobenbulle zuckte zusammen, hielt sich die Ohren zu und fragte mich böse, was der Scheiß sollte. Ich zeigte stumm auf meine Gitarre, aber er zuckte hämisch mit den Achseln und hielt mir weiter den Stift hin.
–Willste jetzt dein Zeug mitnehmen, oder sollen wir's gleich hier wegschmeißen?
Ich riss den Stift an mich und unterschrieb mit zitternder Hand, dass alles in bester Ordnung war. Ich zählte das Geld nicht nach, ich fragte nicht, wo mein Tränengasspray war, ich schippte den ganzen Plunder in meine Taschen und floh mit gesenktem Blick, ein Rauschen in den Ohren, einen heißen Klumpen Hass im Bauch, ein seltsam kühles Erstaunen im Kopf.

Es war klar, dass die Bullen uns nicht schätzten. Die Auseinandersetzung mit uns war zeitraubend, anstrengend, uneffizient. Wir waren harmlose Ausreißer, man musste uns meistens wieder laufen lassen, aber wir waren so viele, dass wir die öffentliche Ordnung störten. Wie bunte Heuschrecken waren wir über die Stadt gekommen. Wir hielten sie bei der Arbeit auf, wir waren respektlose Nervensägen, wir waren das Letzte, was ihnen gefehlt hatte. Und trotzdem, dass es Bullen gab, die uns so hassten, dass sie versucht hatten, meiner Gitarre die Saiten durchzuschneiden, damit hatte ich nicht gerechnet. Das änderte die Perspektive. Damit waren sie keine Ordnungshüter mehr, denen man einfach so weit wie möglich aus dem Weg ging, sondern Feinde, vor denen man sich wirklich in Acht nehmen musste.
Ich dachte an Tripper, der dem Feind noch ausgeliefert war und hoffentlich schnell die Möglichkeit haben würde, aus dem Heim wieder abzuhauen. Plötzlich fiel mir siedendheiß Captain Future ein, die grüne Ratte, die ich zuletzt in seiner Hosentasche hatte verschwinden sehen, bevor er sich ausgezogen hatte. Die Bullen hatten sie offenbar ebenso vergessen wie ich, als sie ihn zum Verhör führten. Ich brauchte vielleicht eine Minute, um zum Revier zurückzurennen. Ich konnte durch die Scheibe erkennen, dass der Pförtner nicht begeistert war, mich zu sehen.
–Was ist los?, bellte er durch die Gegensprechanlage.
–Die Ratte!, brüllte ich. Die Ratte von meinem Kumpel! Die muss noch da drin sein!
Unwillkürlich schaute er sich nervös in seiner Pförtnerloge um, bevor er sich zusammenriss, um die Probleme der Reihe nach anzugehen und drückte wieder den Sprechknopf.
–Verpiss dich, aber dalli!!

Dann sah ich ihn zum Telefon greifen. Wahrscheinlich alarmierte er die gesamte Schicht, damit sie die Ratte fanden, bevor sie die Pestilenz ins Revier schleppte oder die Presse von der Sache Wind bekam. Ich stand vor der Panzerglastür und fühlte mich so elend und wütend und hilflos wie selten zuvor. Mir schossen allerlei grauenhafte Szenen durch den Kopf, und ich war nahe daran, vor dieser Festung zu randalieren, um erneut hineinzugelangen, aber dann hörte ich auf einmal ein wunderbares Geräusch, ein leises Kratzen auf Holz. Ich fuhr vor Glück zusammen und schaute vorsichtig auf meine ramponierte Gitarre in meiner Linken, in deren Schalloch zwei Pfoten und ein grüner Kopf mit roten Augen erschienen. Mit einem leichten Klopfen schubste ich den Captain in den Bauch seiner fliegenden Untertasse zurück und wandte mich zur Straße. Ich lachte vor mich hin wie die letzte Idiotin. Ich gab mir schwer Mühe, nicht zu hüpfen.

Die Geschichte löste in den nächsten Tagen noch einiges an Gelächter aus, und ich lachte immer wieder gerne mit. Ich hatte Grund genug, denn ich hatte das Erzählte überstanden. Tripper schneite eine gute Woche später wieder ein, mit rasiertem Schädel und Baseballkappe, allerdings nur, um seinen Rucksack und die Ratte abzuholen, er musste weiter, bevor sie ihn wieder einsammelten. Er wollte in den Osten, für eine Weile. Wir rauchten noch eine Dose zusammen, klatschten uns in die Hände und versicherten uns gegenseitig, man sähe sich. Nach links und rechts in Hände klatschend und an Schultern boxend, zog er ab mit seinem Grinsen, seinem Rucksack und seiner Ratte. Einer, um den man sich keine Sorgen machen musste.

In jenem glorreichen Sommer kampierten wir mitten in der Stadt. In Parks, auf öffentlichen Plätzen, unter historischen Torbögen lagen wir auf Decken und Schlafsäcken, – Rucksäcke, Hunde, Bierkisten und ein, zwei Einkaufswagen mit Müll inklusive. Die Obrigkeit reagierte nur langsam und hilflos. Manchmal gab es um fünf Uhr morgens Personenkontrollen, und wir wurden aufgefordert, den Platz zu räumen. Um sechs Uhr kamen dann die Reinigungsfahrzeuge und spülten alles, was noch herumlag, mit starkem Wasserstrahl weg. Wir regten uns ein bisschen auf und suchten uns schließlich eine andere Platte.

Sie konnten uns von einem Platz zum nächsten schicken, aber sie konnten uns nicht vertreiben, dafür waren wir zu viele. In der Regel schritten sie nur ein, wenn sich an einem Platz mehr als zehn Leute dauerhaft einrichteten. Unsere Clique war zahlenmäßig meistens hart an der Grenze, so dass wir öfter den Standort wechselten. Als Tripper in den Osten aufbrach, war unsere Platte in einer Fußgängerunterführung zwischen der Oper und dem Bahnhof. Praktisch ununterbrochen kamen Passanten vorbei, wer nicht aufstehen wollte, konnte von seinem Schlafsack aus schnorren, und nachts hatten wir Beleuchtung.

In der Zeitung stand, die Leute hätten Angst vor uns und würden sich belästigt fühlen. Aber ich sah das eher so, dass wir mehr und mehr zur Attraktion wurden.

Schüler, Studenten, Arbeitslose, Rumhänger, die ganze Szene kam nach und nach vorbei, um aktuellen Tratsch auszutauschen, Neues von der Bettelbörse, die Entwicklungen des lokalen Drogenmarktes, das Wetter, die Obrigkeit, wer gestorben, wer im Krankenhaus, wer im Knast war. Die Berberpost ist schneller als jede Tageszeitung.

Auch ein paar Werktätige kamen nach der Arbeit gern

auf ein Bierchen, denn die ganze Szenerie entbehrte nicht einer gewissen Romantik, wenn man dafür offen war. Ums Gemeinwohl besorgte Bürger, meistens ältere Frauen, schleppten in Stofftaschen und Körben Lebensmittel herbei, zwei Streetworker verteilten Kondome und Vitaminbonbons.

Einmal kam die Heilsarmee in voller Bläserbesetzung, um uns ein Ständchen zu bringen und das Wort Gottes zu verkünden. Zivilbullen schleimten sich ein, die immer gleichen Streifenbeamten kontrollierten zum tausendsten Mal unsere Papiere, obwohl sie uns bereits mit Namen anredeten, den Namen, die in unseren Papieren standen und auf die wir zum Teil gar nicht mehr reagierten. Es gab die besoffenen Säcke in Spendierhosen, Durchgeknallte, die nichts mit sich anfangen konnten und jemanden brauchten, den sie vollquatschen konnten. Auch die Missionare für dieses und jenes und jede Menge Gaffer.

Einmal kam ein ausländisches Fernsehteam, um etwas über obdachlose Jugendliche aufzunehmen. Rocky brüllte sofort los, knallrot im Gesicht.

–Die ham den Arsch offen. He, du Wichser, lass deine Kamera unten!

Ich brachte die Fernsehleute mit einer Geste dazu, kurz zu warten, und nahm Rocky beiseite.

–Hör zu, keiner zwingt dich, dich ablichten zu lassen. Aber tu mir einen Gefallen und verscheuch jetzt diese Kuh nicht, bevor ich sie gemolken habe!

Die Kids waren zum größten Teil geradezu paranoid, was Kameras anging. Das war nur verständlich, denn viele von ihnen wurden gesucht oder mussten zumindest damit rechnen, dass man sich ihrer erinnern würde, wenn sie in diesem Kontext wieder sichtbar wurden. Ich hatte nichts dagegen, fotografiert oder gefilmt zu werden, solange die Gage stimmte.

Das Fernsehteam hatte eine Dolmetscherin dabei. Ich forderte zunächst, dass sie uns nur von hinten oder vermummt zeigen dürften. Ferner einen halben Schein für jeden. Rocky, Mad Max, Pico, Happy, Lila, Pink, Cesco, Ela, der Flaschenöffner und ich: fünf Scheine. Die gute Frau riss die Augen auf. Wir einigten uns auf drei Scheine und eine Fuhre Pizza für alle.
Die Aufnahmen waren schnell gemacht. Wir legten uns alle in unsere Schlafsäcke und stellten uns schlafend, die Gesichter in der Armbeuge vergraben. Dann rauchten wir eine Dose, während der Kameramann von hinten oben unsere Hände filmte. Schließlich stellten wir uns einzeln mit dem Rücken zur Kamera und beantworteten ihre Fragen: Wie alt bist du? Wie lange bist du schon auf der Straße? Warum bist du auf der Straße?
–Fuffzehn, sagte Pico, der tatsächlich dreizehn war.
–Aus dem Heim abgehauen. Das erste Mal vor einem Jahr. Das letzte Mal vor fünf Monaten. Im Heim hatte ich nie Freunde, hier hab ich welche, die zu mir halten.
Wer diese Art Fragen stellte, bekam nicht viel zu hören, aber dieses Wenige entsprach offenbar dem, was sie hören wollten. Der Interviewer und die Dolmetscherin schauten betroffen und zufrieden drein.
Die Berichte der anderen Treber waren ebenso wortkarge Varianten desselben Themas. Die Altersangaben wurden größtenteils frisiert, ebenso Zeiträume. Auf-der-Straße-Sein war ein dehnbarer Begriff. Mad Max und der Flaschenöffner hatten die einschlägigen Heimkarrieren hinter sich, Rocky hatte es schon zum Jugendknast gebracht. Er war der einzige, der sich ein Jahr jünger machte; als könnte ihm eine Fernsehdokumentation die Strafunmündigkeit zurückbringen.
Mit Lila und Pink gab es das übliche Theater. Sie waren neben Pico die Jüngsten, zu unterscheiden nur an

ihrer Haarfarbe, der man ihre Namen zuordnen konnte. Sie hatten die gleichen niedlichen Puppengesichter. Die Filmleute waren begeistert. Aber weil auch die beiden auf der Liste gesuchter Ausreißer standen und Zwillinge dort eher selten auftauchten, einigte man sich schließlich darauf, nur Lila zu filmen, die so zu tun hatte, als hätte sie keine Schwester. Ihr Statement dauerte eine volle Minute.

Etwas gesprächiger waren Ela und Cesco:

–Ich bin achtzehn, sagte Ela, mein Vater hat mich vor sieben Monaten zu Hause rausgeschmissen. Auf der Platte habe ich meinen Freund kennen gelernt. Wir hatten schon ein Hotelzimmer, aber da war's pervers dreckig und Junkies waren da auch. Hier draußen ist es besser, da kannst du dir die Leute aussuchen, mit denen du Platte machst. Solang's warm ist, bleiben wir auf jeden Fall hier.

–Ich bin vierundzwanzig, sagte Cesco, der von Ela erwähnte Freund.

–Ich bin seit meinem sechzehnten Lebensjahr fast immer auf Achse gewesen, wenn ich nicht gerade im Knast war. Ich war auch 'n Heimkind, ich versteh die Kurzen, die lieber auf der Straße pennen. Jetzt hab ich 'ne tolle Frau und überlege mir schon, ob ich nicht mal 'ne Wohnung nehme. Nur, ich weiß nicht, ob ich überhaupt noch in 'ner Wohnung leben kann. Im Hotel bin ich ausgerastet. Geschlossene Räume erinnern mich an Knast.

Dann trug Happy sein Scherflein bei:

–Hab Gärtner gelernt und im Gewächshaus Gras angebaut. Dadurch bin ich aus der Lehre rausgeflogen. Hatte ich keinen Job mehr, hab ich ein bisschen gedealt, bin geschnappt worden, Knast. Vor fünf Monaten bin ich rausgekommen. Ich bin im Hotel angemeldet, aber das is nix für mich.

Schließlich war ich an der Reihe. Ich stellte mich wie die andern mit dem Rücken zur Kamera.
Ich bin einundzwanzig, sagte ich, ich bin seit anderthalb Jahren unterwegs.
Auf einmal ödete mich die Sache an. Die Fragen, die sie stellten, zielten darauf ab, traurige Geschichten zu hören, Verlierergeschichten. Hier wurden Flüchtlinge gefilmt, keine Reisenden. Niemand kam auf die Idee, den Weg auf die Straße als Gewinn darzustellen. Die Paranoia, mit der wir unsere Biografien umdichteten und unsere Gesichter verbargen, verstärkte diesen Eindruck nur.
Ich drehte mich um und schaute direkt in die große Linse der Kamera, ein irritierendes Gefühl. Ich war wütend über den Stumpfsinn der ganzen Veranstaltung und wollte eine flammende Rede halten, aber nun fegte ein Adrenalinschub meine Gedanken durcheinander und alles, was ich zustande brachte, war ein Lächeln, das über die Ufer trat und meine Selbstkontrolle fortspülte, während ich stammelte:
–Ich bin Emma, ich bin Straßenmusikerin. Und, hey – ich will das so…

Ein paar Tage später fiel mir ein Typ auf, der öfter um unsere Platte schlich. Für einen Zivilbullen war er zu auffällig, die drückten sich nicht als gut betuchte, verklemmte alte Säcke in der Nähe unserer Schlafplätze herum. Bullen glotzten sich nicht die Augen aus, wenn unsereins sich gegen Mittag aus dem Schlafsack wand. Der Typ passte mir nicht. Am nächsten Vormittag ging ich auf ihn zu, um ihm das mitzuteilen. Als er mich kommen sah, wankte er leicht, ein Fluchtinstinkt, dann blieb er doch stehen und verzog sein teigiges Gesicht zu einem Lächeln.

–Ich dachte, ich frag dich mal, was du hier genau suchst..., machte ich unverzüglich meine Ansage. Er lächelte weiter.

–Euch.

Er wurde nicht mal rot, ganz im Gegensatz zu mir. Ich hatte keine Zeit, mich darüber zu ärgern, ich ärgerte mich bereits über andere Dinge.

–Was willst'n von uns?

–Nichts.

–Ach so, nichts... Warum verpisste dich dann nicht?

Seine Augen flackerten leicht, in seinem Gesicht zuckte es. Er hatte Angst, aber er blieb ruhig und lächelte weiter.

–Wer will mir denn verbieten, mich hier aufzuhalten? Ich tu doch keinem was.

Das sollte autoritär-gelassen klingen, hörte sich aber eher nach einem trotzigen Kind an. Langsam fand ich zur Coolness zurück, obwohl der Typ mich immer wütender machte.

–Verbieten kann ich dir das nicht, aber ich kann dir nur wärmstens empfehlen, deinen Arsch weiterzubewegen. Wir brauchen hier keinen wie dich. Sieh lieber zu, dass du Land gewinnst.

Damit waren die Feindseligkeiten eröffnet, und er gab sein Lächeln vorübergehend auf. Wir starrten uns kurz giftig an, dann versuchte er es von sich aus noch mal.

–Ich würd' dich gerne zu 'nem Eis einladen, sagte er.

Diesmal wurde ich nicht rot.

–Du willst mich nich' zufällig in 'ne Absteige einladen, um über mich drüberzurutschen? Oder bin ich dir schon zu alt?

Der Typ verzog keine Miene. Er schien sich nicht an

dem zu stören, was ich an Bildern aufmachte, aber er ging auch nicht darauf ein.
–Warum bist du eigentlich so aggressiv? Ich hab dir doch nichts getan, oder?
–Dein Gesicht passt mir nicht, das reicht. Ich wohne nämlich hier. Also, such dir was anderes zu glotzen. Du gehst mir auf die Eier.
Natürlich, das brachte ihn zum Grinsen, das war genau das Niveau, auf dem er sich für einen ganz Schlauen hielt.
–Du hast doch gar keine Eier.
–Ich hab mehr Eier als du, glaub mir das, sagte ich und ging zu unserer Platte zurück, um mit den Jungs zu sprechen.
Mad Max und der Flaschenöffner hockten auf ihren Schafsäcken, Ela und Cesco schliefen, die anderen waren ausgeflogen. Mad Max sah von seinem Horror-Comic auf und warf einen flüchtigen Blick auf den Gegenstand meines Ärgers.
–Ja, klar, schon gesehen. Was is mit dem?
–Der schleicht hier rum und spannt, findeste das normal?
–Er hatse eben nich' mehr alle.
Mad Max vertiefte sich wieder in seinen Comic. Ich war leicht irritiert. Mad Max war normalerweise der Erste, der nervös wurde, wenn Fremde in der Nähe waren. Ich wendete mich an den Flaschenöffner, der damit beschäftigt war, den Deckel einer Dose Ravioli mit einem Stilett zu traktieren. Ein paar Löcher waren ihm schon gelungen, seine Hände waren schon voll mit Tomatensoße, so dass die Konserve ihm dauernd aus den Fingern glitschte. Die ganze Aktion hatte bereits ein Stadium erreicht, in dem es nur noch ums Prinzip ging. Selbst wenn man kalte Ravioli mochte, als Frühstück würde die Sache nicht mehr zu gebrauchen sein.

–Versuch's mal mit den Zähnen, sagte ich.
Mit dieser Methode kriegte er in einer Minute acht Bierflaschen auf. Weder vorher noch später ist mir auf der Straße jemand mit derart gesunden Zähnen begegnet. Er war so in seinen Kampf mit der Konserve vertieft, dass er erst bei der zweiten Ansprache reagierte.
–Ach der alte Sack, der is harmlos, war schließlich seine Einschätzung.
Langsam bekam ich das Gefühl, über bestimmte Dinge nicht informiert zu sein. Ich versuchte es anders.
–Haste mal mit dem geredet?
–Nee, aber er hat 'n halben Schein springen lassen. Rocky und die Kids sind schon einkaufen.
Nun wusste ich, woher der Wind wehte. Doch das stellte mich nicht zufrieden, ganz und gar nicht.
–'n halben Schein FÜR WAS?
Der Flaschenöffner ließ die Arbeit sinken und schaute mich an, als hätte ich Antennen auf dem Kopf.
–Na für Bier, Tabak, alles.
–Mann, das mein' ich nicht. Was ich meine ist, warum kapiert das bloß keiner, WAS WILL DER VON UNS?
–Keine Ahnung. Vielleicht sucht er seine Tochter oder so was.
Das war eine Möglichkeit, die in Betracht kam, auch wenn ich sie bei unserem Mann für unwahrscheinlich hielt. Gelegentlich kamen tatsächlich Eltern mit Fotos von ihren Kindern, die den lebenden Kids, selbst wenn man sie kannte, nicht einmal entfernt ähnelten. Diese Sorte Eltern, die sich mit einem Foto in der Bahnhofsszene durchfragte, war meistens völlig unbedarft. Manchmal versuchten sie, mit Schokolade unser Vertrauen zu gewinnen. Die Informierteren, die schon länger nach ihren Sprösslingen suchten, brachten auch schon mal Pizza, Kondome oder Unterwäsche mit.

Geld gaben diese Leute so gut wie nie, denn sie waren allesamt überzeugt davon, dass ein möglicher Drogenkonsum das Schlimmste war und dass sie sich mit einer Spende zum Mittäter machten. Damit lagen sie nicht mal völlig falsch. Sie machten sich so auch keiner Widersprüche schuldig und glitten mit ihren sauberen Händen an der Oberfläche ab, bis sie unverrichteter Dinge mit ihren Fotos weiterzogen.

Aber sie drückten sich nicht lange herum, sie glotzten nicht ungeniert, und nie machten sie einen Hehl aus ihren Absichten. Dieser Mann war aus anderen Gründen hier, ein trüber Instinkt wies mir die Richtung, und ich wusste, dass auch der Flaschenöffner diesen Instinkt besaß. Es war an der Zeit, die Dinge beim Namen zu nennen.

–Meiner Meinung nach is das 'n Kinderficker.

Der Flaschenöffner warf einen flüchtigen Blick auf Besagten, der gerade eine Zeitung hervorgeholt hatte und Desinteresse heuchelte.

–Bis jetzt noch nicht, sagte der Flaschenöffner und wandte sich unverzüglich wieder seiner Ravioli-Dose zu.

Ich zog mich auf meinen Schlafsack zurück. Allmählich fragte ich mich, ob mein Vorwurf, sie seien in der Sache zu naiv, nicht viel mehr auf mich selbst zutraf. Ich wusste, dass Mad Max und Pico sich in den Abendstunden manchmal hinter dem Bahnhof herumtrieben und mit nicht unbeträchtlichen Summen zurückkamen. Ihrer eigenen Aussage nach ließ Pico sich von den Typen anquatschen und führte sie in eine Seitenstraße, wo Mad Max ihnen eins überzog und sie ausnahm. Ich hatte mich nie gefragt, ob diese Version den Tatsachen entsprach.

Es war einer dieser Momente, in denen mir dämmerte, dass ich in gewisser Weise nicht wie die anderen war. Ich hatte, was ich meine Vision nannte, etwas, an dem ich meinen Willen festmachen konnte und das mir einen Weg eröffnete. Hatte eine Gitarre, die Möglichkeit, Geld zu verdienen. Insofern war ich nicht in der Position, in Frage zu stellen, wie sie durchs Leben kamen.

Nur lagen die Dinge im vorliegenden Fall anders. Dieser Typ war zu uns gekommen, ohne dass ihn jemand darum gebeten hatte, er versuchte sich hier, praktisch auf der Schwelle zu unserem Wohnzimmer, an uns ranzumachen, und offenbar zögerte er nicht, sich mit ein paar Gratis-Scheinen beliebt zu machen, bevor er zu den Geschäften überging. Wenn ich den Flaschenöffner richtig verstanden hatte, schätzte er die Situation ähnlich ein, sah aber vorerst keinen Grund, Geld abzulehnen, oder was sonst im Angebot war. Ich glaubte, aus seiner Bemerkung herausgehört zu haben, man könne sich den Kinderficker später immer noch vornehmen.

In gewisser Weise, musste ich zugeben, imponierte mir diese Haltung. Sie zeugte von einem Überlebenswillen und einer praktischen Intelligenz, die mir an vielen Punkten abging. Mich aber kotzte dieser Typ an, und wenn er mit Scheinen um sich warf, dann umso mehr. Er glaubte, mit diesen Scheinen alles bekommen zu können, er glaubte, dass es wegen dieser Scheine keine Grenzen für ihn gab, und vermutlich hatte das Leben ihm bisher immer wieder Recht gegeben. Deshalb gönnte ich ihm nicht, mit irgendwas bei mir zu landen, nicht das kleinste Einverständnis. Kein Bier, das er bezahlte und das ich trank, kein Lächeln, keine Hand, keinen Finger. Eigentlich war es schon zu viel, dass ich mir so lange Gedanken über ihn machte, ich nahm meine Gitarre, rief den anderen ›bis später‹ zu und ging auf die Piste.

Als ich zurückkam, redete er gerade mit Pink, die ihn mit einem Kindergeburtstagstorten-Zuckerguss-Lächeln bedachte, während sie mit dem Daumen ein Pfund in ihre Jeans schob. Ich zögerte einen Augenblick und ging dann schnurstracks auf meinen Schlafsack zu. Ich hatte einen angenehmen Tag hinter mir, ich hatte schon was geraucht und Zeit gehabt, etwas Abstand zu bekommen.

Ich würde mich nicht in die Angelegenheiten der Kids mischen. Ich war nicht für sie verantwortlich, sie wussten teilweise mehr vom Leben als ich. Wenn ich ihnen mangelnden Stolz vorwarf, musste ich mir die Frage gefallen lassen, ob ich vielleicht eine bessere Idee hätte, und ich hatte keine. Mein Weg war nicht ihrer, ich war weit davon entfernt, einem anderen das Leben erklären zu können. Ich würde mich hüten, die anderen mit meinen Standpunkten zu nerven, denn ich war nicht in der Lage, sie durchzufüttern. Ich taugte gerade mal dazu, ihnen ab und zu ein Lied zu spielen.

Ich legte die Gitarre ab, setzte mich auf meinen Schlafsack und band mir die Schuhe auf. Wir trugen alle diese schweren Schnürstiefel, die einem neben der Coolness eine gewisse Sicherheit verliehen, aber im Sommer ging man darin fast ein. Sobald ich auf der Platte war, ließ ich meinen Füßen etwas Luft. Es war eine Wohltat.

Ich streckte die Beine aus, holte den Tabak hervor und kurbelte mir eine. Als ich wieder aufschaute, drehte der Typ gerade ab, Pink im Schlepptau. In null Komma nichts hatte ich die Stiefel wieder zu und war vor Ort. Ich verschwendete keine Zeit damit, auf mich aufmerksam zu machen. Pink erschrak, als ich sie am Arm packte und wortlos in Richtung unserer Platte zerrte.

– … Eeh, scheiße, lass mich los, hastese noch alle?! …

Der Typ war ebenfalls erschrocken und ein paar

Schritte zurückgewichen. Als er Pink sah, die mir nur bis zur Schulter reichte, mich aber wütend attackierte, wurde er wieder mutiger.
–... Was soll denn das ...?, setzte er an, aber ich fuhr herum und nagelte ihn mit dem Zeigefinger an seinem Platz fest.
–Du hältst dich geschlossen, sagte ich scharf und wandte mich wieder Pink zu, die sich inzwischen losgerissen hatte, aber nicht floh, sondern mit den Händen an den Hüften vor mir stand und mich wütend fixierte. Filmreif.
–Was will der von dir?
–Wie, was will der von mir, der hat mich zu ’nem Eis eingeladen, was geht dich das überhaupt an, willste mir Vorschriften machen, biste jetzt mein Sachbearbeiter oder was?
–Ja, genau, warum machst du deiner Freundin Vorschriften..., ließ sich der Typ wieder aus der Kulisse vernehmen. Diesmal reichte mein Blick, um ihn zur Ruhe zu bringen.
Dann sah ich Pink mitten in ihr zorniges Kindergesicht und tauchte aus dieser Benommenheit auf, die mich eben noch meiner Sache sicher gemacht hatte. Plötzlich war ich wieder klar.
Was tat ich hier eigentlich, die ich sonst so gerne von Freiheit sprach und es weit von mir wies, für etwas anderes als meine persönliche Glückseligkeit zuständig zu sein? Auf einmal fühlte ich mich müde. Aber als ich schließlich das Schweigen brach, schlug ich nicht die Augen nieder, ich schaute sie gerade an und zuckte mit keiner Wimper, während ich sagte:
–Okay, schon kapiert. Du bist frei, du kannst auf dich selbst aufpassen, ENTSCHULDIGUNG. Nur, wir machen zusammen Platte, wir sind ’ne Clique, und wir passen auch ’n bisschen auf die anderen auf, richtig?

Wenn du Schore nehmen würdest, würde ich das scheiße finden und es dir sagen, und diesen Wichser hier mit seinem Sackgesicht und seiner Kohle, den finde ich eben auch scheiße. Das ist alles. Mach einfach, was du willst, Pink, du wirst es wissen.
Pink hatte den Blick gesenkt und wirkte nun eher verstört, und als sie wortlos abdrehte und in Richtung des Wichsers schlurfte, der in sicherer Entfernung wartete, schaute sich noch einmal irritiert nach mir um.
Straßenkindern ist eins gemeinsam: Sie haben irgendwann herausgefunden, dass sie alle Freiheiten haben, die sie sich herausnehmen. Die Schmerzen, die das kosten kann, haben sie meistens schon vorher gehabt. Also klammern sie sich verbissen an die Vorzüge, deren größter ist, dass niemand ihnen *Vorschriften* machen konnte. Einer Vierzehnjährigen, um die sich bisher nur *Sachbearbeiter* gekümmert hatten, konnte man nicht allzu viel von Verantwortung und Sorge füreinander erzählen. Heimkinder waren in der Regel überzeugt davon, dass sich niemand wirklich für sie interessierte, und Pink war ein knallhartes Exemplar. Sie kurz aus dem Konzept zu bringen, war schon viel. Andererseits war ich nicht sicher, ob es tatsächlich zu ihrem Besten wäre, sie zum Grübeln zu bringen. Und ob ich ihren Fragen standhalten könnte, wenn sie Genaueres wissen wollte.
Darum drehte sich auch das Gespräch, das ich abends mit Cesco führte. Ich hatte gehofft, bei ihm Unterstützung zu finden, aber ich wurde schnell eines Besseren belehrt.
–Die kommen klar in der Welt, warum willste sie mit Sachen verrückt machen, von denen die noch nie gehört haben?
–Aber das sind doch Kinder, im Grunde genommen, versuchte ich es noch einmal.

–Jaja, aber erzähl ihnen das nicht zu oft, sonst darfste nämlich die Mami für sie spielen … und willst du diese Gören am Arsch haben? Ich nicht, setzte er hinzu.
–Warum machste dann mit denen Platte, wenn sie dir egal sind?, regte ich mich auf.
Cesco war sichtlich genervt von dieser Frage, aber nicht um eine Antwort verlegen.
–Du hast keine Ahnung, wie das ist: ständig auf der Flucht. Ohne Rechte, ohne einen, dem du vertrauen kannst. Du hast nur deine Kumpels, die auch keine Rechte haben. Ich bin erwachsen, ich war 'n paar Mal im Knast, ich weiß jetzt mehr. Ich hab den ganzen Scheiß hinter mir, mich sperren sie nicht mehr so leicht ein. Aber ich weiß genau, wie das ist, also spar dir den Scheiß, dass sie mir egal sind. Ich kann den Kids sogar hier und da mal helfen, weil ich Ahnung hab. Du hilfst ihnen keinen Meter mit deinem Gelaber. Was willste denn von denen, – dass sie kein Geld von 'nem Arschloch annehmen? Wir wären alle längst verhungert, wenn wir das machen würden. Worum geht's dir eigentlich?
Ich wusste, dass das Gespräch zu nichts führte, aber ich wollte ihm noch antworten, der Form halber.
–Um Prinzipien, sagte ich so ruhig ich konnte. Um Stolz, um Stil, um Solidarität, um Würde.
Dann ging ich, zitternd vor Wut, glühend vor Rechtschaffenheit, auf verlorenem Posten.
–HA! WÜRDE!, brüllte Cesco hinter mir her. GUCK DICH DOCH MAL UM! SIEHSTE HIER VIELLEICHT IRGENDWO WÜRDE?

Den ganzen Weg über fragte ich mich dann, für wen ich das tat. Als ich im Licht der Straßenlaterne vor der Mauer stand, die das Grundstück zur Straße hin abschottete, wusste ich, dass ich diesen Weg ausschließlich zu meiner eigenen Befriedigung gegangen war. Wenn die einen die Freiheit hatten, sich für ein paar Scheine zu verkaufen, stand mir durchaus die Freiheit zu, die Heldin zu spielen, wann immer es mir beliebte. Auch ich ließ mir keine Vorschriften machen, von niemandem. Einer hatte sich mit mir angelegt, und das sollte ihm Leid tun.

Ich war ihm am Nachmittag schon gefolgt, nachdem er mit Pink aus der Eisdiele gekommen war. Sie hatten sich getrennt, ohne dass etwas Besonderes vorgefallen war. Ich hatte noch immer keine Beweise für meine Kinderficker-Theorie. Aber ich brauchte mir nur den Typen anzuschauen, wie er Pink mit Blicken verschlang, wie ihm fast der Sabber aus den Mundwinkeln lief, während sie an ihrer Eistüte leckte.

Er wohnte wie erwartet in einer guten Gegend. Eine alte Villa auf einem großzügigen Grundstück mit hohen Bäumen und viel Grün, eine Kante, die vermuten ließ, dass auf dem Grundstück überall Bewegungsmelder angebracht waren. An der gemauerten Einfassung des Gittertors gab es eine Videokamera, die aber in einem Winkel stand, aus dem sie nur die eine Seite der Mauer einsehen konnte. Trotzdem war das Ganze nicht ohne Risiko. In diesem Viertel brannten alle Straßenlaternen die ganze Nacht, und obwohl man sich hier schon praktisch in einem Hochsicherheitstrakt befand, waren vermutlich Polizeistreifen unterwegs. Meine Hände zitterten, als ich mir die Kapuze überzog und an die Mauer trat. Im Licht der Straßenlaterne wirkte sie blütenweiß.

Ich griff nach der Sprühdose, die ich bei Import-Export-Ali erworben hatte. Tagsüber verwaltete Ali eine große Lagerhalle mit Hinterhof, der als Schrottplatz fungierte. Abends öffnete er den Kiosk im vorderen Teil des Gebäudes und betrieb einfach seine Geschäfte weiter.

Bei Import-Export-Ali gab es alles, was das Herz begehrte und was er nicht hatte, konnte er besorgen. Wenn er einen kannte, auch Waffen und Drogen. Er wäre auch nie auf die Idee gekommen, mich zu fragen, wofür ich eine Farbsprühdose benötigte. Er empfahl mir schwarzen Autolack. Man brauchte viele Farbschichten, um ihn unsichtbar zu machen.
Ich war in heller Panik, aber ich ging zu Werke, ohne mich noch einmal umzusehen. Meine Hand verkrampfte sich um den Kopf der Sprühdose, der kalte Schweiß brach mir aus. Sobald ich den letzten Buchstaben vollendet hatte, gab ich meinem Fluchtinstinkt nach und rannte wie um mein Leben.
Eine Zeit lang fuhr ich kreuz und quer mit der Straßenbahn, um mich zu beruhigen und aufzuwärmen. Es war kurz vor Morgengrauen. Bald würde der Berufsverkehr losgehen. Ich stellte mir vor, dass sie in einer solchen Villengegend im Durchschnitt etwas später aufstanden als in anderen Vierteln. Meine Botschaft würde mit Sicherheit den Sonnenaufgang miterleben. Und selbst wenn eine Polizeistreife oder ein Nachbar den Hausherren aus dem Bett klingeln sollte, er würde eine Zeit brauchen, um einen Maler zu bestellen. Oder ob er selber Hand anlegen würde, angesichts der Schrift an der Wand, HIER WOHNT EIN KINDERFICKER, in glühenden schwarzen Lettern … Würde er schweißgebadet in seinem Schuppen nach Farbe suchen, würde er seine Mauer notfalls komplett schwarz streichen, würde er mit bloßen Händen den Putz abschlagen?

Ich trank noch einen Kaffee am Bahnhof, bevor ich mich auf die Platte schlich und mich in meinem Schlafsack zusammenrollte. Ein paar Stunden später wurde ich wach, als eine große Gruppe Amerikaner mit lautem Geschrei an meinem Lager vorbeizog. Wenig später kam Happy mit einer gut gefüllten Dose rüber. Der Tag ließ sich gut an. Ich ging in die Fußgängerzone und machte meine Musik. Die Luft roch nach Waffeln und Schmierseife, Leute lächelten mir zu, Münzen klimperten in meinen Hut. Die Welt war wie dazu geschaffen, sich vor dem Großen Straßenmusiker zu verneigen.

Am späten Nachmittag hatte ich Schwierigkeiten, was zu rauchen zu bekommen, irgendein Lieferproblem. Und so ging ich auf die Szene, um in Hauseingängen über die Preise von lächerlichen Mengen lächerlicher Qualität zu debattieren, bis ich an einen Typen geriet, bei dem wenigstens die Menge vertretbar war. Ich klopfte ihm auf dem Arm und schwor, künftig nur noch bei ihm zu kaufen, dann zischte ich ab und traf bald darauf drei, vier Leute, die zu einem Reggae-Open-Air unterwegs waren. Sie wollten sich die Sache von draußen anhören, hinter dem Zaun, was nichts kostete und einen ausgefüllten Abend versprach. Die Musik sei laut genug, hieß es, jede Menge Leute kämen, genau das Richtige, um sich zu entspannen und abzulenken von den kleinen Sorgen und den Todesängsten, die wir hatten.

Als wir dort ankamen, war das Konzert bereits voll im Gange. Es spielten Bands, die kaum zu unterscheiden waren. Wir konnten die Bühne nicht sehen, auf der sie groovten und hüpften und sich ihre Zaubersprüche zuriefen, und in den Pausen spielten sie das gleiche Zeug vom Band. Das hatte etwas unglaublich froh Machendes, Einlullendes, dazu kamen die Joints, die auf einmal in Mengen kursierten, jemand hatte Gras dabei, so dass es sogar nach Reggae roch. Fehlte nur, dass der knittrige alte Haileselassie noch vorbeischaute. Es wurde ein Wahnsinnsabend, einer von der schweren,

süßen Sorte, an dem sogar die Bäume zu dösen schienen und die Vögel ihr Gutenachtlied langsamer als sonst sangen.
Wir waren etwa zwanzig Leute an dieser Stelle hinter dem Zaun, und wir blieben bis spät in die Nacht, als das Konzert längst um war und das Gelände leer gefegt. Draußen kampierten hier und da ein paar Leute, und auch wir blieben einfach im Gras liegen, den Blick starr auf das verschwommene All gerichtet, das großartig über uns hinwegrauschte.

Ich wurde frühmorgens wach, als mir der Tau in die Klamotten drang. Ich sprang auf, schnappte mir meine Gitarre und machte mich auf den Weg in die Stadt. In der U-Bahn lag eine Zeitung, deren Schlagzeile meinen Blick anzog:
PUNKER-TERROR IN DER CITY: STADTRAT FORDERT HARTES DURCHGREIFEN!
Weiter unten gab es ein Foto von dem, der da forderte. Ich war nicht besonders verwundert, das Sackgesicht zu kennen.

Ich konnte es kaum erwarten, dass die U-Bahn endlich am Bahnhof hielt. Viel los war um diese Uhrzeit noch nicht in der Stadt, und ich tat gut daran, etwas langsamer zu machen und mich so unauffällig wie möglich an die Platte heranzupirschen. Sie waren schon da. Zwei Mannschaftswagen, zwei Sixpacks, drei Wannen. Sie hielten sich nicht lange damit auf, die Papiere zu kontrollieren, sie hatten einfach alle aus dem Schlaf gerissen und in die Wannen verfrachtet. Glücklich, wer es schaffte, seinen Rucksack und Schlafsack mit zu raffen, bevor alle weggekarrt wurden. Die zurückgebliebenen Bullen stöberten noch etwas in den herumliegenden Klamotten herum, bis die Stadtreinigung kam. Ich

stand in sicherer Entfernung, aber ich hatte genug gesehen. Ich musste mir nicht in allen Details anschauen, wie mein Hab und Gut in den Müllwagen flog und mein Lager mit dem Schlauch abgespritzt wurde.
Ich ging schnurstracks zum Bahnhof und stieg in den nächsten Zug ein. Erst später wurde mir bewusst, was für ein Glück ich letztendlich hatte, am nächsten Tag, in einer anderen Stadt, in einer anderen Fußgängerzone, wo ich meine Gitarre an mich presste und zornig meine Lieder sang.

Als ich den Wagen von Merlin und Momo das erste Mal sah, vergaß ich schlagartig alles, was ich eigentlich vorhatte. Und so erging es vielen Leuten, sie ließen ihre Pläne fahren, drehten vom Weg ab und verweilten in Horden, um dieses magische Gefährt anzustaunen. Es war eine Mischung aus Wohnmobil und Bauwagen, ein Hexenhaus auf einem LKW, ein Pferdewagen mit einer großen, mit knallbunten Ornamenten verzierten Motorhaube. Er stand am Rande des Marktplatzes in der Ladezone. Ein Mann und eine Frau in seltsamer, mittelalterlich wirkender Kleidung bauten vor dem Wagen eine Bühne auf: Ein großes blaues Tuch auf dem Boden, fünf rote Hocker, eine primitive Wippe und eine rote Truhe sowie ein Teekistenbass, verschiedene Trommeln und Saiteninstrumente wurden drapiert. Schließlich hängten die beiden ein Transparent am Wagen auf, das in leuchtenden Blau- und Lilatönen bemalt war, gleichzeitig Bühnenbild und Information:

MAGIC MOMENT CIRCUS
– Straßentheater –
Hunde, Musik, Jongelage
& Überraschungen

All diese Versprechungen bannten mich auf meinem Stück Asphalt, ich ließ mich aus dem Stand in den Schneidersitz fallen und wartete auf die magischen Momente.

Die Frau ging zu den Instrumenten und hockte sich rittlings auf eine große, afrikanische Trommel. Der Mann hängte sich eine zwölfsaitige Gitarre um, sie war an einen kleinen Verstärker angeschlossen, den er am Gürtel trug. Die Gaukler lächelten sich strahlend an, bevor sie zu spielen begannen.

Die Show dauerte etwa eine Dreiviertelstunde und

hielt, was sie versprach: es gab Musik, zum größten Teil instrumental, wobei Momo, wie sich die Frau vorstellte, die Rhythmusgruppe und den Kistenbass spielte, während Merlin, der Mann, seine Finger über Gitarren, Geige und Blechflöte perlen ließ. Ihre Musik war bei weitem nicht so alt wie ihre Aufmachung signalisierte, sie klang zeitlos, erinnerte mal an alte Weisen und mal forderte sie zum meditativen Wippen auf. Buschtrommeln waren in dieser Musik, und der Jazz und der Beat. Dreimal sangen sie dazu, mit rauen, rufenden Stimmen, nicht brillant, aber eine Art von Musik, bei der sich einem alle Flimmerhärchen auf den Armen stellen und gegen Ende unweigerlich die Tränen kommen. Sie spielten immer nur eines ihrer langen Stücke, dazwischen gab es wie versprochen Hunde, Jongelage und Überraschungen.

Die Hunde kamen auf einen Pfiff von Momo hin aus der Tür des Hexenhauses, hüpften die kleine Trittleiter herab und sprangen routiniert auf ihre Hocker, wo sie ungeachtet der applaudierenden Menge hechelnd auf ein weiteres Zeichen ihrer Herrin warteten. Hinter den Hunden kletterte ein weiteres Wesen die Sprossen der Leiter hinunter, ein etwa vierjähriges Kind mit wüsten dunklen Locken und einem ähnlichen Kittel, wie ihn seine Eltern über ihren bunten Lederhosen trugen. Luna. Das Kind kauerte sich vor den Wagen auf die Bühne.

Bis auf einen zotteligen, kniehohen Mischling waren die Hunde ziemlich klein, drei Pudel und ein Winzling mit riesigen Ohren. Nervös veranlagt, aber erstaunlich diszipliniert, kläfften sie nur auf Kommando, wenn sie zum Beispiel aufgefordert wurden, bis fünf zu zählen. Sie sprangen durch Reifen und balancierten auf der Wippe, sie drehten auf zwei Beinen im Kreis, sie pflückten zärtlich mit gebleckten Schneidezähnen die

Hundekuchen, die Momo zwischen den Lippen hielt. Auch der Applaus der Menge irritierte sie nicht, noch ließen sie sich durch die Gesten der Umstehenden ablenken.

Schließlich ging Momo zur Tür und rief einzeln die Hunde herein, die die Leiter wieder hochkletterten und im Hexenhaus verschwanden, bis auf den Winzling. Der wurde Luna, die inzwischen auf einem der Hocker kauerte, auf den Schoß gesetzt.

Merlin, der die Show kommentierte, bat um absolute Ruhe: was jetzt folge, dürfe nicht durch Schallwellen oder Wind gestört werden. Er ging zu der Truhe und holte einen Eimer heraus und etwas, das wie ein großer Schmetterlingsfänger aussah, der kein Netz hatte. Er tauchte den Käscher in den Eimer, zog ihn wieder heraus und zeigte dem Publikum die regenbogenfarbene Seifenlaugenhaut, die sich in dem Metallreif spannte.

Langsam und kontrolliert begann er zu pusten. Mit angehaltenem Atem verfolgten die Umstehenden die Entstehung einer riesigen Seifenblase. Als sie groß genug war, führte er den Käscher mit einer fließenden Bewegung über Luna und den Hund in ihren Armen. Merlin ging hinter dem Hocker langsam in die Knie und zog die Seifenblase über Luna und Winzling und Hocker. Und für ein paar leuchtende Sekunden war dieses Bild zu sehen, das Kind und der Hund in der schillernden Hülle, der Mittelpunkt der Welt.

Ich sah den Winzling bellen, kurz bevor die Seifenblase platzte. Dann rauschte der Applaus los und spülte den magischen Moment fort.

Jonglieren konnten sie alle, Momo, Merlin und die kleine Luna. Bälle, Keulen, Ringe, Obst und Eier flogen durch die Luft, begleitet von den Trommeln, die Momo bearbeitete, wenn sie gerade nicht einen der Gegenstände auffing oder abgab, die Merlin ihr im Rhythmus zuwarf. Es war eine furiose Abschlussnummer. Danach verbeugten sich alle. Momo ging mit ihrer glöckchenbehängten Samtmütze herum, Luna mit der von Merlin.

Es war wie immer bei Straßenkunst, wie bei allen Genüssen, deren Bezahlung freiwillig ist: Sobald die Show vorbei war und es ans Spenden gehen sollte, war auf einmal nur noch die Hälfte der Leute da. Die geblieben waren gaben allerdings reichlich, mit verträumtem Ausdruck auf den Gesichtern.

Ich blieb sitzen und schaute weiter gebannt zur Bühne. Ich konnte mich noch nicht von dem trennen, was ich in der letzten halben Stunde erlebt hatte. Und mit einer Hand voll anderer Leute, denen es genauso ging, kam ich schließlich in den Genuss der Zugabe, die Merlin ohne Ankündigung darbot, eine kleine stille Nummer, die purem Vergnügen entsprang und kein Publikum brauchte, um zu sein, was sie war: ein Lächeln, ein Gebet, der reine Spieltrieb.

Merlin hob seine Hand und beobachtete konzentriert eine Raupe, die darüber kroch. Von meinem Platz aus konnte ich sie deutlich sehen. Sie hätte aus seinen Haaren gefallen sein können, wie sie zielstrebig über seine Hand zog. Merlin lächelte sie an und schloss behutsam die Faust darum. Er führte beide Hände an den Mund, berührte mit den Lippen die mit der Raupe und dann die andere, die ebenfalls zur Faust geschlossen war. Er öffnete die eine Hand. Sie war leer. Er streckte die Hand aus, die vorher leer gewesen war, öffnete sie und entließ einen kleinen blauen Schmetterling gen Himmel. Ich sah ihm nach, wie er immer höher flatterte, bis mein Blick ihm nicht mehr folgen konnte.

Allmählich tauchte ich aus meiner Verzückung wieder

auf, schaute mich um und realisierte langsam, wo ich mich befand. Ich war mit dem Indianer unterwegs gewesen, an einem Abend, gegen Ende des dritten Sommers, den ich auf der Straße verlebte. Den Indianer hatte ich irgendwo getroffen, und wir waren ein Stück zusammen gegangen. Er war sporadisch Gast auf der Platte, die ich seit ein paar Monaten bewohnte. Wir kannten uns nur flüchtig, aber irgendwie mochten wir uns, wir folgten beide dem gleichen Reflex, wenn wir unsere letzten Krümel teilten.
Ich schaute mich nach dem Indianer um, aber er war verschwunden. Das war nichts Ungewöhnliches, der Indianer kam und ging fast immer unbemerkt, selbst wenn man auf ihn achtete, selbst wenn man mitten im Gespräch mit ihm war, ein Blick auf die Ampel, ein Wimpernschlag, weg war er. Das war keine Sache, über die ich mir den Kopf zerbrach. Ich hatte schon allerlei Seltsames gesehen und gerade war ich Zeugin eines magischen Kunststücks geworden.

Eigentlich war ich unterwegs zur Arbeit gewesen, allein, denn Laura, meine derzeitige Abgräberin, hatte an diesem Tag einen lukrativeren Job. Ich hatte mir in den letzten Monaten angewöhnt, abends zu spielen, bis in die laue Nacht hinein. Es zog dann immer noch genug Volk durch die Innenstadt, entspannter als am Tag, zum Teil angesäuselt, also auch in der Stimmung, mehr als nur Kleingeld zu geben, wenn ihnen der Vortrag gefiel. Ich verdiente im Schnitt nicht mehr als tagsüber, aber es war ein anderes Arbeiten. Das lag an der Atmosphäre, die reiner wurde, wenn die Läden geschlossen wurden, nur die Kneipen noch auf waren und die ganze Stadt einen Gang zurückschaltete, um dann schnurrend ins Nachtleben überzugehen. Es waren gute Stunden, um zu singen.

Das hatten wiederum schon andere vor mir festgestellt. Abends kamen die Künstler, die Klassiker, die weit Gereisten, die Profis, die eine perfekte Show hatten, die CDs verkauften und damit eine Wohnung, das Auto, die Familie finanzierten.
Daneben gab es noch andere wie mich, die die Atmosphäre, die gute Akustik und die Leistung der Kollegen zu schätzen wussten, deren eigenes Vermögen aber nicht an diese hohe Schule heranreichte. Das machte sich natürlich in der Kasse bemerkbar, denn wo ich mir das Äußerste an Tricks abforderte, das ich mir im Laufe der Jahre ausgedacht und abgeschaut hatte, saß hundert Meter weiter einer, der als Kind bereits verschiedene Wettbewerbe gewonnen haben mochte. Ich hatte bald gelernt, dass die Welt auch hier nach der Höchstleistung schielt, hinter der schon das Zweitbeste verblasst.
Weit davon entfernt, die jeweiligen Bravournummern des Abends zu toppen, hatte ich meine eigenen Möglichkeiten ausgelotet, um wenigstens etwas aufzufallen. Ich spielte hauptsächlich eigene Stücke, die niemand anders kannte und folglich auch nicht besser darbieten konnte. Auch gaben sie mir die Möglichkeit, Geschichten zu erzählen, Witze zu machen, auf aktuelle Ereignisse einzugehen, im besten Fall mit Worten, in denen sich die Zuhörer wiederfinden konnten. Am zuverlässigsten wirkte das, wenn sie bereits standen, wenn ich ihre Aufmerksamkeit bereits hatte.
Um sie aus ihrem Trott zu holen, musste ich zu anderen Mitteln greifen. Zum Glück hatte ich eine wirklich starke Stimme. Ich konnte lauter singen als die meisten, die wie ich keine Stimmausbildung besaßen. Fast nie brauchte ich zu brüllen, und wenn, tat ich es meistens aus Leidenschaft, und nur selten wurde ich davon heiser. Zum anderen bekam meine Stimme in einer be-

stimmten Lage einen ganz eigenen Klang, ein klirrendes, schnelles Vibrieren, das nicht im Ton selber lag, sondern um den Ton herum, das ich erst nach und nach erforschte und bewusst einzusetzen lernte. Außerdem kannte ich ein paar charmante Tricks: meine Stimme brechen oder absterben lassen, heiserer klingen, als ich war, den Ton in der Kehle umschnappen lassen und in die Stirn drücken. Nicht zu vergessen die Nummer mit dem Endloston, über ein einfaches Riff immer weiter gezogen, bis ich blau anlief und mein Publikum verstehend zu kichern begann.

Ich versuchte immer wieder, mir Cover anzueignen, die zu meiner Stimme passten und mir spielbar erschienen. Mit der Zeit gab es eine Hand voll Stücke, für die ich eine eigene, vertretbare Version entwickelt hatte, sie hob sich von den Spielarten derer ab, die jeden Ton eines Originals kopierten. Die Leute lieben Musik, die sie kennen, und ich war darauf aus, meine Kasse zu füllen, bevor ich mir Extravaganzen leistete. Dafür beschäftigte ich abends einen Abgräber, derzeit Laura, die an diesem Tag aber in einem Fernsehstudio gesessen und für eine Talkshow die obdachlose drogensüchtige Jugendliche gegeben hatte. Sie würde erst am nächsten Tag zurück sein, denn die Produktionsfirma hatte neben zwei Scheinen auch eine Nacht in einem Hotel springen lassen, in einem richtigen Hotel, mit eigenem Bad und Frühstück. Solche Jobs waren selten.

Zwei Typen vom Casting hatten sich bei einem Streetworker erkundigt, wo er ein authentisches obdachloses, drogensüchtiges minderjähriges Mädchen finden könnte. Der Streetworker hatte sich bei der Produktionsfirma rückversichert, dass es um eine seriöse Talkshow ging und hatte schließlich die Typen auf die Szene geschleppt. Das erste Wesen, was ihnen dort begegnete, war Laura, und Laura war perfekt.

Sie war hübsch, sie war mitteilungsbedürftig, sie kam aus einem gebildeten Elternhaus, sie hatte mit fünfzehn schon einiges hinter sich, hatte aber noch keine Zeit gehabt, darüber hart zu werden. Sie war herzzerreißend offen und ehrlich, und sie trug keinerlei Schutzschild.

Sie war noch nicht ganz dreizehn gewesen, als ihre Mutter sie mit einem Joint erwischt hatte. Es hatte eine Szene gegeben, mit der Folge, dass ihre Mutter sie in eine Anstalt für Kinder- und Jugendpsychiatrie einwies. Damit meinte sie, das Problem in professionelle Hände gelegt und vom Hals zu haben. Laura war aber aus dieser und aus anderen Einrichtungen so lange immer wieder ausgerissen, bis man sie schließlich einfach nicht mehr suchen ließ; sie gehörte zu den Minderjährigen, die einen »Fahrschein« besaßen, das hieß einen Aktenvermerk bei der Polizei, dass es zwecklos sei, irgendwen zu benachrichtigen, da es keinen Zuständigen gab, der sich um die Sache kümmern würde, mit anderen Worten: laufen lassen.

Laura hatte das alles mit der Zeit etwas überfordert, in den rasch wechselnden Umgebungen hatte sie nur wenige Anhaltspunkte gehabt. Einer davon war der Auslöser des ganzen Wahnsinns, ihr verfrühtes Interesse an Drogen. In der Jugendpsychiatrie konnte sie alles über Drogen erfahren, draußen konnte sie alles ausprobieren. Sie hatte es mit fünfzehn zur Fixerin gebracht, es drehte mir den Magen um, und dennoch, wenn ich sie mir so anschaute: was für ein starker Mensch, nach all dem, was man an ihr versaut hatte … Wie aufrecht sie noch ging, wie interessiert sie an der Welt war, mit welchem Mut sie kämpfte! Sie hatte öfter verträumt vor meinem Koffer gesessen, wir hatten ein paar Mal miteinander gesprochen und irgendwann hatte ich sie gefragt, ob sie einen Job gebrauchen könne.

Normalerweise ließ ich mich nicht mit Junkies ein. Aber Laura war erst seit ein paar Monaten dabei, und ich machte mir Hoffnungen, dass ihr einfach nur ein paar gute Leute fehlten, an denen sie sich orientieren konnte. Ich schleppte sie mit auf meine derzeitige Platte und verhandelte mit den Jungs, dass sie geduldet würde, solange sie dort nicht konsumierte und keine Junkies anschleppte. Und das Wunder geschah: Laura hing immer länger mit mir zusammen, nahm schließlich mehrere Tage am Stück keine Schore und lächelte tapfer, wenn sie das bekam, was die älteren Junkies einen Affen nannten. Bei ihr waren es nur leichte Entzugserscheinungen, aber auch die sind nur zu ertragen, wenn man Freunde hat. Schließlich bat sie mich, ihr nicht mehr zu viel Bargeld zu geben, damit sie nicht in Versuchung geriet. Also gingen wir, wenn wir besonders gut verdient hatten, zusammen einkaufen, Haschisch, Pizza, Kakao, Schokolade, ein paar Ohrringe und Armbänder bei einem Bauchladen-Rastafari. Bis nur noch Kleingeld übrig war.
Zwischendurch löcherte sie mich mit philosophischen, religiösen und politischen Fragen, erzählte von ihrem Leben und wollte wissen, ob es Gott gab und wann ich das erste Mal Sex gehabt hätte und unter welchen Umständen. Sie konnte eine wahre Nervensäge sein, aber sie nahm das alles so ernst, dass ich es wiederum unwiderstehlich fand. Dazu passte, dass sie nicht einmal auch nur versucht schien, mich finanziell zu hintergehen. Sie leistete sich bei aller Sucht und Enttäuschung ein paar Ideale, einen allgemeinen Anstand, der nicht sehr verbreitet ist, zumal unter den Getriebenen.
Sie war Feuer und Flamme für diese Talkshow gewesen. Sie werde alles erzählen, sie werde sich nicht an Vorschriften halten, die man ihr vielleicht machen

würde, sie werde ungeschönt erzählen, wie das Leben auf der Straße wirklich war. Ich ermutigte sie, denn ich hatte keine Ahnung vom Fernsehen. Und nach drei Sommern und zwei Wintern immer noch viel zu wenig Ahnung von der Straße, wie sich zeigen sollte.

Nachdem ich in die Show des Magic Moment Circus versunken war, gerieten Laura, die Talkshow, die Platte und meine eigenen Geschäfte weit in den Hintergrund. Etwas Bedeutsames war geschehen, etwas, das mich weiterbringen konnte. Dieses Gefühl hatte ich schon lange nicht mehr gehabt. Ich war schon ein Jahr in dieser Stadt, frequentierte immer die gleichen Ecken, kannte alle möglichen Leute. Manchmal dachte ich daran, dass ich hier vermutlich hängen bleiben würde, denn diese Stadt war so gut wie jede andere, und hier kannte ich mich aus. Das wiederum nagte an meinem Stolz. Dafür, dass ich mich eine Reisende nannte, war ich nicht gerade weit herumgekommen. An jenem Sommerabend, in einem Einklang mit fremder Musik, zaubrischen Tricks und der Ruhe einer hohen Artistik fühlte ich meinen Stillstand auf einmal drängender.

Momo und Merlin räumten ihre Bühne, die kleine Luna tobte mit dem Winzling von Hund herum. In einer Viertelstunde würden sie mit ihrem Wagen verschwinden, mit ihren Geschichten, ihrem Wissen, mit ihrer Magie. Ich musste einfach mit ihnen reden.

Als ich aufstand und auf Merlin zuging, befiel mich eine Art Panik. Ich wusste sie nicht sofort zu deuten und hielt kurz inne. Zum ersten Mal seit Jahren dachte ich über das Bild nach, das ich wohl nach außen hin abgeben mochte, nein, es war noch etwas anderes: Ich wollte einen guten Eindruck machen, und das kam so plötzlich über mich, dass ich verunsichert war.

Ich hielt mich selbst nicht für heruntergekommen, im Gegenteil. Inzwischen ging ich einmal in der Woche bei der Wohltätigkeit duschen, hatte einen Rucksack mit ein paar Sachen und einen guten Schlafsack, besaß zwei sorgfältig bunt geflickte Jeans, zu deren Erhalt ich Nähzeug mit mir führte. Ich gab Geld für den Waschsalon aus und war stolz darauf, meinen Kram im Griff zu haben. Ich versuchte, meine Würde zu wahren und bekannte mich stilistisch mit Dreads und Zöpfchen, Stirnband und bestickter Weste zu einer Familie, die auf die meisten Menschen eher sympathisch oder zumindest harmlos wirkte. Momo und Merlin, so wie ich sie erlebt hatte, gehörten derselben Familie an.

Trotzdem trat ich Merlin nur zögernd entgegen, mit der Scheu, mit der vielleicht ein Schüler dem Meister begegnet. Ich stellte die Gitarre aufrecht auf meinen rechten Fuß und hielt mich daran fest.

Hi, sagte ich schnell, ihr seid riesig. Seid ihr neu in der Stadt? Ich kenne mich hier aus, ich kann euch 'n Stellplatz für den Wagen zeigen, ich kann euch auch gute Plätze zum Auftreten zeigen. Ich bin auch Straßenmusikerin. Ich heiße Emma.

Merlin bedachte mich mit einem strahlenden Lächeln. Plötzlich wurde mir klar, wie lange mich schon kein Fremder mehr so angelächelt hatte, freundlich, interessiert, ohne den geringsten Hintergedanken. Er nahm meine Hand, die ich ihm hingestreckt hatte, in seine, und ein warmer Strom floss von seiner Hand in meine.

–Emma, sagte er, als hätte er auf mich gewartet. Freut mich, dich kennen zu lernen.

Spät in der Nacht kehrte ich zur Platte zurück. Mir summte der Schädel angenehm von starkem Gras, das Momo in unzählige Tüten gerollt hatte. Und von einem berauschenden Abend voller Musik und Gedankenaustausch, im beräderten Hexenhaus auf einem riesigen, fast leeren Parkplatz, während die Hunde unter den Sitzbänken dösten und Luna in ihrer Koje schlief. Meine anfängliche Scheu war schnell einer glücklichen Erregung gewichen. Ich fühlte mich – und ich brauchte geraume Zeit, um das passende Wort zu finden – zu Hause. Diese beiden, Momo und Merlin, mit ihrem Kind, ihren Hunden, ihrem Wagen, waren sie nicht genau die Gesellschaft, die ich immer gesucht hatte? Sie waren reisende Straßenkünstler, sie fuhren in ihrem Hexenhaus quer über den Kontinent und verbreiteten den uralten Zauber des Staunens und des Lächelns. Und sie wussten, welcher Tradition sie folgten. Merlin erwies sich als eine Art Professor der Vagabundenhistorie. Als er angefangen hatte, die Wurzeln ihrer Lebensform zu erklären, fand er lange kein Ende mehr. Ich hörte ihm fasziniert zu, es war genau die Geschichte, die ich seit langem hören wollte.

–In der Urzeit, sagte er, lebten Menschen in Zelten oder in Hütten. Daran hat sich eigentlich bis heute nichts geändert, nur die Mehrheitsverhältnisse sind andere geworden. Im Laufe der Jahrhunderte zogen immer mehr Leute in feste Hütten. Die Hüttensiedlungen wurden größer, man baute für viele Generationen im Voraus. So entwickelten die Hüttenbewohner ein besonderes Verhältnis zu dem einen kleinen Stück Erde, auf dem sie ihr ganzes Leben verbrachten, und zu dem Besitz, den sie zu bewahren und zu vermehren suchten. Man hatte eine immer größere Gesellschaft zu organisieren. Die anderen Menschen, die weiterhin in Zelten lebten, blieben kleine Gruppen, die nur so viel besaßen, wie sie bei ihren Wanderungen mit sich führen konnten. Entsprechend pflegten sie andere Traditionen. Sie erzählten Geschichten, sangen Lieder,

überbrachten Nachrichten, sie bauten und spielten Instrumente, sie waren Schauspieler, Magier, Artisten, Handleser, Trickbetrüger, mit einem Wort: KÜNSTLER, Menschen, die zwischen Dichtung und Wahrheit, zwischen erweiterter Sinneswahrnehmung und Psychologie schweben. Diese Mentalität unterschied sich von der der Hüttenbewohner, die einerseits fasziniert von der Leichtigkeit und Rätselhaftigkeit des fahrenden Volkes waren, andererseits ein instinktives Misstrauen und Angst um ihr Hab und Gut entwickelten, zu dem die Vagabunden ein anderes Verhältnis hatten. Auch neigten die Nomaden dazu, für die Machtmechanismen und regionalen Gesetzgebungen der Gesellschaft unempfänglich zu sein. Die Hütten sind zu Wolkenkratzern und Wohnsilos geworden, die gesamte Erde ist unter den Besitzenden aufgeteilt. Die Nachrichtenübermittlung geht elektronisch in Sekunden über die ganze Welt. Psychologie, Zauberei, Musik werden in großem Stil verramscht. Für das fahrende Volk und seinen Geist ist wenig Platz in dieser Welt…
Auch Momo und Merlin waren keine gebürtigen Zigeuner, aber sie waren weit herumgekommen. Sie hatten eine Hütte, eine Meldeadresse, eine Autoversicherung und eine Steuernummer. Das war der Preis, den sie bezahlten, um den größten Teil des Jahres unterwegs sein zu können, mit ihrem Zelt, denn nichts anderes ist eine Hütte auf Rädern.
–Der Geist der Vagabunden berührt die meisten Menschen in ihrer Seele, sagte Merlin.
–Millionen Menschen leben und arbeiten unter unfreien Bedingungen, um ein paar Wochen im Jahr in einem Wohnwagen Zigeuner zu spielen. Ein Campingplatz mit Elektrogrills, tiefgefrorenen Steaks und Musikkonserven sind der hilflose Versuch, sich in die Zeit der Nomadenstämme zurückzuversetzen. Die

Welttournee eines Popstars ist eine Annäherung an die eigentliche Aufgabe des Barden, zu reisen und zu singen. – Wir Straßenkünstler, meinte er, haben es gut getroffen. Wir schöpfen aus Quellen der ursprünglichen menschlichen Kultur.

Merlin war ein großer, breitschultriger Typ, der auf die vierzig zuging. Er war für seine Größe eher dünn, wirkte durchaus nicht vergeistigt, seine gegerbte Haut und seine schwieligen Hände wiesen auf jemanden hin, der vermutlich selbst öfter unter den Wagen kroch, um etwas zu reparieren. Wie sich seine Hände um den Kaffeebecher legten, als hätten sie keine Mühe, ihn zu zerquetschen, schien es unglaublich, wie sensibel sie über die Saiten eines Instrumentes huschen konnten oder dass in ihrer Faust ein Schmetterling unbeschädigt blieb.
Merlin trug hellblonde, erstaunlich lange Dreadlocks im Nacken zusammengebunden. Er hatte ein kantiges Gesicht, eine Hakennase und seltsame, dunkelgrüne Augen, die er an seine Tochter vererbt hatte. Er redete voller Begeisterung und war ein guter Erzähler, es war eine helle Freude, ihm zuzuhören.
Momo war etwas kleiner als ich und sie war auf eine runde, gesunde Art schön. Sie trug ebenfalls Dreadlocks, mit eingearbeiteten Perlen, Zöpfchen und bunten Fäden. Hätte sie ihr Haar gekämmt, wäre der gleiche, schwarzbraune Wust zum Vorschein gekommen, wie Luna ihn auf dem Kopf trug: kraus, dicht, unbezähmbar. Momo hatte eine lebhafte Mimik, riesige Augen in der Farbe von Bitterschokolade, einen breiten Mund und ein warmes Lachen. Sie war praktisch ständig in Bewegung, ohne dabei hektisch zu wirken. Für jemanden, der vier Joints geraucht hatte an diesem Abend, glitt sie bemerkenswert elegant durch den kleinen

Raum. Sie kochte Tee und stellte Tassen auf den Tisch, der einen überhöhten Rand hatte, so dass während der Fahrt nichts herunterrutschen konnte. Sie rollte Joints, schenkte Tee ein, wischte hier eine Pfütze oder etwas Zucker auf, sprang wieder auf, raschelte im Schrank herum und kam mit einer Keksdose wieder.
–Du solltest mal in ’ne andere Szene, sagte sie unvermittelt in eine Gesprächspause, als wir einer Kassette mit ungarischer Volksmusik lauschten. Sie sah mich direkt und mit selbstverständlichem Ernst an, als sei dies die Fortsetzung einer Unterhaltung, die wir aber gar nicht geführt hatten. Momo hatte die letzten Stunden über wenig gesprochen. Nachdem sie mich beide etwas ausgefragt hatten, hatte sie fast nur noch zugehört und ihre Anwesenheit auf andere Weise dokumentiert. Nun aber sprach sie, als gelte es auf den Punkt zu kommen, und dafür war ich ihr sehr dankbar, auch wenn ich zunächst der Form halber nachfragte.
–Wie meinst’n das genau?
–Du lebst unter Berbern, stimmt’s? Da ist erst mal nix gegen einzuwenden, aber du bist keine Berberin, du bist ’ne Musikerin, und für dich wirste unter Musikern mehr lernen können, verstehste, wie ich das meine?
Ich sah aus dem Augenwinkel, wie Merlin bestätigend nickte.
–Ja, versteh’ ich schon, sagte ich zögernd.
In der Tat ahnte ich nur vage, worauf sie hinaus wollte, ich wartete darauf, dass sie konkreter wurde, aber Merlin kam ihr zuvor.
–Zum Beispiel sind wir unterwegs zu ’nem Straßenmusikertreffen, das übers Wochenende stattfindet. Klink dich doch mal ’ne Woche aus hier und fahr mit! Da sind ’ne Menge gute Leute. Wir werden wohl morgen noch mal hier arbeiten, übermorgen früh fahren wir los. Überleg’s dir.

–Da gibt's nix zu überlegen, sagte ich schnell, bevor ich damit anfangen konnte. – Ich komm mit.

Unsere Platte befand sich hinter dem Rangierbahnhof, wo es gar nicht so laut war, wie ich anfangs gedacht hatte. Der Rangierbahnhof wiederum lag zentral, ein recht großes Stück halb wildes Gelände mitten in der Stadt, an dessen Rand sich jeden Sommer verschiedene Camps ansiedelten. Der Parkplatz, auf dem ich den Magic Moment Circus untergebracht hatte, lag ein Stück flussabwärts und gehörte zu einem Gelände, auf dem Messen und Jahrmärkte stattfanden. Ich ging direkt am Fluss entlang zurück und schaute zu den Lichtern der Fähren und Kähne, die über das schwarze Wasser zogen. Ich fröstelte leicht, aber es war nicht unangenehm. Ich träumte vor mich hin, voller Ahnung, neuer Lieder, neuer Gedanken, ich hüpfte alle paar Schritte und summte mein Mantra, den *Subterranean Homesick Blues,* diese endlose Kette von klappernden Reimen, schrägen Bildern und guten Ratschlägen.
Als ich den Trampelpfad durch die Büsche einbog, kam mir Bungee, die Plattentöle, mit schrillem Kläffen entgegengeschossen. Bungee war ein kleines weißes Wollknäuel, aber auch ein kleiner Hund hat gute Ohren und scharfe Zähne und in diesem speziellen Fall die typische Selbstüberschätzung der Terrier. Bungee war die gemeinschaftliche Alarmanlage. Als sie mich erkannte, sprang sie an mir hoch und schaffte es dabei, mir übers Kinn zu lecken. Ich wischte mir den Mund und trat schnell aus dem Schatten an die Reste des Lagerfeuers, wo eine Gestalt aus dem Schlafsack geschossen war.

–Ist Emma, sagte ich, hi Tomtom. Kannst weiterpennen.
Tomtom brummte etwas Unverständliches und sank wieder auf sein Lager. Er schlief gerne nahe am Feuer. Die meisten anderen hatten weiter hinten ihr Lager aufgeschlagen, es gab zwei kleine Zelte, und zwischen Büschen und Bäumen war eine große Plane befestigt, die eine Reihe von sieben, acht Schlafplätzen vor dem Regen schützte. Mein Platz war der links außen. Der Platz neben mir war frei, dort lag, wenn sie da war, Laura, daneben lag Henri, der zusammengerollt schlief und mich nicht bemerkte. Auch Teddy, Jule, Raff und Toni rührten sich nicht, nur Ed, der am gegenüberliegenden Ende lag, schaute kurz auf. Ich winkte ihm zu, und er tauchte wieder ab. Ich schlüpfte in voller Montur in den Schlafsack, denn der Tau war bereits in jede Faser gekrochen. Morgen, wenn die Sonne auf mich prallte, würde ich klebrig vor Schweiß aufwachen, aber momentan fühlte ich mich wohl. Ich ordnete meine Sachen.
Ich lag nicht, wie die meisten, mit dem Kopf auf meinem Rucksack, sondern auf meiner Gitarre, für die ich seit dem letzten Winter eine Hülle hatte. Der Rucksack stand neben meinem Kopf und war mit einer Schlaufe so mit dem Gitarrenhals verbunden, dass ich in meinem Kopfkissen hören konnte, wenn jemand an meine Sachen ging. Eine nützliche Maßnahme, unabhängig davon, wie viele Leute und Hunde sich auf der Platte befanden und wie sicher ich mich fühlte, es war eine von den vielen Kleinigkeiten, die man eben tat, wenn man nicht von gestern war.
Obwohl ich wirklich stoned war, konnte ich nicht schlafen. Das lag zum Teil daran, dass ich Hunger hatte, Momos Kekse waren meine einzige Mahlzeit gewesen. Auch das Gefühl, für die nächsten Tage verplant zu

sein, setzte mir zu, irgendwie ging mit Plänen eine gewisse Unfreiheit und die Angst einher, sie könnten scheitern. Die Ungebundenheit der letzten Monate hatte auch dazu geführt, dass ich mich immer weniger selber bewegte. Ich ließ die Dinge auf mich zukommen, ließ mich von jedem Tag überrollen und stellte abends fest, dass im Großen und Ganzen das Gleiche passiert war wie am Tag davor oder im letzten Monat. War ich mit dieser Freiheit, meine Zeit selber zu gestalten, in einen Stillstand versackt?

Wäre diese Behauptung von einem der frustrierten Werktätigen gekommen, wie sie manchmal vor meinem Hut standen und die Sinnlosigkeit ihres Lebens auf mich projizierten, ich hätte ihn mit Argumenten überschwemmt: Kein Tag, den ich erlebte, war wie ein anderer. Mein Leben war ein Bahnhof, laut, unübersichtlich, voller in praktische Hektik umgesetzter Sehnsüchte. Genau das hatte ich gewollt, ich trieb in einem Strom nicht vorhersehbarer Momente, ein ständiges Kommen und Gehen. Die Bewegung war das Einzige, woran ich wirklich glaubte, die einzige erlebte Konstante war der Zufall.

Um daran teilzuhaben, musste ich mich nicht geographisch bewegen.

Ich lebte ohne Uhr und ohne Kalender, unberechenbar wie das Wetter vergingen die Stunden, und ich hatte mich daran gewöhnt, nichts zu erwarten und auf alles gefasst zu sein. Auf diese Art der Lebensfähigkeit war ich stolz. War unsereins nicht tatsächlich nahe am Wesentlichen, wenn es letztendlich immer nur darum ging, den Magen zu füllen, ein Feuer zu entzünden, sich zu berauschen und das Leben an einem guten Tag zu feiern? Darum, die schlechten zu überleben, um sie später zu glorifizieren und Geschichten für die Lagerfeuer der guten Tage daraus zu spinnen? Mussten wir uns denen erklären, die Auto und Wohnung abzahlten, die ihre 70 Fernsehkanäle und ihre Modezeitschriften brauchen, die gar nicht wissen, dass man auch ohne dies alles leben kann, und die den Pennern noch die gute Laune neiden, weil sie ahnen, dass arme Leute besser feiern können? Ich bekam nur selten Gelegenheit, meine Lebensart zu verteidigen, aber Munition dafür hatte ich immer bereit.

Jetzt allerdings, auf meinem Lager am Rand der Plane, von dem aus ich hinter den Zweigen die Sterne sehen konnte, stand mir kein Frustrierter oder Bekehrer gegenüber, sondern nur mein eigener nackter Verstand. Schärfer und zielsicherer, als ein Fremder es sein konnte, hielt er mir vor Augen, dass ich im Grunde genommen seit einem Jahr das Gleiche tat. Nicht nur, dass ich mich eher bewegen ließ, als mich selber zu bewegen. Ich traf auch immer seltener auf wirklich Unvorhergesehenes. Ich kannte mich in dieser Stadt aus, eine solche Sicherheit fahren zu lassen kostete Überwindung. Mir widerstrebte der Gedanke, mich übermorgen auf Neues festlegen zu müssen, um weiterzukommen.

Andererseits, es ging zunächst darum, mit zwei Freaks, einem Kind und fünf Hunden ein paar hundert Kilometer nördlich zu fahren, um ein Straßenmusikertreffen zu besuchen. Es war das Beste, was mir seit langem passierte. Und es konnte meine eigene Bestimmung sein, die undeutlich am Horizont wartete.

Ich brauchte ein paar Runden im Gedankenkarussell, bevor ich mir eingestand, dass ich Angst vor den Kollegen hatte, die ich dort treffen würde und von denen ich, wie Momo vermutet, viel lernen konnte. Auch wenn ich zuweilen stolz auf meine Wirkung war: traf ich auf einen Meister des Fachs, wurden mir meine Grenzen rasch bewusst. Wenn Künstler wie Merlin und Momo

den Maßstab setzten, war ich bei einem solchen Treffen richtig? Auch wenn ich mich Musikerin nannte und Momo das bestätigt hatte, so hatte sie mich dennoch als Berberin identifiziert.
Was war ich denn? Ich selbst verstand mich als Fahrende Musikerin, hatte aber auch nie widersprochen, wenn man mich eine Berberin mit Gitarre nannte. Ich wusste ja, dass es große Unterschiede in dieser Kaste gab. Einfache arme Schweine, Irre und Penner, Obdachlose, Treber, Knackis, Junkies, Punks, Huren, Stricher, Zigeuner.
Wer sich selber Berber nannte, verband damit in der Regel einen simplen Ehrenkodex, mit dem auch ich mich identifizieren konnte. Berber waren Leute, die auf der Straße lebten, weil sie sich diese einfachste Form von Freiheit nicht nehmen lassen wollten, wenn ihnen schon sonst alles genommen worden war. Die eine freundliche und intelligente Form des Schnorrerwesens kultivierten, indem sie sich gute Sprüche für ihre Pappschilder einfallen ließen oder eine charmante Geschichte vortrugen und jedem einen schönen Tag wünschten, ob er nun spendete oder nicht. Die zwar meistens Alkoholiker waren, aber dennoch ihren Kram im Griff und ein Bewusstsein für Anstand hatten. Ich hatte alte Berber kennen gelernt, die unter ihrer Dreckschicht eine Weisheit und Würde ausstrahlten, die ich bei geschniegelten Mächtigen nie gespürt hatte. Insofern war Berberin für mich kein Schimpfwort. Aber durfte ich mich auch Musikerin nennen?
Ich machte zweifellos Musik, seit drei Sommern und zwei Wintern fast jeden Tag. Ich schrieb eigene Stücke, hatte ein Repertoire, eine eigene Art des Auftritts, hatte Erfahrungen mit Publikum; ja, ich war eine Straßenkünstlerin.
Im Winter war ich wohl ein paar Mal schnorren ge-

gangen, wenn meine Hände von der Kälte aufgesprungen waren und ein trockener Husten meinen Gesang bremste. Aber das war ein Nebenjob für den Krankheitsfall und änderte nichts daran, dass ich ansonsten jeden Groschen mit Musik verdient hatte. Ich ging nicht, wie die meisten Berber, einmal in der Woche zum Amt, um die staatlichen Almosen entgegenzunehmen, und ich ärgerte mich über Spenden, die offensichtlich aus Mitleid gegeben wurden, so sehr, dass ich schon Geld abgelehnt hatte. Ich wollte dafür bezahlt werden, dass ich den Leuten Freude machte, nicht ein schlechtes Gewissen.

Auch wenn Momo einen anderen Eindruck hatte: Ich pflegte durchaus Kontakte mit Kollegen, sofern ich seelische Nähe ausmachte. Es gab ein paar ansässige Freaks, mit denen ich mich ausgezeichnet verstand, Jojo und Maultrommel-Micha, Slim, der Breakdancer, und Guru, der Pflastermaler. Alles Leute aus der Tagschicht, die dieses Geschäft seit Jahren und Jahrzehnten betrieben, die mir freundlich und respektvoll begegneten. Ich hatte mit vielen Kollegen gesprochen, mit einigen gesungen, ein paar hatten mir Tricks gezeigt. Ich hatte Klaus den Geiger getroffen, den großen alten Straßenmusiker, hatte ihm zwei meiner Lieder vorgespielt und war knallrot geworden, als er meine Texte und meinen Vortrag lobte. Darüber hinaus hatte manch einer über meine laute Stimme gefeixt. Ansonsten ging es um gute Plätze, um die Geschäfte, um die Obrigkeit, um das Wetter. Kurz gesagt, ich war als gute Kollegin respektiert.

Wenn ich aber neben anderen stand, deren Darbietung nicht allein auf glühender Sehnsucht und ein paar Akkorden, sondern auf fundiertem Können beruhten, war ich nicht mehr sicher, ob mir der Titel Musikerin zustand. Würde ich zwischen wirklichen Künstlern

nicht doch wie eine Berberin wirken? Würde mich das stören? Würde ich lieber als gut singende Berberin gesehen oder als schlechte Musikerin? Ich musste es ausprobieren. Ich wollte weiterkommen, hier war mein Lift. In einer Woche würde ich mehr wissen.
Irgendwann schlief ich ein.

Laura kam gegen Mittag, als ich mich gerade aus den verschwitzten Hüllen schälte. Sie war noch immer völlig aufgedreht, zwitscherte mir die Ohren voll, schüttete ihren Rucksack neben mir aus, in den sie alles verstaut hatte, was sie im Hotel nicht angekettet hatten. Abgepackte Portionen Marmelade, Butter, Zucker, Kondensmilch, Seife, außerdem Messer, Gabeln, Löffel, Fläschchen mit Magenbitter, Servietten, Klopapier, zwei Handtücher, ein Teller, eine Tasse, zwei Plasikbecher, ein Kugelschreiber, ein Block mit Briefkopf des Hotels und ein Aschenbecher prasselten auf ihren Schlafsack.
–Brötchen, sagte sie stolz und hielt eine Papiertüte hoch.
–Jetzt können wir RICHTIG FRÜHSTÜCKEN!
–Was is mit Kaffee?, entfuhr es mir, denn dies war das Einzige, was mich morgens interessierte. Selbst im letzten Jahr, als ich noch Bier zum Frühstück trank, hatte ich mir vorher einen Pappbecher mit Kaffee organisiert.
–Oh SCHEISSE!
Sie ließ die Brötchentüte sinken und sah ganz zerknirscht aus.
–He, das war ’n Gag, beeilte ich mich zu sagen.

–Vergiss den Kaffee, oh Mann, wann hab ich das letzte Mal richtig gefrühstückt, kann ich mich gar nicht mehr dran erinnern!
Auch wenn es nicht einfach war, so kurz nach dem Aufwachen Begeisterung zu simulieren: Ich riss mich zusammen und setzte mich auf, während sie Teller, Besteck und Aschenbecher auf einem ausgebreiteten Handtuch arrangierte, machte ihrem Organisationstalent Komplimente und biss tapfer in das Marmeladenbrötchen, das sie mir hinhielt.
–Und wie war's gestern? Beim Fernsehen?
–Cool, cool, cool. Da war ein Typ, der sagte, dass er auch verkorksten Kids 'ne Ausbildung anbietet, wenn sie pünktlich zur Arbeit kommen. Ich hab den gefragt, ob er denn pünktlich bei der Arbeit wäre, wenn er auf der Straße pennen würde, ohne Badezimmer, ohne Wecker, ohne Kaffeemaschine. Und wie viel er zahlen würde. Er sagt, sechs Scheine. IM MONAT!
–Und, was haste gesagt?
–Na, die Wahrheit. Dass ich beim Schnorren in der Woche mehr verdiene und das auch brauche, weil auf der Straße alles viel teurer is, Fressen, Duschen, Pissen, Händewaschen. Da haben sie aber geschluckt, die Moderatorin und die anderen, das kannten die alles gar nicht!
–Haben sie dich was wegen Drogen gefragt?
–Ja, klar, deswegen war ich ja auch da. Ich hab erzählt, was ich schon alles genommen hab, auch das mit dem H in letzter Zeit, aber dass ich jetzt clean bin, weil ich 'ne Freundin hab, die auf mich aufpasst. Echt, ich hab dich sogar gegrüßt, in die Kamera 'rein, schade, dass du's nicht sehen kannst.
–Wann wird's denn gesendet?, fragte ich, hauptsächlich um von der Sache mit der Freundin abzulenken, die auf sie aufpasste. Wenn sie den Satz erwähnt hatte,

um ihn von mir noch einmal bestätigt zu kommen, sah ich mich genötigt, etwas klarzustellen. Und das wollte sorgfältig formuliert werden.
–Heute Abend schon, beantwortete sie meine Frage. Aber he, weißte, was wir machen? Lass uns Karla fragen, ob sie's auf Video aufnimmt. Dann können wir's im Treber-Treff anschauen.
Karla war die einzige hauptamtliche Sozialarbeiterin in dem erwähnten Etablissement und hatte alle Hände voll zu tun. Auch wusste ich nicht, ob sie sich von ihrem Gehalt einen Videorecorder leisten konnte oder ob der uralte Trümmer, der im Treber-Treff den ganzen Nachmittag auf einem Programm flimmerte, Video-kompatibel war. Trotzdem stimmte ich mit einer halbherzigen Geste zu. Laura war nicht mehr zu bremsen. Wir könnten 'ne richtige Vorführung machen, übermorgen, noch Leute einladen, du singst uns noch was danach, okay?
Wenn ich jetzt nichts sagte, log ich schon.
–Laura, ich bin morgen früh für eine Woche weg. Wir können das machen, mit dem Video, wenn ich wieder da bin. Ich will's wirklich sehen, bin schon gespannt. Machste das klar mit Karla?
Sie war nach meinem ersten Satz in der Bewegung erstarrt. Während ich redete, wurde mir bewusst, dass sie das Folgende gar nicht mehr wahrnahm. In ihrem Gesicht standen in Neonschrift ein Dutzend Fragezeichen zu lesen. Was, wie, wohin, warum so plötzlich, die schließlich zu der einzigen für sie wesentlichen Frage gerannen, die einzige, die ich ihr nicht beantworten wollte:
–Warum kann ich nicht mitkommen?
–Weil es nicht geht. Nein, scheiße, weil ich eben alleine weg will. Wo ist das Problem? In 'ner Woche bin ich wieder da, verlass dich drauf.

Es war ihr anzusehen, dass sie mir nicht glaubte. Ihre hellen Augen wurden ein paar Nuancen dunkler.
–Und was soll mit mir werden?
Ich rang innerlich nach Luft. Bestürzt sah ich, was ich mir hier an den Hals gehängt hatte, und die Aussichtslosigkeit dieses Gesprächs. Zugleich stieg eine befreiende Wut in mir auf, ich zog an meiner Zigarette und schaute Laura geradewegs in die Augen.
–Das musste selber entscheiden, was aus dir wird. Ich glaube, du hast da was falsch verstanden. Ich bin eine einzige Woche weg, du wirst es ja wohl auf die Reihe kriegen, 'ne Woche ohne mich klarzukommen!
Nun wurde auch Laura wütend. Ihre Augen waren noch panisch, ihre Stimme schon feindselig.
–Jaja, und wenn ich 'ne Woche klarkomme, bleibste einfach weg! Was ist, wenn ich in der Zeit wieder an Schore komme?
Das war der Satz, den ich brauchte, um richtig hochzugehen.
–Ach, du kommst sofort wieder an Schore, wenn ich 'n paar Tage weg bin? He, dann frag ich dich, warum du überhaupt damit aufgehört hast! Willste mir was beweisen, dann beweis mir, dass du mich nicht brauchst. Freundschaft is' was für Erwachsene, wenn du 'n Kindermädchen suchst, biste bei mir falsch.
Das alles tat mir augenblicklich Leid, nachdem ich es gesagt hatte, aber Laura war schon aufgesprungen und nach einem letzten hasserfüllten Blick fortgelaufen. Und ich war zu erschöpft, zu wütend, zu träge, zu wenig überzeugt und zu sehr mit mir selbst beschäftigt, um sie zurückzuholen.

Am Abend traf ich mich kurz mit Momo und Merlin, um Ort und Zeitpunkt für die Abfahrt zu vereinbaren. Dann musste ich selbst auf die Piste und versagte es mir, erneut die Magic Moment Show zu sehen. Meine eigenen Geschäfte liefen ohne Laura nur zäh, aber der Abend war mild. Erst gegen Mitternacht, die Stadt hatte sich weitgehend geleert, gab ich endlich auf, mit etwa einem Pfund und nicht dem kleinsten Krümel in der Tasche.

Die Jungs auf der Platte saßen am Feuer zusammen. Ich warf einen Blick unter die Plane, wo Raff und Jule im Schein einer Kerze verschlungen unter ihrer Armeedecke lagen. Auch Laura konnte ich ausmachen, regungslos zusammengerollt auf ihrem Platz. Toni war meinem Blick gefolgt.

–Hat sich mit irgend'ner Scheiße zugeknallt, die Kurze, informierte er mich, ohne dass ich darum gebeten hatte.

–Kam heute Nachmittag schon an, total hacke, hat sich irgendwann hingelegt und pennt seitdem.

Ich zuckte mit den Schultern. Im Moment konnte ich nichts tun außer mich setzen, an dem angebotenen Joint ziehen und Konversation betreiben.

Es waren gute Jungs, Menschen, die ich mochte, ohne dass mich mit ihnen viel verband außer den Geschichten, die man gemeinsam erlebte.

Teddy zum Beispiel war von Grund auf liebenswürdig und wohlerzogen, er hatte im Osten gelebt und hatte vom Westen geträumt, bis sein Traum wahr wurde. Der graue Osten hatte ihm einst als Ausrede für seinen Alkoholismus gedient, aber der goldene Westen hatte ihn fertig gemacht. Er hatte ein paar Versuche hinter sich, Fuß zu fassen, ein paar Jahre Junk, ein paar Jahre Platte, und immer noch wirkte er wie ein großer Junge. Teddy, dessen Liebenswürdigkeit und Labilität ihm unmöglich machten, es in dieser Gesellschaft zu etwas anderem zu bringen als zum Schnorrer, der unter freiem Himmel schlief, der sich auch im Winter und auch mit kaltem Wasser jeden Tag die Haare wusch, der wie aus dem Ei gepellt auf der Straße stand, in Hosen, die zwei Scheine gekostet hatten – Vielleicht was Kleingeld übrig der Herr? – schwankend, mit knallroten Augen, die Höflichkeit in Person. Teddy, der die Platte aufräumte, Müll wegbrachte, der kurz vor Mitternacht mit einer Kiste Bier anrückte, die er zusammengeschnorrt und geschleppt hatte, und nun der ganzen Bande anbot. Der selbst an seinen schlechten Tagen noch witzelte, der keinen Streit mochte, der ununterbrochen knalldicht war, aber einem nie auf die Eier ging, ein Typ aus Gold. Jeder mochte Teddy, aber man war sich einig, dass seine Lebensfähigkeit, wie wir das nannten, große Lücken aufwies. Er war jedermanns kleiner Bruder, besonders Toni war ständig in Sorge, dass der Traumtänzer ins nächste Auto reinlief. Toni mochte ich ebenfalls. Er war ein Typ, der seine Grenzen kannte und sich ein ausgefeiltes System zugelegt hatte, mit ihnen zu kokettieren. Schmetterte ihm beispielsweise ein frustrierter Werktätiger das übliche *Geh Arbeiten!* entgegen, antwortete Toni gelassen lächelnd:

–Wer soll mich denn einstellen, Chef. Ich war auf 'ner Sonderschule, ich hab nix gelernt, vom Wehrdienst befreit, 30% körperbehindert, ich geh auf die vierzig zu, ich bin Alkoholiker, aber was soll's auch, ich bin eh zu nix zu gebrauchen …

Toni konnte dieses Lamento stundenlang fortsetzen, bis hin zur Behauptung, er könne nicht mal lesen, und das stimmte nachgewiesenermaßen nicht, er las regelmäßig eine Fußballzeitung und konnte die Weltmeisterschaftsergebnisse der letzten 30 Jahre auswendig hersagen. Auch sonst war Toni nicht ein Achtel so unterbelichtet, wie er von sich behauptete. Es war einfach eine charmante Masche, um durchzukommen, sie

war recht verbreitet unter den Verlierern, die mit den Zockern und Schlägern nicht mithalten konnten, und mir mit Abstand die sympathischste.
Tomtom war der einzige wirkliche Freak in der Runde. Er hatte einige Jahre Glatze und rote Gewänder getragen und nach Erleuchtung gesucht. Inzwischen nannte er sich Lebenskünstler, besaß ein Zelt, schlief aber meistens draußen am Feuer, denn das Zelt beherbergte seine Werkstatt, in der er Schmuck aus Silberdraht, Perlen, Leder und Federn herstellte. Er arbeitete nicht regelmäßig, sondern nur, wenn er einen kreativen Schub hatte, wie er das nannte. Zwischen den Schüben versuchte er die fertigen Stücke auf der Straße zu verkaufen, was aber nicht einfach war, denn Tomtom besaß keine Lizenz, weil er keinen festen Wohnsitz hatte. Und das hieß wiederum: Er musste mit der Geschwindigkeit eines Hütchenspielers seine Auslagen zusammenraffen und verschwinden, wenn offizieller Besuch nahte.
Die Bullen waren nicht das Problem, aber die Stadt schickte immer wieder Ordnungsbeamte in Zivil, die ihn mehrmals aufgemischt hatten. Tomtom hatte drei Monate im Knast gesessen wegen der Sache, seitdem hielt er sich mit dem Schmuckverkauf zurück. Er verschenkte die meisten Armbänder, Ohrringe und Anhänger, die er gezaubert hatte, an Leute, die er mochte, ansonsten ging er schnorren wie die anderen und trachtete danach, den größten Teil des Tages stoned zu verbringen, wie wir alle. Dennoch waren seine Interessen vielfältig, er achtete auf die Mondphasen und kannte die Pflanzen beim Namen, er spielte eine Blechflöte und klaute hin und wieder ein paar Taschenbücher esoterischen Inhalts, die er, nachdem er sie gelesen hatte, mit Bemerkungen wie *Da, lies mal was über wesentliche Dinge …!* an Henri weitergab.

Henri, der mir gegenübersaß und vom Krieg erzählte, war Mitte vierzig und trug eine Schlägermütze über dem meistens knallroten Schädel. Er war ein Politischer, der sich seit zwanzig Jahren *dem System* verweigerte und es mit seinen eigenen Worten nach Kräften zu untergraben suchte. Als Jüngling hatte er mit Leuten zu tun gehabt, die mit Gewalt gegen Sachen das System ändern wollten, und hatte deswegen gesessen. Inzwischen verkaufte er eine Straßenzeitung, für die er auch schrieb, und unterhielt Kontakte zu autonomen Zirkeln und besetzten Häusern. Henri mochte mich und meine Lieder, ich fand ihn auch nicht unsympathisch, aber ich hielt ihn auf Distanz, denn ich war mir über seine Motive nicht im Klaren und er sich ganz offensichtlich nicht über meine. Er interpretierte meine Lieder auf seine Art und sah darin eine Bestätigung seiner Weltsicht, eine Ermutigung an die Genossen, weswegen er immer wieder versuchte, mich zu Versammlungen und Demonstrationen zu schleppen, damit ich ein Teil der Szene würde. Ich ging in der Regel überallhin, wo man mich zum Singen aufforderte. Bei den Politischen kam ich gut an, fühlte mich aber in dieser Woge der Bestätigung grundsätzlich missverstanden. Außerdem waren sie laut, die Politischen, ständig in heller Aufregung über Sachverhalte, die mir unbekannt waren, und redeten in einem fort.

Henri war naturgemäß der Guru auf unserer Platte, derjenige, der organisierte, der sprach, der schlichtete. Ihm musste ich meine einwöchige Abwesenheit ankündigen, damit er sich keine Sorgen um meinen Verbleib machte. Mit Ed musste ich sprechen, weil er einen Wecker besaß.

Ed war Dealer. Er war ganzjährig im Straßenverkauf tätig und kannte jede Ecke und jeden Zivilbullen in der Stadt. Ed war nicht auf der Platte, weil er keine Wohnung hatte, sondern weil er lieber unter freiem Himmel schlief, solange das Wetter gut war. Sein Haschisch war mies, denn sein Schwerpunkt lag bei Pulvern und Pillen, aber er verlangte keine unanständigen Summen und lieh einem auch mal einen Zehner. Er war nur ein paar Jahre älter als ich und trug Cowboystiefel und Goldkettchen etwas zu dick auf, ebenso wie seinen Schnäuzer und eine gewisse Rattigkeit, die zwar zum Berufsbild gehörte, aber in seinem Fall die Grenze zur Karikatur erreichte.

Wir hatten eine natürliche Abneigung gegeneinander, er, weil ich nicht seinem Frauenbild entsprach, und ich, weil er herumlief wie ein Zuhälter und sich von den Korntrinkern am Bahnhof für ein paar kostenlose Nasen feiern ließ. Aber wir hatten beide unsere Abneigung so weit im Griff, dass wir Respekt füreinander aufbrachten.

Ich kauerte mich neben Ed, der auf einem Stein saß und im Feuer stocherte.

–He, Eddy, könnteste mir deinen Wecker leihen für morgen früh? Ich muss meinen Lift kriegen.

–Wo willste denn hin?

–In den Norden, zu ’nem Straßenmusikertreffen.

–Wow.

Er steckte sich mit einer Lunte seine Filterzigarette an, hielt mir die Schachtel hin und pustete Rauch in den Nachthimmel.

–Kommste wieder?

–Ich geh davon aus. In ’ner Woche.

Ich sagte nicht, dass ich auf jeden Fall wiederkäme. Ed war ein Junge von der Straße, er wusste um die vielen Nuancen von Wahrheit.

–Deine kleine Schwester? Nimmste die mit?

–Die kann auf sich selber aufpassen.

Ed verzog das Gesicht.

–Da war aber heute Nachmittag nich' viel von zu merken. Die war schon völlig zugeknallt und nölte noch eine Stunde rum, sie bräuchte 'n halbes Gramm Pulver, ich sag, Quengelkinder kriegen bei mir nix, schon gar nich' auf Pump. Die is hier jedem auf die Eier gegangen, eine Stunde, ach, mindestens zwei, dann hab ich ihr 'n Ropy gegeben, damit sie Ruhe gibt und pennen kann.
–Du bist 'n echter Samariter, Ed. Was is mit dem Wecker, kann ich den haben?
Ich hatte wohl selbst verschuldet, dass mich jedermann für Lauras Gouvernante hielt, aber ich war nicht bereit, mich mit einem vom Typ Ed über Pädagogik auszulassen. Leider war er nicht so leicht abzuwimmeln.
–Was is, wenn die Kurze Punk macht oder ihren Junkie-Kindergarten anschleppt?
– Die Kurze is alt genug, um zu wissen, was 'n Blowjob mit Gummi kostet. Die Kurze heißt Laura und is für sich selbst verantwortlich wie jeder andere. Ich hab ihr das gesagt, und ich werd's Henri sagen, und er wird's ihr auch sagen. Sie ist nicht bescheuert, sie weiß, dass sie hier gut lebt.
Ed war nicht überzeugt und murmelte etwas von Minderjährigen auf der Platte, was nie gut gehen würde, aber er zog los, um den Wecker von seinem Lager zu holen. In der Zwischenzeit machte ich mich an Henri ran und wartete auf eine Pause in seinem endlosen Redefluss, der auch seinen offiziellen Gesprächspartnern Toni und Tomtom keinen spürbaren Raum ließ. Als ich merkte, dass es zwecklos war, unterbrach ich ihn, indem ich auf die Schulter seiner Lederjacke klopfte.
–Henri, haste mal kurz Zeit?
Er fuhr herum, aber als er mich wahrnahm, lächelte er und stand auf.

–Ja, Emma?... Kann noch einer einen bauen?, fügte er, zu den Jungs gewendet, hinzu, bevor er mit mir ein paar Schritte ging.
–Henri, ich hab kurzfristig den Lift zu ’nem Straßenmusikertreffen. Ich bin in einer Woche wieder da. Das Problem ist, Ed glaubt, es gibt Ärger mit Laura. Wenn’s Ärger gibt und ihr sie rausschmeißen müsst, tuste mir den Gefallen, Henri, würdest du das dann machen?
Henri war eine zwanghafte Quasselstrippe, aber nun schwieg er lange und schaute mich nachdenklich an. Dann nickte er, als gefiele ihm meine Bitte, grinste herzlich, klopfte mir auf den Arm und sagte:
–Fahr zu deinem Treffen. Mach dir keinen Kopp um die Kurze, die krieg ich schon in den Griff. Okay?
–Okay, Henri. Danke.
Leichten Herzens begab ich mich zu meinem Lager. Der Wecker lag schon da.

Als der Wecker klingelte, war ich längst wach und bekam nichts davon mit, weil ich damit zu tun hatte, eine Punkerin mit dem Namen Sweety davon abzuhalten, dass sie Laura die Ringe aus den Ohren riss.
Aufgewacht war ich von Bungees Gekläff, auf das ich nicht weiter achtete, weil sich in der Regel einer der Jungs darum kümmerte. Aber schon bald wurde ich endgültig geweckt durch die Fetzen einer lautstarken Diskussion, an der offenbar einige Leute beteiligt waren. Ich richtete mich auf und konnte Henri und Tomtom erkennen, die an der Feuerstelle mit etwa fünfzehn Containerpunks debattierten.
Dass ich sofort auf Containerpunks tippte, lag an ihrer schieren Anzahl und ihrem typischen heiseren Gebrüll. Ich kannte die einzelnen Figuren von der Szene

und war auch schon gelegentlich in ihrer Burg gewesen, einer Containersiedlung am Stadtrand auf einem eingezäunten Gelände.
Nach jahrelangen Hausbesetzungen und Querelen hatte ein kluger Kopf bei der Stadtverwaltung die Kosten gegengerechnet und der Stadt empfohlen, dieser nicht kontrollierbaren Randgruppe zu geben, was sie wollte, und unter das Gelände, die Wohncontainer plus Mobiliar und unter das ganze verlauste Problem mit 20 Hunden und so fort drei Kreuze zu machen. Der Buchhalter sollte Recht behalten. Die Punks waren nicht weg, aber der Ärger mit ihnen hörte auf, bis auf den üblichen störenden Alkoholgenuss in der Öffentlichkeit, den es schon vorher gegeben hatte, und eine Sorte Bettler, die besser war als ihr Ruf.
Die Containerpunks bildeten eine der größten Gruppen, die bestimmte Bettelreviere beanspruchten. Sie wendeten dabei andere Methoden an, als sie sonst in der Unterwelt üblich waren. Sie waren nicht organisiert, trugen keine Waffen, verfolgten keine erkennbaren langfristigen Absichten. Die Punks waren ein Geschwader von Zugedröhnten und Durchgeknallten, mit Läusen, Krätze, Schleppe, mit Hunden und Ratten. Sie brauchten nichts als den meist ganz friedlichen Terror ihrer bloßen Gegenwart, um sich Raum zu verschaffen.
Einzeln waren sie Opfer, Freiwild, denn sie fielen auf, sie provozierten und waren in der Regel zu angeschlagen, um sich körperlich wehren zu können. Sprach man mit ihnen oder setzte man sich gar einen Nachmittag auf eine dreckstarrende Matratze in einem der Container, gewann man den Eindruck, mit einer im Grunde genommen friedliebenden Art zu tun zu haben, deren Aggression sowie Kreativität wie überhaupt alles in ihrem Leben hauptsächlich um sie selbst kreiste. Sie

waren auf fast sentimentale Art tierlieb, aber arbeiteten rund um die Uhr an ihrer Selbstzerstörung. Der Rest ihrer Show war, soweit ich das beurteilen konnte, Geschrei und fehlender Respekt für zerbrechliche Gegenstände.

An diesem seltsamen Morgen aber lag nicht nur Punk in der Luft, sondern etwas Älteres, Erschreckenderes. Das war mir nie so intensiv begegnet, und erst später begriff ich, worum es sich handelte: Es war der Geruch der aufgebrachten Meute, die für Argumente nicht mehr zugänglich war.

–Hier pennen Leute!, versuchte Henri es gerade noch einmal. Könnt ihr nicht zu 'ner normalen Uhrzeit kommen?

Aber gegen ein gutes Dutzend Containerpunks war auch Henri machtlos.

Inzwischen waren ohnehin alle wach und rappelten sich je nach Temperament panisch oder unwillig von ihren Lagern auf, um zu sehen, was angesagt war. Als Laura sich neben mir regte, brüllte die Punkmeute auf und durchbrach die Reihe, die sie versuchte aufzuhalten. Ich sah eine kettenbehängte, lärmende Büffelherde auf uns zu trampeln. Ruck, zuck stand ich auf meinen Füßen.

–Da is die Schlampe!, kreischte Sweety, die ich flüchtig kannte, eine Zwanzigjährige von der Korn-und-Pillen-Fraktion, mit schwarzen Stachelhaaren und einem Dutzend Ringen im Gesicht. Ich erkannte sie aber hauptsächlich an ihrer quiekigen Stimme, denn ihre Züge waren derart verzerrt, dass sie eine unpersönliche, drohende Maske bildeten.

Unter Adrenalin, wie ich war, nahm ich erst verzögert wahr, dass sie nicht auf mich zu stürmte. Ihr Blick war, wie auch die ganze Wut, die hinter Sweety weiterbrüllte, auf den Platz neben mir gerichtet.

Laura war die Einzige, die nicht aufgesprungen war. Sie saß mit angezogenen Knien in ihrem Schlafsack, in ihrem Gesicht stand nichts als der blanke Schock. Als Sweety sie hochzerrte, hob sie kraftlos die Arme, aber sie war zu langsam, um die Faust abzuwehren, die sie über der Nase traf. Auch ich war nicht schnell genug, um das zu verhindern, aber es weckte mich. Nun meinerseits wütend aufbrüllend, stieß ich Sweety mit einer Hand und einem unbeschuhten Fuß fort und zog mit der anderen Hand Laura hinter mich.
–Du stellst dich auch noch vor die Scheiß-Zinkerin!
Sweety spuckte Gift und Galle, aber sie ging nicht auf mich los.
Inzwischen war Henri zu uns getreten.
–Kann vielleicht einer mal erklären, was hier läuft? Wen hat sie angezinkt?
Wieder erhoben sich die Stimmen, wieder war nichts zu verstehen, es fielen erneut Begriffe wie Schlampe und Zinkerin, aber auch von Lügen im Fernsehen war die Rede. Ich spürte, wie Laura, die sich an meinen Rücken klammerte, am ganzen Körper zitterte. Mittlerweile war das ganze Volk um uns versammelt, rempelte, brüllte, spuckte, überall diese wütenden Grimassen, die fuchtelnden Arme, so ging es früher den Hexen, schoss mir durch den Kopf, während Henri weiter versuchte, die Lage zu klären.
Ein kleiner Typ mit Irokesenbürste und einem uralten Gesicht bequemte sich schließlich, etwas zusammenhängender zu antworten.
–Die Alte da war im Fernsehen und hat dermaßen Scheiße erzählt, dass wir zwei Scheine am Tag verdienen und alles für Drogen ausgeben, und was machen die Leute? Geben nix mehr!
–ICH HAB DOCH NUR DIE WAHRHEIT GESAGT!, kreischte Laura neben meinem Ohr.

–EINEN SCHEISS HASTE!, brüllte der Punk zurück, was die Allgemeinheit lautstark bestätigte.
Ich wandte mich von Sweety ab, die nicht mehr die unmittelbarste Bedrohung darstellte, und streckte wütend meinen Zeigefinger in Richtung des kleinen Punks.
–Du kannst doch ihr nicht die Schuld geben, weil dein Geschäft mal 'n Tag nicht läuft …!
–Mich hat aber einer angebaggert, der die Show gesehen hat, und die anderen haben auch so 'ne Texte gehört, was sagste dazu?, erwiderte der Punk.
–Ich hab die Scheiße gesehen, die sie verzapft hat!, fuhr kreischend Sweety dazwischen, und das war der Augenblick, wo Laura in lautes, hilfloses Schluchzen ausbrach.
Inzwischen hatte Henri so weit Überblick gewonnen, dass er einen Schritt vortreten und eine klare Haltung einnehmen konnte. Er stellte sich vor mich, vor Laura, ein breitschultriger Schutzwall, eine Mauer von Autorität. Ich nahm Laura in den Arm, die weiter weinte wie ein kleines Kind, und schaute auf Henris Rücken. In diesem Moment liebte ich ihn.
–Worum geht's hier eigentlich? Dich hat einer angebaggert? Einer von wie viel Tausend, die du anschnorrst? Meinste, der hätte dir letzte Woche noch sein Scheckbuch gegeben?
Ich bin mir sicher, dass Henri bluffte, er wusste, worum es ging. Henri wusste alles über den ideellen Schein und das korrupte Sein. Die Punks hatten bei allen Auswüchsen und Schaumschlägereien sehr wohl einen guten Ruf zu wahren, denn wie jeder Bettler hatten sie eine Masche, die man durchziehen musste, wollte man Wirkung erzielen. Hier gab es bestimmte Neigungen und Erfahrungswerte. So wie unter den Berbern der am ärmlichsten Gekleidete, aber am wenigsten stinkende Kandidat die sicherste Kasse hatte

(was zum Beispiel Teddy, der blitzsauber und begabt war, aufgrund seiner Zwei-Scheine-Hosen in den Durchschnitt zurückwarf), war es bei Punks in der Regel so, dass die am grausamsten durchlöcherte und bemalte Visage das Rennen machte. Wenn beim Berber eine niedrige Angstschwelle den Ausschlag gab, dann bei dem Punk die Faszination des Ekels.
Bei weitem nicht alle Punks waren so durchlöchert und aufgemotzt wie beispielsweise Sweety. Viele von ihnen folgten dem Pfad der Kaputtniks noch konsequenter, indem sie sich nicht weiter um Stil bemühten, sondern sich nur noch hängen ließen. Sie redeten gerne darüber, dass ihnen alles egal war, aber eine Sache blieb ihnen ungeheuer wichtig: Sie hatten einen Grund dafür. Wann immer man einen von ihnen fragte, alle wussten genau, warum sie so lebten. Meistens war der Schlüssel zu ihren Ausführungen ein wie auch immer gearteter Protest gegen die Gesellschaft, deren Spiel man sich verweigerte. Darauf aufbauend hatten sie Prinzipien, auf die sie stolz waren, sie lebten in Armut, sie teilten alles miteinander, sie verachteten alles Materielle. Damit wiederum stießen sie auf große Sympathien bei einem bestimmten Publikum der zahlungskräftigeren Sorte, das für solchermaßen geartete Romantik empfänglich war, auch wenn sie sich die Urchristenheit lieber anders vorstellten. Die Punks lebten recht konsequent ihre Ideale. Aber sie kannten auch die Schwierigkeiten, die man bekam, wenn man sich Armut auf die Fahnen schrieb und einem jemand beim Geldzählen über die Schulter schaute. Hatte man für dessen Begriffe den lächerlichsten Zehner zu viel eingenommen, starrten Augen anklagend, hoben sich Zeigefinger, hinterfragten Stimmen die Glaubwürdigkeit des Armen und vordem spendewillige Hände hielten die Geldbörsen zu. Insofern hatten sie ein Problem,

wenn Laura im Fernsehen erklärte, sie würde an einem guten Tag zwei Scheine bekommen. Die Punks hatten auf ihr Image zu achten.
Das alles wusste Henri, im Gegensatz zu mir damals. Ich war nur aus dem Schlaf gerissen und angegriffen worden, und nun hielt ich eine verstörte Fünfzehnjährige fest, die gerade unter einer Erkenntnis zusammenbrach, die mir weiterhin verschlossen blieb. Henri wusste Bescheid. Und so stritt er nach seiner ersten rein rhetorischen Frage das Problem nicht einfach ab, aber er machte sich sofort daran, es herunterzuspielen.
–He, denk doch mal nach, wie viele Talkshows laufen am Tag? Die paar Leute, die so 'ne Sendung anschauen, haben das übermorgen wieder vergessen. Das Mädchen hat 'n Fehler gemacht, das dürfte ihr jetzt klar sein, also kommt mal langsam wieder runter und denkt daran, dass das hier 'ne friedliche Platte ist, die mit keinem Stress will und auf der auch kein Stress stattfinden wird...
Henri redete nicht das erste Mal vor einer aufgepeitschten Menge. Er hatte die Lautstärke und die Technik des erfahrenen Politikpredigers. Das blieb auch bei den Containerpunks nicht ohne Wirkung. Sie wurden etwas ruhiger, aber sie forderten Vergeltung. Um Laura einen Merkzettel zu verpassen und zur Abschreckung und Ermahnung künftiger Schnorrergenerationen, soweit ich verstand. Was wiederum mich auf die Barrikaden brachte.
Ich ging einen Schritt vor und zerrte Laura ins Rampenlicht, ein wimmerndes, rotzbeschmiertes Bündel Elend.
–Schaut sie euch an, sie is doch schon fix und fertig, wollt ihr da jetzt noch reintreten?
Laura schrie wie am Spieß, und ich zog sie wieder hinter meinen Rücken.

–Ich mach' mir doch an so was die Hände nich' dreckig, befand der kleine Punk und spuckte in unsere Richtung.
–Nee, verpiss dich einfach nur, Zinkerin!, sagte ein anderer Typ.
–In dieser Stadt haste verschissen!
–Genau, verpiss dich!
Während die Menge giftete und die Leute von unserer Platte sich weitgehend im Hintergrund hielten, war Henri im Gespräch mit einem älteren Punk namens Leiche, einem großen hageren Typen, den ich von der Szene kannte. Die Punks hatten keine Gurus, aber es waren auch hier die Älteren, Ruhigeren, die den wesentlichen Teil der Verhandlungen übernahmen. Vom Inhalt ihres Gespräches bekam ich nichts mit, aber als sich die beiden ans Publikum wendeten, wurde es ruhiger, und Henri übernahm das Wort.
–Okay, die Sache ist geklärt, Freunde. Wir haben uns verstanden, wir werden die Dinge regeln.
Er warf einen Blick auf das, was noch von Laura übrig war und zögerte einen Augenblick.
–He, ihr wisst alle, wie es ist, keiner wird auf der Platte geboren. Wahrscheinlich hat sie's einfach nicht besser gewusst. In dem Fall hat sie was gelernt. Sie wird selber mitgekriegt haben, dass sie besser geht. Gebt ihr die Chance, es in 'ner anderen Stadt besser zu machen.
Er wandte sich an Leiche wie ein Staatsoberhaupt zu bei einem Pressetermin und hielt ihm die Hand hin.
–Tut mir Leid, dass so was auf unserer Platte stattfinden musste, sagte er abschließend.
Die beiden klammerten die Hände ineinander und boxten sich gegen die Schultern und lächelten demonstrativ in die Runde.

Wir waren bei Sonnenaufgang aus dem Schlaf gerissen

worden. Als die Show vorbei war, und die Punks abgezogen, ging die Sonne schon strahlend über die Bäume, und es wurde schnell warm.
Laura hockte mit angezogenen Knien auf ihrem Schlafsack. Sie hatte sich etwas beruhigt, aber sie stand noch immer unter Schock, stierte auf den Boden und rührte sich nicht. Ich ging zu Eddie rüber. Diesmal brauchte sie wirklich etwas zur Beruhigung, und ich ebenso. Ich dachte dabei nicht an K.-o.-Pillen.
Ed, haste 'n Zwanziger für mich?
–Er schaute mich geringschätzig an und wies mit dem Kinn in Richtung Laura.
–Mit der mach ich keine Geschäfte mehr, ich bin doch nich' wahnsinnig.
–Ich hab dich auch gefragt, ob du MIR was verkaufst.
Ed fummelte an seiner Nase und schniefte.
–Kann sein, dass ich für dich auch nichts mehr tun kann, je nachdem, mit wem du dich rumtreibst. Du musst auch überlegen, auf welcher Seite du stehst…
Es ist ungeheuer demütigend, in einer solchen Situation von einem rattigen Straßendealer abhängig zu sein. Ich versuchte ein Minimum an Würde zu wahren.
–Du machst mit MIR Geschäfte. Mit wem ich rauche, kann dir schnuppe sein. Du hast von mir immer deine Kohle gekriegt. Ich habe auch kein Problem, auf der Szene was zu bekommen. Ich bin nur etwas angeschlagen und hätte jetzt gern was zu rauchen. Ich kann dir nur Geld dafür geben, aber in den Arsch werd ich dir nich' kriechen.
Ed zog erstaunt die Augenbrauen hoch. Ich hielt ihm ein Pfund in Kleingeld hin. Er entschloss sich rasch, griff sich in die Jacke und gab mir ein abgewogenes Piece, in das mit einem Nagel eine krakelige 20 eingeritzt war. Er hielt kurz meine Finger fest, damit ich ihn anschaute, als er mir auf den Weg mitgab:

–Denk mal drüber nach, was ich gesagt habe. Das ist 'ne ernste Sache.
–He, ich begreif' das einfach nicht. Was ist mit euch los? Wieso kuscht ihr vor den Punks?
Zum ersten Mal an diesem Morgen kam ich dazu, meine eigene Verwirrung und Enttäuschung zu formulieren, denn ich war eher wütend und nicht so aufgelöst wie Laura, aber in dieser Situation genauso orientierungslos.
Ed gab mir die richtige Antwort, auch wenn ich sie nicht hören wollte, auch wenn ich sie später erst verstand.
–Das hat nix mit den Punks zu tun. Das is das Gesetz der Straße. Da müssen sich alle dran halten.

Laura schwieg, als ich mich zu ihr setzte. Sie schwieg, als ich in der hohlen Hand Tabak mit Haschisch verknetete.
Als ich ihr die erste Dose reichen wollte, machte sie eine abwehrende Geste. Ich zuckte mit den Schultern und zog mir die Dose durch. Als ich Laura erneut eine anbot, drehte sie den Kopf zu mir.
–Bin ich jetzt so 'ne Art Aussätzige? Weil ich im Fernsehen von meinem Leben gesprochen hab? Weil ich die Wahrheit erzählt hab? Ich denk, die Leute sollten aufgeklärt werden, das isses doch, was Henri auch immer sagt. Und jetzt...
Ihr Arm flatterte in einer hilflosen Geste nach oben, und ich dachte, sie würde wieder anfangen zu weinen, aber sie ergänzte nur matt:
–Jetzt schmeißt Henri mich von der Platte, und die Punks schmeißen mich aus der Stadt.
Es klang wie eine Feststellung, aber es war eine Frage, ein Vorwurf, ein Abgrund.
Ich war überfordert, aber ich war der einzige Mensch,

der anwesend war, um ihr zu antworten. Und ich hatte auch meinen Anspruch, was die Wahrheit anging.
–Ich kann dir das nicht erklären, Laura. Ich versteh's selber nicht.
Ich war überrascht, dass sie das einfach hinnahm. Ein anderes Problem machte ihr zu schaffen.
–Ist es nicht gefährlich für dich, mit mir zu reden und zu rauchen?
–Ich werd mich damit nicht weiter befassen, sagte ich. Ich rede, mit wem ich will, ich rauche, mit wem ich will. He, wir sind Freunde, ich hab kein Problem mit dir, ich find' dich gut so!
Während ich sprach, gewann ich langsam wieder Boden. Ein schüchternes Lächeln huschte über Lauras Gesicht. Dann nahm sie mir endlich die Dose ab.
Als sie geraucht hatte, stellte sie voller Vertrauen die nächste Frage.
–Kommste mit mir? Ich meine, falls du jetzt wegen mir…
Den Rest bekam ich nicht mehr mit, denn buchstäblich in derselben Sekunde, als ihre Worte in mir das unangenehme Gefühl auslösten, etwas vergessen zu haben, fiel mein Blick auf den Wecker neben meinem Rucksack, der vor fast zwei Stunden inmitten von brüllenden Punks wohl seinen Dienst getan hatte und nun mit Schweißperlen auf dem Gehäuse in der Stille seine Zeiger weiterschob. Das alles versetzte mir einen Schlag, der mich einen Augenblick von der Welt abschnitt und die Luke öffnete, durch die sich das Verdrängte ins Bild schob:
Magic Moments, Merlin, Momo, das Straßenkünstlertreffen. Vor einer halben Stunde waren wir verabredet gewesen. Es bestand immerhin eine winzige Chance, dass sie noch nicht fort waren. Dass sie selber zu spät kamen, dass sie warten würden. Wenn ich in diesem

Moment aufbrach, würde ich vielleicht meinen Lift noch kriegen, und es war plötzlich viel mehr als ein Lift zu einer Veranstaltung. Es war eine Gelegenheit, die beschissene Geschichte dieses traurigen Morgens wie die ganze Szene hinter sich zu lassen und zu neuen Ufern aufzubrechen. Nichts wünschte ich mir sehnlicher als das.

Und dann war da noch Laura, die mich genau beobachtet hatte, die meinem Blick und meinem Gesichtsausdruck entnehmen konnte, dass es ein Problem gab. Die schnell erfasst hatte, worum es ging, ohne dass ich ein Wort sagen musste. Laura, deren Gegenwart mich plötzlich wütend machte, weil sie mir eine Verantwortung suggerierte, die mich unfrei machte. Laura, die ich tief enttäuscht habe.

–Verstehe, du musst alleine weg, sagte sie.

Und dann sagte sie nichts mehr, während ich hastig meine Sachen packte, während ich allerlei unnütze Worte zusammenklaubte, die erklären, entschuldigen, verteidigen wollten, was ich tat, von deren Sinn ich weder selbst überzeugt war, noch Laura überzeugen konnte.

Laura, die nicht noch einmal fragte, ob sie mitkommen könne. Vielleicht hätte ich ja gesagt. Aber ich war ihr dankbar, dass sie nicht fragte.

Ich rannte einen Kilometer mit Gepäck und Gitarre zum verabredeten Treffpunkt. Der bunte Hexenwagen war nicht zu sehen. Der magische Moment war an mir vorbeigezogen. Ich wartete noch etwa eine Stunde, dann ging ich zurück zur Platte. Es gab keine großen Worte. Es ging einfach weiter. Laura war schon fort. Ich bin ihr nie wieder begegnet. In den darauf folgenden Tagen schrieb ich dann jenen Song, der drei Jahre später unter dem Titel *Vagabonds Kitchen* durch alle Radios dudeln würde.

Als das Gesetz der Straße Ed einholte, war kein Henri da, der sich vor ihn stellte, um die Tritte und Schläge aufzuhalten, unter denen er sich krümmte, und von denen, die dabei waren, erhob keiner seine Stimme. Hier ging es um handfeste Dinge, in die man sich nicht einmischte. Gegen das Gericht, das über Ed hereinbrach, waren die Containerpunks ein Kindergarten.
Das passierte nur ein paar Wochen nach der Sache mit Laura, an einem satten, schwülen Nachmittag, an dem ich mir ein Eis genehmigte, bevor ich zur Platte zurückging. Die meisten anderen waren noch auf der Piste, nur Toni, Raff und Jule waren da, als sie kamen, um Ed zur Schnecke zu machen. Als ich dort ankam, hatten sie ihr Vorhaben schon umgesetzt.
Ich erkannte Ed nur an seinen Stiefeln, die sie ihm seltsamerweise gelassen hatten. Auch die Beine hatten sie ihm nicht gebrochen, dafür aber die rechte Hand, die er merkwürdig verdreht vor dem Bauch mit der linken festhielt. Sein Gesicht war völlig zugeschwollen und blutverschmiert, wie auch die Fetzen, die von seinem Hemd übrig waren. Ed kauerte zusammengekrümmt auf der Erde und versuchte nicht mehr, sich zu schützen, aber die Typen traten ihm weiter in die Rippen.
Sie waren zu viert, alles trainierte Kanten aus dem Milieu. Ich kannte sie nicht. Ich sah nur Ed, der seit Monaten ein paar Meter von mir entfernt schlief, mit dem ich jeden Tag zu tun hatte. Der auf Cowboy machte. Der abgewichste Ed, der die Show seit zehn Jahren abzog, der die Tricks alle draufhatte, der Klugscheißer, der mich vor kurzem noch über das Gesetz der Straße hatte belehren wollen. Ed, dem sie ein Hundehalsband angelegt hatten, von dem ein Strick zu einem Pflock im Boden führte …
Ich stürzte zu ihm hin, und die Milieutypen hielten mich nicht auf. Ich ging vor ihm in die Hocke, aber ich

traute mich nicht, ihn zu berühren. Von nahem sah er noch grauenhafter aus.
–Scheiße, Eddy, was is passiert…?, stammelte ich, aber Ed nahm mich nicht wahr, Ed war nur noch ein stöhnendes, zuckendes Ding, das nichts mehr empfing und nichts mehr sendete außer Angst und Schmerzen, Angst, Schmerzen.
Ich schaute zu denen hoch, die das angerichtet hatten und brüllte sie fassungslos an:
–WAS SOLL DIE GANZE SCHEISSE HIER?
Der Kleinste der Typen machte ein paar Schritte und fixierte mich ruhig. Er wirkte nicht wütend, eher so, als ginge er seinen alltäglichen Pflichten nach, und in einem professionellen, aalglatten Kondolenztonfall und mit kaltem Blick wandte er sich an mich:
–Mädchen, dein Freund hat dir scheinbar nicht erzählt, dass er sich in der letzten Woche fünfzehn Riesen durch die Nase gezogen hat. Meine fünfzehn Riesen, um genau zu sein. Er schuldet mir was, er hat's nicht mehr, aber am Bahnhof hat er die Spendierhosen an, wie man so hört. Ich wollte nett sein und mit ihm Geschäfte machen, er kommt mir als mieser kleiner Zocker. Was soll ich machen?
–Aber… Ich deutete auf Ed, schaute ihn dabei noch einmal an und fing an zu heulen.
–Aber es is doch nur scheiß GELD!, kreischte ich den Dealer an, was einen seiner Kumpane zu der Bemerkung veranlasste, die Alte sei nun wohl völlig durchgeknallt und gehe ihm langsam auf die Eier. Aber der Angesprochene schaute nur kurz überrascht, dann sagte er:
–Ich weiß nicht, Kindchen, ob du 'ne Vorstellung hast, wie viel fünfzehn Riesen sind, aber du liegst richtig, wenn du denkst, dass das für mich nicht viel ist. Es geht hier allerdings um mehr als nur Geld. Es geht darum,

dass mich so 'ne kleine Straßenratte über den Tisch zieht und dann die Frechheit hat, vor meiner Nase weiterzumachen! Wenn ich ihm das durchgehen lasse, wie steh ich dann da? Wie ein Trottel, der in rauen Mengen Pulver verschenkt? Nee, es gibt Spielregeln. Was kann ich dafür, wenn die sich nicht mehr dran halten, wenn den Typen das Hirn aus der Nase bröselt?
Ich schaute ihn in wachsendem Entsetzen an, wie er in aller Ruhe so schlüssig und kühl argumentierte, während sich drei Meter weiter ein stöhnender, blutender Mensch lag, den er gerade mit seinen Leuten zusammengetreten hatte. Und dann fügte er tatsächlich noch hinzu:
–Tut mir Leid, dass du das jetzt mit ansehen musstest, als Frau…
In diesem Augenblick erwachte Ed kurz aus seiner Schmerz-und-Angst-Trance, er fuhr hoch und schrie unartikuliert durch seine eingeschlagenen Zähne:
–Gebt mir wenigstens 'ne Zigarette, ihr Wichser!
Ich drehte mich zu ihm um, holte meinen Tabak heraus und ging zu Ed an der Hundeleine. Ich rechnete damit, dass sie mich aufhalten würden, aber die Typen waren Profis. Für sie war ich in erster Linie eine Frau, und Frauen neigten eben zu solch unkontrollierten Gefühlsausbrüchen, wenn sie nicht ohnehin nur hübsches oder nervendes Beiwerk bei den ernsthaften Geschäften waren. Außerdem hatte ich nichts mit der Sache zu tun, und der Gedanke der Sippenhaft war diesen Kaufleuten fremd.
Das alles war mir aber in diesem Augenblick nicht bewusst, ich rechnete mit Widerstand und starb tausend Tode, fand aber auch einen Kanal für meine Wut. Hier war etwas, das ich tun konnte. Ich drehte eine Zigarette für Ed, auch wenn meine Finger zitterten, auch wenn es das Einzige war, was ich für ihn tun konnte.

Ich zündete die Zigarette an und steckte sie ihm zwischen die aufgesprungenen Lippen. Aus zugeschwollenen Augen starrte er mich irr und befremdet an.
Ich verließ langsam den Kreis und begab mich zum Lagerplatz, wo Raff, Jule und Toni unter der Plane saßen und Flaschenbier tranken. Aus der Entfernung sahen sie völlig unbeteiligt aus, aber als ich näher kam, sah ich ihnen die Spannung der Situation an, die Angst, die Hilflosigkeit, das schlechte Gewissen, das sich hinter ihren maskenhaften Gesichtern verbarg.
Ich grüßte sie nicht. In diesem Augenblick verachtete ich sie, aber es war noch mehr: Ich hatte es satt, die angststarren Gesichter, die unausgesprochenen Vereinbarungen, die Rituale, die ganze verdammte Platte, die Zwänge der Welt, in der ich Freiheit gesucht hatte. Du lebst unter Berbern, hatte Momo gesagt, aber du bist Musikerin.
Das Gesetz der Straße konnte mich. Kreuzweise.
Ich steuerte auf mein Lager zu. Ich fing zügig an zu packen, Rucksack, Schlafsack, Gitarre.
Die Unterlagen aus Karton ließ ich liegen.

Der Trebertreff hatte noch geöffnet. Ich ließ mir von Karla genau erklären, auf welches Amt man gehen musste und was man dort zu tun hatte, wenn man von der Straße weg wollte und in die Warteschleife rein, die einen irgendwann zu eigenen vier Wänden und einem Job in der Gesellschaft führen sollte. Es behagte mir nicht, aber es gehörte dazu.
Ich suchte mir ein Gebüsch im Stadtpark. Nachts begann es leicht zu regnen, aber ich machte mir nicht die Mühe, eine trockenere Ecke zu suchen. Ich schlief unruhig und war früh auf den Beinen.
Die Frau auf dem Amt fragte mich, wie ich bisher gelebt hätte und was ich in Zukunft zu tun gedächte.

–Ich habe die letzten zweieinhalb Jahre im Zelt gelebt, sagte ich. Und jetzt will ich zurück zu den Hütten.

Ich bezog ein Hotelzimmer, in dem Millionen von Kakerlaken hausten und eine Junkiefrau Anfang zwanzig. Wir hatten uns nicht viel zu sagen, wenn wir uns abends trafen. Ich drehte mich weg, wenn sie anfing, ihre letzte Portion aufzukochen und sich den Arm abband. Morgens, wenn der Hausmeister seinen Rundgang machte, um zu sehen, ob noch alle lebten, war sie meistens schon weg.

Das Zimmer eines Obdachlosenhotels ist eine Platte mit vier Wänden. Man könnte auch sagen, eine Mischung aus Knast und Platte, denn man kann sich seine Gesellschaft nicht aussuchen. Man holte die Leute von der Straße, danach hatten sie das gleiche Rattenleben, den gewohnten Siff, aber ohne Sicht zum Himmel.

In der zweiten Woche machte die Junkiefrau sich nachts an meinem Rucksack zu schaffen, der am Kopfende des Bettes stand. Dabei drückte sie den Rucksack gegen den Hals der Gitarre, der aus dem Bett ragte, denn auch hier benutzte ich mein Instrument weiterhin als Kopfkissen und Alarmanlage. Das System funktionierte drinnen wie draußen, auch war ich nach tausend Nächten auf der Straße hervorragend konditioniert. Ich fuhr aus dem Bett und packte mir die schmächtige Gestalt, die mich im fahlen Licht der Straßenbeleuchtung erschrocken anstarrte.

Ich hielt mich nicht mit langen Reden auf, sondern schleuderte meine Zimmergenossin mit voller Wucht gegen die Wand, bevor ich zwei Schritte Richtung Tür ging und das Licht anknipste. Als ich mich ihr wieder zuwandte, hatte sie ein Messer in der Hand. Ihr Gesicht zuckte, ihre hellen Augen flackerten unsicher. Es roch nach Angst, unser beider Angst, und dieser Geruch kotzte mich langsam an.

Ich stürzte mich auf diese Hand, die ein Messer hielt, die mich mit einem Messer bedrohte, bekam den Arm zu fassen, schlug eine andere, abwehrende Hand beiseite und fing an, ihr den Arm zu verdrehen, bis sie das Messer fallen ließ und sie laut brüllte vor Schmerz. Ich ließ sie los, packte sie mir aber sogleich wieder und drückte sie wieder an die Wand.

Ich schaute in ein junges blasses, sommersprossiges Gesicht mit Tränen in den hellen, erschrockenen Augen. Jetzt, wo ich Oberwasser hatte, kam die Wut mit voller Wucht in meinen Kopf gerauscht. Ich hatte Lust, ihr die Nase einzuschlagen, sie die ganze Scheiße spüren zu lassen, die sie angezettelt hatte, den ganzen Dreck, den die Leute in der Seele haben, ich musste mich nur selber anschauen, wie mir das Maul schäumte, wie mir die Haare zu Berge standen, ich war kurz davor, auf diesem Nebenschauplatz meine Würde dranzugeben. Ich atmete tief ein, öffnete den Mund halb, legte meine Zähne frei und fauchte ihr heiß ins Gesicht.

–Mach das nicht mit mir, sagte ich leise, gepresst und heiser vor Wut. Ich ließ endgültig von ihr ab, trat einen Schritt zurück und betonte mit gespreizten Händen meine Worte.

–Beklau mich nicht, bedroh mich nicht, Finger weg von meinem Kram, Finger weg von mir, halt dich raus aus meinem Leben. Haste das kapiert?

Sie nickte stumm, mit offenem Mund. Wenig später schnappte sie sich ihre Jacke und zog ab. Ich rauchte eine Dose und versuchte weiterzuschlafen.

Am nächsten Tag ging ich zur Hotelleitung und forderte ein anderes Zimmer. Für ein Einzelzimmer, sagte man mir, müsste ich ein Attest von einem Arzt oder Psychiater aufs Amt tragen, wo ich einen anderen Schein bekäme, den ich der Hotelleitung vorzulegen hätte. Ich knirschte mit den Zähnen. Der Hausmeister, der für die Schlüssel zuständig war, mochte mich. Er schloss ein leer stehendes Zimmer auf, in dem so viel kaputt war, dass es erst im Winter wieder benutzt würde, wenn sie keinen Platz mehr hatten. Das Waschbecken hatte einen Sprung, aus dem Rohr tropfte Wasser in einen Eimer. Der Boden war mit einem schmierigen parkettfarbenen Plastikteppich ausgelegt, an dem vor langer Zeit jemand mit einem scharfen Messer seine Wut ausgelassen haben musste. Der Schrank hatte es weitgehend hinter sich, es gab keinen Tisch, aber einen Stuhl und ein Nachttischchen mit einer speckigen Häkeldecke. Von den zwei Betten war nur einem zu trauen. Das einzige funktionierende Licht war die Neonröhre über dem Waschbecken. Der Spiegel dazwischen fehlte.

Ich saß in einer Regenphase, die den Herbst ankündigte, auf meinem Bett mit den Brandlöchern in Decke und Matratze. Während die Kakerlaken unentwegt über Boden und Wände huschten, übte ich verbissen Gitarre, den Blick auf mein nächstes Ziel gerichtet, als stünde es in Leuchtbuchstaben an der vergilbten Wand. Ich wollte eine gute Musikerin werden. Ich wollte überall spielen können, ich wollte Applaus, ich wollte eine respektierte Künstlerin werden, ich wollte Gage, keine Bettelgroschen. Das alles war mir nur möglich, wenn ich gut würde, besser, als ich war.
Die anderen Bewohner des Pennerhotels kamen anfangs in Scharen, wenn sie mich spielen hörten, denn wo Musik war, da wurde in der Regel gefeiert, da gab es einen, der Geld hatte und einen ausgab. Ich war we-

der freundlich noch unfreundlich zu meinen Nachbarn, ich warf sie nicht aus der Bude, aber ich ignorierte sie weitgehend. Ich führte keine Gespräche, lächelte nicht, ging nicht auf Musikwünsche ein, ich übte Gitarre. In meiner Bude gab es keinen Schluck zu trinken.

Nach und nach blieben sie weg, nur ein Mütterchen namens Marta kam immer, wenn sie mich spielen hörte, setzte sich auf den Hocker neben dem Waschbecken und begann zu häkeln. Sie gehörte einer Generation an, in der es selbstverständlich war, alte Pullover aufzuribbeln und daraus Topflappen, Socken, Hausschuhe und wer weiß was noch alles herzustellen. Sie tauschte die fertigen Stücke gegen Flachmänner und Zigaretten ein oder verschenkte sie an Leute, die sie mochte. Wir redeten kaum miteinander, aber wir verbrachten angenehme Nachmittage, sie mit ihrer Wolle, ich mit meiner Gitarre, während es draußen immer früher dunkel wurde und die huschenden Kakerlaken nicht mehr zu erkennen waren. Ich trainierte auch im dunklen Zimmer, aber Marta brauchte Licht und streckte sich zum Lichtschalter hoch.

–Oij, was sagt man hierzu?, lamentierte sie in ihrer seltsamen, märchenhaften Grammatik und Betonung der alten Menschen aus den uralten Grenzgebieten vor sich hin.

–Licht iber dem Spiegel, aber wo ist Spiegel? Wie soll eine Frau richten Gesicht und Haare, damit nicht missen herumlaufen wie Penner? Was denkt sich Regierung bei diesem?

Das fand ich so gut, dass ich sogar mein Riff unterbrach. Ich lachte mich kaputt hinter meiner Gitarre, es war das erste Mal seit Wochen.

–Marta, ich hab seit, ja, praktisch Jahren in keinen Spiegel geschaut. Ich hab's überlebt, echt.

Sie schenkte mir einen langen Blick, in dem Mütterlichkeit, Bewunderung, Mitleid, Wehmut und heiliger Schrecken miteinander stritten. Dann sagte sie etwas, was ich schon so oft gehört hatte, dass es mir selbstverständlich geworden war.
–Du bist ein komisches Medchen, seufzte Marta und wandte sich wieder ihrer Wolle zu.

Es sollte noch einige weitere Wochen dauern, bis ich die Gelegenheit hatte, mein Gesicht ausführlich in einem Spiegel zu betrachten. Ich entdeckte, dass ich bei entspanntem Gesicht zwei deutliche Falten unterhalb der Wangen hatte, die ich vorher nie gesehen hatte. Diese ersten Tätowierungen waren vielleicht die schmerzhaftesten, aber je länger ich damit lebe, desto mehr erscheinen sie mir wie ein Beweis für meine Geschichte. Die Straße hatte sich in mein Gesicht eingebrannt.
Wenn ich mal alt und cool bin, sagte ich zu meinem Spiegelbild, werden all diese unschätzbaren Erfahrungen in glänzenden Lettern über mein ganzes leuchtendes Gesicht verteilt sein.
Aus dem Spiegel kam ein Grinsen zurück.

Schall & Rauch

»I'm not a pretty girl«
Ani Di Franco

Im Jahr nach Stella Runaways überraschendem Hit-Erfolg klingelten die Münzen wie ein endloser Regen in meinen Gitarrenkoffer, flossen in einem langen Strom durch meine Hosentaschen und hinterließen nur Löcher, rollten unaufhaltsam aus meinen Händen über Ladentheken in andere Hände. Mir war, als ob es Millionen von Münzen gewesen wären, aber keine einzige blieb.

–Inzwischen bin ich überzeugt, sagte ich zu Joelle, dass genau das zum Straßenmusikerberuf dazugehört: Alles Geld rinnt dir in kürzester Zeit durch die Finger.

Ich glaubte nicht an einen Fluch, eher an eine Art Naturgesetz.

Für Joelle war der Fall klar, ich übertrieb mal wieder. Außerdem behauptete sie, sie habe selten jemanden mit so starken autosuggestiven Kräften getroffen. Sie erinnerte mich an mein Lamento vergangener Tage: ich sei nicht dazu bestimmt, Geld zu verdienen.

–Du hast dich immer in einem hohen Maße selbst geschaffen, sagte sie.

Dem widersprach ich nicht. Für viele Bereiche stimmte das. Aber wenn es um Geld ging, verlor ich meinen Einfluss. Ob ich viel hatte oder wenig, es war in kürzester Zeit weg.

Der Scheck verschaffte mir einmal im Monat eine Pause von einer Woche, und der Verdienst am Wochenen-

de entschied, ob ich mir Montag und Dienstag Ruhe gönnen konnte. Spätestens, wenn der Tabak knapp wurde, griff ich zum Gitarrenkoffer.
Ich hatte mich darauf versteift, nicht in der Stadt zu spielen, sondern über die im Umland gelegenen Käffer zu tingeln. Die Gefahr, auf Bekannte zu treffen, war gering und die allgemeine Atmosphäre entspannter. Gewöhnlich fuhr ich mit dem Zug, solange ich mir die Fahrt leisten konnte.
War ich einmal unterwegs, fand ich nach wie vor großen Gefallen an meinem Beruf. Ich spielte nicht immer um meine Seele; um ehrlich zu sein, die meiste Zeit lieferte ich solides Handwerk. Nur manchmal, wenn ich mich sehr gut oder sehr schlecht fühlte, schüttelte ich die Hände, rollte mit den Augen, atmete tief und legte mir den magischen Mantel um, zog Blicke an, ließ fremde Münder offen stehen, brachte für Minuten das zielstrebige Treiben durcheinander, und zog Menschen in meine Welt, um sie mit einem Lächeln auf den Lippen wieder zu entlassen. Für ein paar Atemzüge hielt ich die ganze Zeit an und löste sie mit dem Schlussakkord aus ihrer Verzauberung.
Ansonsten machte ich mein Ding, sah zu, dass die Kasse stimmte und freute mich auf die freien Tage. Ich mied Leute, die einen Guru suchten, umging Leute, die schon einen hatten, und vor allem jeden, der gern einer gewesen wäre. Ich mied Verehrer, die mich nach Hause bringen wollten. Ich ließ Leute stehen, die nach Schnaps rochen oder etwas in den Augen hatten, was über Cannabinole hinausging. Ich hielt Wichtigtuer mit Visitenkarten auf Abstand. Ich vermied jeden Kontakt mit Leuten, die Waffen hatten und ihre Hunde an der Leine hielten, egal, ob sie Tätowierungen und Gaspistolen unter der Jacke trugen oder in Uniform steck-ten und scharfe Dinger an der Hüfte baumeln lie-

ßen; sie trugen die gleichen Stiefel. Ich mied jede Art von Durchgeknallten.
Ich schätzte zufriedene, höfliche, zahlende Kundschaft, legte mich ins Zeug, sobald ich den Hauch von Interesse wahrnahm und war glücklich, wenn mir echte Aufmerksamkeit zuteil wurde. Aber ebenso mochte ich es, wenn die Distanz gewahrt blieb.
An der Bühne hatte mir besonders gefallen, dass sie einen natürlichen Abstand schaffte. Auf der Straße hatte ich dergleichen nicht zu erwarten. Dort ließ man mir freiwillig erst mal keinen Raum, die zwei, drei Meter zwischen mir und meinem Koffer waren schon gefährdet. Jeder, der nicht ganz unsensibel war, musste eigentlich merken, dass es unhöflich war, dazwischen zu laufen. Die Unhöflichen erschienen mir machtgeil und bösartig. Noch tiefer runterziehen konnten mich nur die Verblödeten, die sich dicht hinter meinem Rücken entlangquetschten, um ja nichts von den Auslagen in den Schaufenstern zu versäumen. An manchen Tagen machte mich das wirklich fertig.
Ich mied immer noch alle, die mir zu nahe traten.
Es gab nur eine Hand voll Leute, mit denen ich sporadischen Kontakt hielt, weil ich ihnen etwas verdankte und mit denen kein Gespräch überflüssig war.
Eine von ihnen war Joelle, meine beste Freundin. Das hatte weniger mit ihren Geschäften zu tun als damit, dass Joelle einen großen Teil meines Lebens in den vergangenen Jahren verfolgt hatte. Sie wusste mehr über mich als die meisten andern, weshalb ich mir von ihr auch eine Menge sagen ließ. Joelle trat mir nie zu nahe oder nutzte meine Offenheit aus, nie produzierte sie sich auf meine Kosten.
Seit ich wieder Straßensängerin war, suchte ich sie mindestens zweimal in der Woche auf. Kredit hatte ich immer, nutzte ihn aber kaum. Es war nicht nur die

Sucht, die mich in Joelles Küche trieb. Ich suchte die Nähe dieses vertrauten Menschen und traf dort auch ein paar mehr oder weniger flüchtige Bekannte. Nachdem ich aus dem Showgeschäft ausgestiegen war, hatte ich es genossen, zwei, drei Monate fast völlig zu verstummen.

Unter den Leuten, die bei Joelle ein und aus gingen, hatten die wenigsten meinen Werdegang verfolgt, wussten aber, dass ich eine Musikerin war, die nicht gerne über ihren Beruf sprach. Ein paar Stunden lang fand ich solche unverfängliche Gesellschaft erträglich, es kam gar nicht selten zu interessanten oder amüsanten Gesprächen, ohne dass ich Gefahr lief, mich durch eine beiläufige Bemerkung auf vermintem Gelände wiederzufinden. Wer mich bei Joelle erlebte, konnte den Eindruck haben, ich sei wieder voll und ganz gesellschaftsfähig. Es gab Tage, an denen ich das sogar selbst glaubte. Bis ich Paul wiedersah.

Es war über kurz oder lang unvermeidlich, dass ich ihn irgendwann bei Joelle treffen würde. Er war es gewesen, der uns bekannt gemacht hatte, und solange er in dieser Stadt lebte, besuchte er sie regelmäßig. Da wir uns aber über viele Monate nicht über den Weg gelaufen waren, hatte ich insgeheim gehofft, er sei vielleicht weggezogen.

Paul verdankte ich ebenfalls einiges, aber er gehörte nicht zu den Leuten, mit denen ich noch Kontakt hielt. Nach unserem Krach hatte Joelle ihren Versuch zu vermitteln schnell wieder eingestellt. Sie verschwendete ihre Zeit nicht an Aussichtsloses. Dann hatte die Zeit begonnen, in der ich mit etwas mehr Geld und weitaus weniger Zeit gesegnet war, so dass ich nur sporadisch zu einem kurzen Hamsterkauf vorbeikam.

Seit ich wieder mehr Zeit bei Joelle verbrachte, musste ich damit rechnen, Paul zu begegnen. Ich hielt ge-

wohnheitsmäßig nach seinem Auto Ausschau, bevor ich ins Haus ging, aber als er dann eines Abends nach mir die Küche betrat, traf mich das unvorbereitet.
Ich versuchte zu verschwinden, auf Daumengröße zu schrumpfen, mich unsichtbar zu machen, aber nichts klappte, es gab keinen Ausweg. Joelles Wohnung lag im dritten Stock, auch befand sich das Fenster auf der anderen Seite der Küche, und schon stürzte Paul auf mich zu, zu meinem Entsetzen mit ausgebreiteten Armen und leuchtenden Augen.
Auf halbem Weg musste er meinen panischen und abweisenden Blick bemerkt haben, denn er bremste ab und blieb einen Schritt vor mir stehen, aber das half mir auch nicht mehr. Kein Weg führte an diesem strahlenden Gesicht vorbei.
–Eeh, Boy!, sagte Paul gedehnt. Schön, dich zu sehen!

Paul nannte mich Boy, weil er mich, wie viele Zeitgenossen, zunächst für einen Jungen gehalten hatte. Als er mitkriegte, wie häufig die Verwechslung vorkam, hatte ihn das so amüsiert, dass er mir diesen Indianernamen anhängte, mit einer Beharrlichkeit, die ihn in bestimmten Kreisen schnell etablierte. Boy wurde mein erster Künstlername.
Ich hatte nichts gegen einen Indianernamen, eher war ich stolz, nun einen zu haben. Boy war so gut wie jeder andere, er hatte eine Geschichte, und er erfreute sich großer Beliebtheit. Im Übrigen hatte ich es zwar nie darauf angelegt, für einen Jungen gehalten zu werden, aber es hatte mir einige Male genützt und nie geschadet. Ich teilte gewissermaßen den Spaß, den die Leute daran hatten. Irgendwann ging ich so weit, mir einen Männerhaarschnitt verpassen zu lassen.
Dass Paul damit angefangen hatte, warf ein bezeichnendes Licht auf unser Verhältnis, über das seinerzeit

allerlei geredet wurde. Paul war ansonsten ein flexibler Mensch, aber aus Jungs machte er sich nichts. Und obwohl die Vermutung nahe lag, da ich fast ein Jahr bei ihm wohnte und unser Umgang durchaus herzlich war, hatten wir uns nie sexuell miteinander befasst.

Vielmehr liebte er es, mir durch die Haare zu strubbeln oder mir die Wange zu tätscheln, darauf zu achten, dass ich etwas aß. Und er machte sich um meine Zukunft Gedanken.

Obwohl wir uns auf gleicher Augenhöhe bewegten: Vielleicht bildete er sich gerne ein, ich wäre eins seiner vielen Kinder, die irgendwo in der zweiten Welt in Hängematten dösten und an Mangos lutschten, wie ich mir vorstellte. Was wusste ich schon von seinem Leben, was er schon von meinem. Er ließ mich wachsen, ich ließ ihn spinnen. Nicht, weil er so viel für mich tat. Er war ein guter Typ, und ich mochte ihn, es war eine aufrichtige Art gegenseitiger Zuneigung, die jenseits von Worten liegt. An den Worten waren wir schließlich gescheitert. Ich hatte keine Ahnung, was es zwischen uns noch zu sagen gab, deshalb war ich froh, ihn nicht zu treffen.

Und nun stand er vor mir, der gute alte Paul, drei Jahre nach unserem Vater-Tochter-Showdown, und strahlte, überglücklich, mich zu sehen, voll der alten Zuneigung, voller Versöhnung und Verzeihen.

Ich war erleichtert und alarmiert zugleich. Erleichtert, weil der Horror dieser Begegnung sich doch in Grenzen hielt. Alarmiert, weil ich nicht glaubte, dass nur genug Zeit verstreichen müsse, um Dinge ungeschehen zu machen. Ich sah höchstens einer Fortsetzung des alten Schlamassels entgegen. Außerdem stand mit dem strahlenden Paul auch eine bestimmte Erwartung vor mir.

Es gab einige Leute, die meinten, ich wäre an der Reihe gewesen, mich für alles, was vorgefallen war, bei ihm zu entschuldigen. Aber das kam für mich nicht in Frage. Für Paul war es leichter, mir zu verzeihen. Ich wusste nicht, wofür ich mich entschuldigen sollte, während Paul genau wusste, was er mir verzieh.

–Du siehst gut aus, sagte Paul. He, wir haben uns JAHRE nicht gesehen, freut mich echt... Was machste so, wie geht's dir?
Und schon ging es wieder los, das alte Spiel. Ich fragte mich, wie viel er wohl von meiner glorreichen Karriere wusste, fragte mich, was Joelle ihm erzählt haben mochte. Ob er überhaupt nach mir gefragt hatte und inwieweit er diese Informationen gegen mich verwenden konnte, wenn wir wieder da ansetzten, wo wir aufgehört hatten.
Ich atmete tief ein und setzte lächelnd den ersten Fuß auf das Minenfeld.
–Heh, Paul, sagte ich, freut mich auch.

Als ich Paul kennen lernte, war er schon in den Fünfzigern, aber er ging auch als zehn Jahre jünger durch. Tapfer trug er seine grau gesträhnten Haare lang und versuchte auch sonst, die Würde zu wahren. Er war überall gewesen, hatte etliche Jahre in Südamerika und im Fernen Osten gelebt. Er hatte auf einem Greenpeace-Schiff als Koch gearbeitet und in einer Baghwan-Disco als Rausschmeißer, als Fremdenführer im Dschungel und als Roadie und Drogenkurier für einen Rock-'n'-Roll-Zirkus. Er hatte mehrere Familien in verschiedenen Ländern gegründet und wieder verlassen. Inzwischen führte er einen Kneipe im Künstlerviertel, wo sich hauptsächlich arbeitslose Schauspieler, frust-rierte Musiker und andere verkrachte Existenzen trafen, in der Regel die älteren Semester, die bei einem Bier vergangene, glanzvollere Tage heraufbeschworen.

–Eigentlich bin ich Sozialarbeiter, sagte Paul manchmal.

Die Kneipe war nicht sehr groß, fünf Tische und eine lange Theke über Eck, mit 40 Leuten war sie voll, ab 50 wurde es eng. Weil solche Abende aber – außer am Wochenende – eher selten waren, hatte Paul den Platz für zwei weitere Tische geopfert, um ein Podest am Ende der Bar zu installieren. Er war der altmodischen Überzeugung, man könne mit Musik und Kleinkunst eine Kneipe attraktiver gestalten. Die Idee stellte sich als Investition heraus, die mehr kostete als einbrachte, aber mittlerweile war die kleine Bühne zu Pauls Steckenpferd geworden, von dem er nicht mehr lassen wollte. Es gab eine rudimentäre Gesangsanlage und zwei Scheinwerfer, das Einzige, was Paul fehlte, war eine Konzession. Er hatte versucht, eine zu bekommen und focht einen Jahre dauernden Kampf mit den zuständigen Behörden, während er sich die nötigen Schmiergelder zusammensparte. Unterdessen ließ er Künstler auftreten, die ohne Verstärker arbeiteten, was auch nicht legal war, aber in der Regel toleriert wurde, weil es keine Beschwerden wegen der Lautstärke gab. Dort hatte ich meinen ersten Gig.

Paul hatte mich in der Fußgängerzone aufgelesen. Es war ein regengrauer, ungemütlicher Nachmittag, an dem mich die schiere Sucht auf die Straße geprügelt hatte. Ein, zwei Tage ohne Essen mochten noch angehen, hatte ich jedoch keinen Krümel Tabak mehr, wurde ich nervös. Auch unter meinen Nachbarn im Hotel gab es keinen, den ich hätte anpumpen können. Es war Monatsende, alle Welt wartete auf den erlösenden Scheck und bröselte Kippen der dritten Generation wieder auf. Wie immer hatte ich es vergleichsweise einfach, ich brauchte mir nur einen Ruck zu geben, meine Gitarre zu nehmen und in die Stadt zu gehen. Ein Päckchen Tabak hatte ich mir noch an den schlechtesten Tagen erspielt.

Der Tag, an dem ich Paul kennen lernte, war ein sehr schlechter. Der Tabak kostete mich fast drei Stunden, ich hatte klamme Finger und kalte Füße und zählte die fallenden Groschen, die mir Zigarettenpapier und ein frisches Fladenbrot finanzieren sollten, bevor ich mich in meinen Bau zurückziehen konnte. Selbst dieses Minimum wollte hart erkämpft werden bei diesem Wetter, da jeder machte, dass er schnell nach Hause kam. Ich nahm meine ganze Wut zusammen, meine ganze Sehnsucht nach einer warmen Mahlzeit und einem Joint, meinen Stolz immer noch, dass ich meine Situation selbst gewählt hatte.

In solchen Momenten spürte ich wieder meinen eigentlichen Lebenswillen und förderte ungeahnte Reserven zu Tage. Gleichzeitig versank ich in meine Lie-

der, um der Kälte zu entfliehen, ich war auf mich konzentriert und auf das Fallen der Münzen, nicht aber auf Publikumswirkung, denn bei diesem Wetter war nicht zu erwarten, dass jemand verweilte.
Deshalb konnte ich nicht einschätzen, wie lange Paul schon zugehört hatte, als ich ihn bemerkte. Als ich ihn anschaute, lächelte er mich an, und ich zuckte leicht zusammen und lächelte verwundert zurück. Sobald mein Lied beendet war, kam er auf mich zu. An meinem Hut ging er kurz in die Knie, um etwas hineinzuwerfen, ließ mich dabei aber nicht aus den Augen. Wenn dies eine Prüfung war, hatte ich sie bestanden, ohne dass mir der Zehner entgangen war, der auf die Münzen fiel.
Ich war überrumpelt von der unerwarteten Wendung und von meiner plötzlich aufkommenden Sympathie für diesen alten Freak, der eine so vorbildliche Haltung demonstrierte und den der Himmel schickte, mich an einem harten Tag aufzurichten. Als Paul vor mir stand und mir zu meiner Stimme gratulierte, wurde ich tatsächlich rot, und als er mich in seinen Laden einlud, um etwas Warmes zu trinken, folgte ich ihm seltsam schicksalsergeben. Auf dem Beifahrersitz seines klapprigen Kombis fühlte ich mich dann zunehmend eingeschüchtert. Ich hatte das vage Gefühl, dass diese Begegnung wichtig sein könnte, warnte mich gleichzeitig vor sämtlichen Fallen, die mir bekannt waren und stürzte schließlich Hals über Kopf in ein Vertrauen, das ich mir seit Ewigkeiten keinem Menschen gegenüber mehr geleistet hatte.
Paul kredenzte mir eine Gulaschsuppe, bevor er den Laden öffnete. Ich trank Kakao, mir wurde warm. Ich war lange in keiner Kneipe mehr gewesen. Später wurde mir leicht schwindelig von der schlechten Luft, dem Gemisch aus Musik und Geklapper von Gläsern

und dem hohen Gesumm, was viele gleichzeitig geführte Gespräche in einem lauten Raum erzeugen. Ich saß an der Theke und fühlte mich, als ob ich auf dem Mars gelandet wäre. Es war längst dunkel draußen, und dieses Dunkel zog mich an, nach draußen, auf die Straße, wo ich mich auskannte.

Paul deutete meine Blicke zur Tür richtig, und er wies mir den Weg, indem er die Musik leiser drehte und mich fragte, ob ich nicht etwas zum Besten geben wolle. Ich klammerte mich dankbar an meine Gitarre und ging zu dem Podest.

Dies war der andere Weg ins Freie, etwas, mit dem ich mich auskannte. Ich erklomm das Podest und stimmte meine Gitarre durch, während Paul die Musik ganz ausdrehte. Ich stand alleine mit meinen sechs Saiten unter einem roten Scheinwerfer und fühlte mich auf einmal ruhig und wohl. Ich hob die Hand und ließ sie in den ersten Akkord fallen. Eine Gänsehaut rieselte mir über den Kopf. Hier war sie, die Magie, der ich seit drei Jahren auf der Straße hinterherlief, der ich mich in den guten Stunden schon angenähert hatte. Immer hatte das mit harter Arbeit und hoher Konzentration zu tun gehabt. Nun wurde auf einmal alles leicht. Ich spürte, wie ich anfing zu leuchten, befreit von allen Ängsten und von der Welt getrennt durch das Licht des Scheinwerfers, der mich blendete, der mich wärmte. Meine Stimme war rau und lebendig, ich kroch ganz in diese Stimme hinein und spürte, wie das Leuchten zunahm. Ich spielte drei Nummern. Die Leute klatschten und pfiffen. Durch den Scheinwerferschleier konnte ich ihre Silhouetten und einzelne Gesichter sehen, die mir freundlich zugewandt waren. Ich hörte, wie Paul mir zurief, ich sollte noch eins singen. In diesem Moment und in den nächsten zwei Jahren wollte ich nichts anderes mehr.

Ich war Straßenmusikerin genug, um anschließend mit dem Hut herumzugehen. Aus dem Augenwinkel sah ich Paul grinsen. Als ich darauf bestand, meine vier Tassen Kakao zu bezahlen, legte er mir die Hand auf den Arm und hypnotisierte mich mit glühendem Blick.
–Ich mach dir ’n Vorschlag, sagte er.
–Du kommst am Samstag und machst ein bis zwei Stunden Programm. Dafür hast du die Getränke dann frei und einen Schein von mir.
Als ich an jenem Abend in meinem Kakerlakenhotelzimmer unter die löcherige Bettdecke kroch, sprach ich zu mir selber.
–Mach dir klar, sagte ich, du bist jetzt eine Künstlerin. Du hast keine Bude, kein Geld, nichts, aber du hast am Samstag ’nen Auftritt.
Ich lag im Dunkeln und lachte.

Ich habe Paul nie gesagt, in welchem Maße er mich zu diesem Zeitpunkt in der Hand hatte. Mein ganzes Leben fokussierte sich in der nächsten Woche auf diesen Samstagabend und auf diese kleine Bühne. Nichts anderes zählte mehr. Sicher fragte ich mich nebenbei, was der Typ Paul von mir wollte, aber wirklich wichtig war es mir nicht, solange er mich auf seiner Bühne singen ließ.
Im Nachhinein glaube ich fast, dass ihm nichts von alldem entging, meine bevorzugten Getränke, meine Art, zu reden und zuzuhören. Meine Pünktlichkeit und mein Eifer, einen guten Eindruck zu machen. Die Sache war mir todernst. Ich hatte ein sauberes Hemd an und war clean wie ein Glas Wasser, ich hatte neue Saiten auf der Gitarre und ein sorgfältig zusammengestelltes Programm im Kopf, als ich am frühen Abend in die Kneipe trat.
Es war voller als am ersten Abend, was mir vor allem

anhand des Geräuschpegels klar wurde. Die Leute feierten ihr Wochenende und waren mir nicht aufmerksam zugewandt, sondern lärmend mit sich selbst beschäftigt. Ich spielte nicht, wie beim ersten Mal, im Mittelpunkt der allgemeinen Aufmerksamkeit, sondern am Rande des Geschehens, in der Ecke, zusätzlich von den Leuten getrennt durch das Scheinwerferlicht. Ich hatte das Gefühl, gegen das Brausen der Menge anzusingen.

Und so tat ich, was ich auch auf der Straße tat, wenn die Welt mir kalt und ablehnend erschien, ich wandte mich meinerseits von ihr ab und versank in meiner Gitarre oder hob meinen Blick über die Köpfe hinweg in den Himmel, eine Bewegung, die mich an diesem Abend direkt in den Scheinwerfer schauen ließ, in dieses Licht, das mich so glücklich machte, das mich blendete, und ich schloss die Augen und konzentrierte mich darauf, nur noch Gesang zu sein und im Augenblick zu versinken.

Ich spielte diesen ersten offiziellen Auftritt praktisch allein in einem Raum voller Leute, aber ich sang nicht für mich. Ich sang für ein Publikum, nicht das anwesende, sondern mein zukünftiges, das jede Nuance meines Ausdrucks wahrnehmen und sich ernsthaft damit beschäftigen würde, ein Publikum, das ich nicht enttäuschen durfte. Noch war ich lange nicht so gut, wie ich sein wollte, aber ich spürte, wie ich wuchs. Ich war so konzentriert, dass ich erst verzögert merkte, wie meine gegenwärtigen Zuhörer mir übel nahmen, dass ich nicht für sie sang. Ein leicht angeschlagener großmäuliger Typ verlangte hartnäckig eine Nummer, von der ich gehört hatte, die ich aber nicht spielen konnte, die ich noch nicht einmal gut fand. Ich stimmte meine Gitarre nach und machte ein konzentriertes Gesicht, aber der Typ ließ sich nicht abwimmeln.

–Komm schon, sag bloß, das kennste nicht… doch, das kennste doch, oder was anderes in die Richtung, warte mal…
Er nannte mir drei, vier weitere Titel, aber ich hörte nicht mehr hin.
–Mann, ich bin keine Jukebox!, entfuhr es mir, und ich merkte, wie die näher Stehenden vor meiner Heftigkeit zurückwichen. Ich war straßensensibel für Blicke, Gesten und Gerüche, die mir Ablehnung signalisierten. Ich wollte diese Ablehnung nicht, aber ich wollte auch nicht anders sein, um zu gefallen. Und so fing ich blindlings an, laut zu sprechen auf meiner Bühne im Scheinwerferlicht.
–Ihr wisst doch alle, wie das ist, auf den Behörden, auf der Straße, in der U-Bahn, in den Zwängen, in den Unfreiheiten. Man will sich befreien. Man sagt sich: Irgendwann tu ich's einfach. Ich glaube, man kann darin viel weiter gehen, als man denkt. Ihr denkt, es ist mein Job, für euch zu spielen, und das ist es auch. Aber meine Freiheit ist, zu spielen, was ich will. Als Nächstes ein Stück vom Großen Meister über die brutale Freiheit.
Ich brachte *Like a Rolling Stone,* das liebten immer alle, und so zog ich mein Publikum über den Graben, der sich aufgetan hatte, und spielte ihnen noch ein paar Cover. Sie waren aufmerksamer und zunehmend begeistert, aber ich merkte, dass mich die Sache doch Kraft gekostet hatte. Ich ließ mich noch ein paarmal nötigen, aber dann spielte ich den definitiv letzten Song, ein zartes eigenes Werk, legte die Gitarre auf die Bühne, verbeugte mich förmlich und floh unter Applaus an die Theke. Paul wehte mir mit einem Glas Saft entgegen und nahm mich gerührt in die Arme, eine Geste, die mir völlig natürlich vorkam und die sich ab diesem Zeitpunkt schnell einbürgerte.

–Du bist echt gut, sagte Paul, und ich fühlte mich in seiner Umarmung auf einmal wieder eingeschüchtert und war unsicher, woher dieses Wohlwollen rührte.
–Mann… War's okay?, stammelte ich an Pauls Schulter. Er nahm meinen Kopf in seine Hände und sah mich kurz prüfend an. Er kam mit seinem Gesicht an mein Ohr und flüsterte im Kneipenlärm:
–VOLL OKAY, MANN!

– Komm schon Boy, lass dich doch nicht so feiern!
Paul nahm mich beim Arm und drückte mich in Joelles Küchensofa, setzte sich neben mich und hielt mir eine geöffnete Zigarettenschachtel hin.
–Jetzt erzähl doch mal!
Ich steckte mir eine Zigarette zwischen die Zähne und tastete meine Taschen ab, als mir schon eine Stichflamme aus seinem Feuerzeug entgegenschnellte. Ich nahm einen Zug und atmete sorgfältig aus, bevor ich sprach.
–Was willste denn wissen?
Paul seufzte in der Art einer resignierenden Mutter, und ich spürte, wie sich mir die Nackenhaare aufrichteten.
–Ich hab' ewig nichts von dir gehört, wenn du verstehst, was ich meine. Ich bin ja gar nicht auf dem Laufenden... Zum Beispiel hoffe ich doch sehr, dass du noch singst, oder?
Es hatte keinen Zweck, Paul mit einer Floskel abzuspeisen, also kam ich direkt zur Sache:
–Ich bin Straßenmusikerin, Paul. Immer gewesen.
–Ah ...?, sagte Paul.
Eigentlich hatte ich genau diese Antwort erwartet. Nur im Tonfall hatte ich mich verschätzt. Ich hatte mit nicht zu überhörender Ironie gerechnet, die mich sofort die Wände hochjagen würde. Aber er klang ehrlich erstaunt.
Ich hing matt auf dem Sofa und wusste nicht weiter, wagte aber auch nicht zu hoffen, dass diese Begegnung rasch und ohne Zwischenfälle enden würde, dafür kannte ich Paul zu gut. Er ließ niemals locker. Ich nahm ihm auch nicht ab, dass er gar nichts von meiner Laufbahn wusste. Selbst wenn er Joelle nicht über mich ausgequetscht hatte, er musste in den letzten sieben Monaten tausendmal einen Song gehört haben, den ich

oft in seiner Kneipe gesungen hatte, Jahre bevor er im Radio lief. Auf den Gedanken, dass ihn all diese Dinge vielleicht gar nicht interessierten, kam ich gar nicht.
–Wo spielste denn so?, fragte er gerade.
–Ich bin viel unterwegs, sagte ich.
–Das Volk ist in den Käffern viel dankbarer, fügte ich hinzu.
Darüber freute sich Paul, er klopfte mir auf den Oberschenkel und lachte, zwinkerte mit den Augen und fasste mich immer wieder an, als wollte er sich beweisen, dass er wahrhaftig hier mit mir auf dem Sofa in Joelles Küche saß und plauderte.
–Du bist immer noch wild..., stellte er begeistert fest.
–Da ist was dran, sagte ich mit deutlicher Ironie, aber Paul hörte mir nicht zu.
–... diese Wildheit, fuhr er fort, damit hast du mich damals gekriegt. Damit hast du sie alle gekriegt...
Mir brach der Schweiß aus. Meine Verlegenheit begann panisch zu werden. Der richtige Zeitpunkt zu verschwinden war verpasst. Meine Knie fühlten sich so weich an, ich würde schon mitten in der Küche zusammenbrechen. Ich blieb sitzen. Paul bemühte sich weiter, das Gespräch in Gang zu halten.
–Die alten Jungs fragen noch immer nach dir, wenn man sich mal sieht...
Oberflächlich entstand der Eindruck, als wolle er mit mir lediglich die guten alten Zeiten bequatschen. Wenn wir chronologisch vorgingen, würden wir in einer halben Stunde bei den anderen alten Zeiten landen, die ich nicht thematisieren wollte. Nicht an diesem Abend, nicht an einem anderen, und vor allem nicht mit Paul.
Aber er gab sich selbst alle Mühe, nicht an die heißen Punkte zu kommen. Er wollte um nichts in der Welt dieses Wiedersehen stören. Er sah sehr glücklich aus.

Er kochte mich weich, ohne es zu wollen. Vielleicht gingen ja wirklich alle Probleme, die es zwischen uns gab, von mir aus. Machte ich die Dinge tatsächlich kompliziert, wie er mir einmal vorgeworfen hatte?
–Ich hab oft an dich gedacht, Boy. Wir hatten schon eine verdammt gute Zeit…
–Jaah…, apropos hatten, sagte ich, was machst du denn mittlerweile so?
Die thematische Kurve war scharf, aber ich musste sie nehmen, um von unserer gemeinsamen Geschichte in seichtere Gefilde zu gelangen. Ich hielt kurz die Luft an, aber Paul hatte nichts mitbekommen. Er freute sich über meine Nachfrage und schmunzelte verschwörerisch.
–Ich hab die *Bluesbüchse* übernommen.
–Du hast die *Bluesbüchse* übernommen?
Ich fuhr zusammen und fragte hastig nach:
–Seit wann?
Wenn es länger als ein halbes Jahr her war, wusste Paul alles über mich. Die Bluesbüchse war einer der wenigen Live-Schuppen, die bis in die Morgenstunden geöffnet hatten. Kurz vor Ladenschluss trafen sich dort die gekrönten und ungekrönten wichtigen Figuren der ansässigen Musikszene zum letzten Schluck. Gut möglich, dass an dieser Theke auch mein Fall verhandelt worden war. Mir wurde schlecht bei dem Gedanken, dass Paul die Drinks dazu serviert hatte.
–Ich bin blutjung im Geschäft. Seit drei Monaten. Ich war über ein Jahr außer Landes…
Ich sank erleichtert im Sofa zusammen. Es gab keine Garantie dafür, dass er nicht doch über alles Bescheid wusste, und wahrscheinlich würde er über kurz oder lang etwas erfahren.
Aber es gab diese bescheidene Chance, dass meine Person vielleicht doch keine Spuren in den Köpfen der

Leute hinterlassen hatte, denen ich vor einem knappen Jahr die Hände geschüttelt hatte. Ich war nicht gerettet, aber gewarnt.
–Viel Arbeit, der Schuppen, oder?, warf ich ein, um den Anschluss zum Gespräch zu halten.
–Ja klar, Einkauf, Theke, Werbung, Booking und morgens um fünf die Tische abwischen. Immer bei der Arbeit, fulltime. Du kennst mich. Ich brauch das.
Markige Sprüche dieser Art und seine ganze Einstellung waren es, was ich seinerzeit unbewusst von ihm übernommen hatte. Ich hatte danach mein Bestes gegeben. Zur Sonne war ich nicht vorgedrungen, aber ihm war ich immerhin über den Kopf gewachsen. Obwohl die Zusammenhänge deprimierend waren, musste ich grinsen.
–Schön, wenn du lachst, Boy.
Ich hörte augenblicklich damit auf.
–Ich suche immer nach jungen Talenten, wie du weißt…, sagte Paul in scherzhaftem Ton.
Ich war hellwach. Die nächste Antwort lag mir schon auf der Zunge.
–Du könntest dir nicht vorstellen, bei deinem alten Weggefährten mal einen Gig zu machen?
–Nein.
–Warum denn nicht?
Er sah mich ernst an, fragend, irritiert und ein bisschen verletzt. Der Dackelblick.
–Nicht in der Bluesbüchse.
Der Laden war einer der wenigen in der Stadt, in denen ich seinerzeit nicht gespielt hatte. Zuerst hatten sie zwei Riesen verlangt und später, als sie mich genommen hätten, wollte ich nicht mehr. All dies hatte mich einmal sehr geärgert, aber jetzt war ich froh, damit vom springenden Punkt ablenken zu können.
–Ihr zieht Musiker über den Tisch.

Paul sah tief gekränkt aus.
–Wer erzählt so was?
–Ich hab was von zwei Riesen Miete gehört, plus die Bewirtung.
–Nicht mehr, seit ich das mache.
Paul war empört und zugleich erleichtert, sich erklären zu können.
–Ich nehme dreißig Prozent vom Eintritt und habe die Bewirtung, das reicht mir als Sicherheit.
–Ist immer noch Abzocke.
–Das ist 'n ganz gängiges Konzept…, verteidigte sich Paul.
Ich konnte der Versuchung nicht widerstehen, meine gesammelten Erkenntnisse an den Mann zu bringen.
–Wenn du schon keine Gage zahlst, heißt das, alles Risiko beim Musiker. Wenn eine Kasse am Eingang steht, überlegen die Leute, ob sie den Act wirklich sehen wollen. Und jemand wie ich, den kein Schwein kennt, spielt vor drei Leuten für 'ne Cola.
–Ich glaube kaum, dass du vor drei Leuten spielen würdest…
–Habe ich oft getan, wenn du dich erinnerst…
Paul gab sich einen Ruck und wischte Weiteres mit einer Handbewegung fort.
–Okay Boy, mit uns ist das was anderes. Du kriegst deine Gage, wie immer, einverstanden?
–Kommt nicht in Frage.
–Was willste denn haben?
–Nichts. Das hat nichts mit Geld zu tun.
Paul schwieg einen Augenblick, den er dazu nutzte, sich eine Zigarette anzustecken.
–Es ist wegen mir, stimmt's?, sagte er versonnen.
–Du willst nicht mehr bei mir auftreten. Warum nicht?
Ich ließ mir ebenfalls Zeit mit der Antwort. Während er mir Feuer gab, stellte ich eine Gegenfrage:

–Paul, glaubst du eigentlich, dass wir dazu verdammt sind, uns in alle Ewigkeit zu quälen, wenn wir uns mal geliebt haben?
Er lächelte, und ich hegte die Hoffnung, wir könnten das Thema wechseln, aber sein nächster Satz raubte mir die Illusion wieder.
–Weißt du, Boy, ich dachte nicht daran, dass du wieder auf mein Küchensofa ziehen sollst. Ich dachte lediglich daran, dir 'ne Gelegenheit zu geben, in der *Bluesbüchse* zu spielen.
So war Paul. Er dachte immer nur daran, mir Gutes zu tun.
–Außerdem, fügte er hinzu, würdest du mir eine große Freude machen. Und einer ganzen Reihe anderer Leute auch.
Meine Geduld zerbröselte, ich brauchte keine weiteren Variationen, um ein weiteres Stück Distanz fallen zu lassen. Ich selbst gab das erste Geheimnis preis.
–Tut mir Leid Paul, ich kann das nicht machen. Das hat nichts mit dir zu tun. Ich spiele nicht mehr auf Bühnen, und frag jetzt nicht warum. Lass mich einfach auf der Straße, okay? Die Zeiten, von denen du träumst, kommen nicht wieder...
Ich war nicht sicher, ob er meine Worte verstand, aber er wusste immer noch, dass, wenn ich ihn anfunkelte, er ein paar Minuten nicht offen bohren durfte. Er hob beschwichtigend die Hände und machte subtil weiter.
–Du hattest eine Menge Träume. Sind alle vorbei?
–Jemand hat inzwischen zu mir gesagt: nicht träumen, lächeln.
–Klingt ziemlich eindimensional, meinte Paul.
–Er hatte den Bogen 'raus, sagte ich.

Ich hatte ihn um nichts gebeten. Paul war es gewesen,

der mich praktisch zwang, bei ihm einzuziehen, nachdem er mich einmal im Hotel besucht hatte.
In jener Zeit sammelte ich Kakerlaken in Gläsern.
Der Winter nahte, und das Hotel füllte sich zusehends. Die luxuriösen Tage meines eigenen Rattenlochs waren gezählt. Früher oder später würden sie das zweite Bett reparieren und jemanden dort einquartieren. Es war Zeit, aus diesem Etablissement herauszukommen, und so hörte ich mich nach Möglichkeiten um, bis ich auf eine Geschichte stieß, die Erfolg versprechend erschien.
Ein mir bekanntes Alkoholiker-Pärchen, das im gegenüberliegenden Flur gehaust hatte, war auf die Idee gekommen. Sie hatten eine Woche lang tote Kakerlaken in Joghurtgläsern gesammelt und waren damit aufs Amt gegangen, um ein anderes Hotel zu fordern. Die Sachbearbeiterin zuckte mit den Schultern und verwies auf die Wartelisten. Daraufhin hatten die beiden lebende Tierchen gesammelt und zum nächsten Termin mitgebracht. Die Joghurtgläser mit den Kakerlaken auf dem Tisch, die eine Hand am Deckel, hatten die Alkoholiker erneut ihre Bitte vorgetragen. Ich hatte gehört, sie hätten inzwischen eine Wohnung bekommen.
Um den Weg abzukürzen, sammelte ich lebende und tote Kakerlaken gleichzeitig, in getrennten Gläsern. Mit einer Gitarrensaiten-Hülle versuchte ich die Krabbler in einen Papiertrichter zu schippen. War dies gelungen, musste ich schnell das richtige Glas öffnen, die Beute hineinschütteln und den Deckel schließen, bevor die anderen Geiseln entkommen konnten. Wenn ich die Geduld verlor, schlug ich sie platt und sortierte sie aus. Die beiden Gläser standen auf meinem Nachttisch.
Ich lag noch im Bett, als ich um die Mittagszeit Pauls Stimme auf dem Flur hörte. In diesem Umfeld war sie

so ungewohnt für mich, dass ich einen Moment brauchte, um sie richtig einzuordnen, als es auch schon an meiner Tür klopfte. Ich hörte, wie Paul sich bei dem Typen bedankte, der ihm die Tür gezeigt hatte. Ich sprang aus dem Bett und öffnete.
Ich freute mich über seinen Besuch. Wir kannten uns bereits ein paar Wochen und hatten eine satte Basis gegenseitiger Sympathie, gepaart mit der freudigen Aufmerksamkeit, die man neuen Bekanntschaften schenkt. Ich wusste von ihm, dass er weit herumgekommen war, und hatte aus meinen Verhältnissen keinen Hehl gemacht. Ich kam nicht auf die Idee, mich für das Ambiente meiner Bleibe zu genieren. Ich dirigierte ihn an dem kaputten Bett vorbei zu dem Stuhl, der seinen Dienst noch tat. Dann stieg ich in meine Jeans und ging zum Waschbecken, um Teewasser aufzusetzen.
–Du bist ja ganz schön hart drauf, hörte ich Paul hinter mir sagen.
Ich drehte mich halb zu ihm herum. Er sah ziemlich geschockt aus. Das erstaunte mich.
–Du wirst doch so ’ne Art Hotel schon mal gesehen haben, hakte ich nach.
–Jaja…, aber nicht in diesem Land, sagte Paul.
Als ich mich ihm wieder ganz zuwandte, zeigte Paul auf meine Kakerlakensammlung.
–Findeste das nicht ekelig?
Das brachte mich zum Lachen.
–Wie meinste das? Die Tiere an sich, nein. Dass es hier davon so viele gibt, ja. Aber in Gläsern sind sie nicht ekliger als lose…
Dann erklärte ich ihm den Zweck dieser Übung. Paul schien erleichtert, dass es sich nicht um einen perversen Tick handelte. Dennoch schien er irgendwie erschüttert davon, dass eine junge Künstlerin, wie er sich

ausdrückte, so lebte. So, wie er das sagte, wollte ich ihm nicht widersprechen. Er war nachdenklich, als er ging, und als ich zwei Tage später auf einen Kaffee in seine Kneipe kam, bot er mir an, in seine Küche zu ziehen. Ich stimmte zu, ich hatte nichts zu verlieren.

Pauls Wohnung lag über der Kneipe und war eng und schlauchförmig. Vorne Diele und Bad, danach die Küche und dahinter ein Zimmer, in das Paul einen Schrank, ein Bett, einen Schreibtisch, seine Anlage, seine Platten und seine Trommelsammlung hineingezwängt hatte. Der eigentliche Wohnraum war die Küche, in der ein Tisch und vier Stühle in der Mitte standen, und unter dem Fenster stand eben jenes Sofa, auf dem ich für die nächsten zehn Monate mein Lager aufschlug.
Wir waren schnell ein eingespieltes Team. Er war als Erster wach, stolperte an meinem Lager vorbei ins Bad. Wenn er zurückkam, setzte er Wasser auf, wovon ich wach wurde. Er verzog sich wieder nach hinten und legte Musik auf. Mein Job war es, den Kaffee zu machen. Ich war froh, dass Paul nicht zu den Leuten gehörte, für die der Tag mit einem guten Frühstück beginnt. Aber es war sehr angenehm, mit ihm am Küchentisch zu sitzen und schweigend Kaffee zu trinken, Lou Reed oder Tom Waits zu hören. Sein Musikgeschmack deckte sich weitgehend mit meinem, auch Paul bevorzugte morgens eher ruhige Sachen. Danach fuhren wir zusammen in die Stadt, wo er seine Einkäufe erledigte. Ich seilte mich anfangs noch ab, um meinen eigenen Geschäften nachzugehen, bis er sich irgendwann entschloss, sich ernsthaft um meine Karriere zu kümmern.
Draußen herrschten Minusgrade, und ich hatte seit Jahren die erste richtige Grippe. Ich selber führte es

darauf zurück, dass ich beheizte Räume nicht mehr gewohnt war. Paul dagegen meinte, ich müsste die Straße auskurieren.

–Ich kenn das, sagte er. Du hältst dieses Leben jahrelang aus, aber wenn du in die Zivilisation zurückkehrst, haut es dich aus den Schuhen. Ich kann dir nicht sagen, welches Leben auf Dauer kränker macht. Aber eins ist klar: dass du im Moment ein bisschen Schonung brauchst und dir nicht unbedingt weiter den Arsch in der Fußgängerzone einfrieren solltest. Von deinen armen Händen und deiner Stimme mal abgesehen…

Um meine Stimme machte ich mir mittlerweile nicht mehr allzu viel Sorgen. Ich war unzählige Male heiser oder erkältet gewesen, aber singen konnte ich fast immer. Was meine Hände betraf, war ich selber schuld. Es war ratsam, sich die Finger dick mit Vaseline einzuschmieren, bevor man sie der Kälte aussetzte. Ich kannte den Trick schon lange, war aber inkonsequent in seiner Anwendung, denn die Vaseline verhinderte zwar, dass einem die Haut aufsprang, aber verschmierte schnell das ganze Griffbrett, mit dem Ergebnis, dass die Gitarre leiser klang und so speckig, wie sie sich anfühlte und aussah. Ich konnte mir nicht ständig neue Saiten leisten, und ich wollte gut klingen, wenn ich in Pauls Kneipe auf der Bühne stand.

Seit dem ersten Gig hatte ich noch zweimal dort gespielt, einmal auf der Tafel angekündigt *(Boy & Her Guitar),* einmal, als ein anderer Künstler abgesagt hatte. Der Schein, den ich von Paul dafür bekam, reichte nicht weit, ebenso wie die amtlichen Zuwendungen, die ich bekam. Ich wollte mich auf keinen Fall von Paul durchfüttern lassen.

–So kommen wir nicht weiter, Boy. Du hast den Willen, du bist begabt, du hast das Feuer, du brüllst dich da draußen für ein paar Groschen heiser, weil du zu stolz bist, dir auf deinem Weg helfen zu lassen. Verdammt, was für eine Verschwendung von Zeit und Stolz und Begabung...

Darauf wusste ich nicht direkt zu antworten. Einerseits hörten sich seine Behauptungen schlüssig und obendrein gut an, aber das alles klang so unwirklich einfach. Ich brauchte nur einzuwilligen und alles Weitere geschehen zu lassen. Aber mir war das zu einfach.

–Paul, ich kann mir nicht so ganz vorstellen, dass so was wirklich so läuft: Eines Tages kommt der Guru, holt dich von der Straße, kauft dir Klamotten und bringt dich groß raus...

Paul sah irritiert und beleidigt aus. Mir taten meine Worte Leid, ich hätte gerne etwas Relativierendes nachgeschoben, aber er war schon voll in Fahrt.

–Du bist nicht nur ein bisschen verdreht, du bist auch auf dem falschen Dampfer. Ich habe nicht vor, dich groß rauszubringen. Selbst wenn ich das könnte, würde ich's nicht wollen. Ich mag dich, aber es geht hier nicht um dich und deine Eitelkeiten. Es geht darum, dass du 'ne vertretbare Bühnenkünstlerin wirst, dass dein Potential nicht einschläft! Du bist gut, aber du hast noch 'ne Menge zu lernen, und das weißt du auch. Zum Beispiel wirst du erst vernünftig Gitarre spielen können, wenn du auch 'ne vernünftige Gitarre hast. Und du bist sehr gut darin, laut zu sein. Aber ich hab dich noch nie leise singen hören. Du willst doch auf die Bühne, oder? Warum greifst du dann nicht nach jedem verdammten Strohhalm, der dir hingehalten wird?

Er hatte Recht, er hatte absolut Recht. Mir blieb nur der konsequente Rückzug.

–Entschuldigung, Paul. Tut mir Leid, was ich gesagt hab.

–Okay, akzeptiert. Also hör zu, was ich meine, ist Fol-

gendes: Ich investiere in die Zukunft der Kunst. Ich sorge dafür, dass du am Leben bleibst, und versuche, dir eine gute Basis zu geben. Dein Job ist es, dich weiterzuentwickeln, zu lernen, zu arbeiten. Bei Gelegenheit werde ich dir hier und da jemanden vorstellen, dann ist es dein Job, gut hinzuhören. Ziel der ganzen Arbeit ist es, dir einen soliden Namen in der richtigen Szene zu machen. Das braucht seine Zeit, aber wenn es funktioniert, können wir damit beide Geld verdienen… Du hilfst mir ja auch schon mal in der Kneipe, also entspann dich mal 'n bisschen, von den paar Happen, die du isst, werd ich nicht ärmer… ist das okay?
Er hielt mir die Hand hin. Ich gab ihm meine, und wir schauten uns ein paar lange Sekunden in die Augen. Dieser Typ brachte mich mit seiner Großmut ständig dazu, mich klein und wehrlos zu fühlen. Er bezog seine Stärke daraus, dauernd im Sinne meines Wohles zu argumentieren. Diese Technik zog bei mir, und das machte mich wütend. Andererseits hatte er mir gerade überzeugend dargelegt, dass meine Gefühle zu ihm keine Rolle spielten; er und ich, wir hatten nur unserer Berufung zu folgen, seine war momentan zu geben und meine war das Nehmen.
–Ist okay, sagte ich.
Ich lag auf meinem Sofa und ließ mir von Paul Kamillentee kredenzen. Ich zog mir die Wolldecke um die Schultern, die er mir gegeben hatte, schloss die Augen und ließ mich ganz langsam absinken in ein Gefühl, das ich mir lange nicht mehr geleistet hatte. Ich fühlte mich geborgen, ich war nicht auf mich allein gestellt, hatte einen Vertrag mit einem andern. Ich hörte Paul durchs Zimmer gehen und Musik auflegen. Dann schlief ich ein.
Als ich am nächsten Vormittag aufwachte, war Paul nicht da. Ich fühlte mich seltsam, bis mir klar wurde,

dass ich seit Jahren nicht so tief geschlafen hatte. Ich stand auf, kochte mir Tee und ging wieder zum Sofa. Als Paul zurückkam, schlief ich schon wieder. Vielleicht hätte ich ihn wieder nicht gehört, wenn er nicht einen großen Koffer getragen hätte, mit dem er schon im Treppenhaus überall anstieß und den er mir nun vor die Füße stellte. Ich bückte mich und ließ die Schlösser aufschnappen.
Es war eine Westerngitarre, eine schwarze, der taiwanesische Nachbau einer Yamaha.

Von alleine hätte ich, nach allem, was passiert war, nie einen Fuß in die *Bluesbüchse* gesetzt. Seit langem mied ich die ganze Szene, war ewig nicht mehr in diesem Viertel gewesen. Es gab keinen Grund, ausgerechnet in diesen Laden zu gehen, und seit ich wusste, dass Paul dort residierte, gab es noch einen Grund weniger. Aber Paul erwischte mich, als ich gerade vom Einkaufen kam.
Von allen notwendigen, aber lästigen Dingen wie Pinkeln, Putzen, Formulareausfüllen, war mir Einkaufen besonders verhasst. Ich musste nur einen Supermarkt betreten und vor einem Regal stehen, in dem 20 verschiedene Sorten von irgendeinem Zeug standen, und ich sollte nun rauskriegen, welches davon ich haben wollte und welches ich mir leisten konnte. Schon fielen mir hundert Dinge ein, mit denen ich mich lieber beschäftigte. Manchmal ging ich einfach wieder raus, an kaum aufblickenden Kassiererinnen vorbei und vertagte den Einkauf.
Wenn ich zwischen den riesigen Regalen gestanden und die Tonnen von Lebensmitteln gesehen hatte, die darin aufgetürmt waren, konnte ich meistens den ganzen Tag nichts mehr essen. Mir war Stunden später noch schlecht, wenn ich an den Geruch dachte, den

diese Einrichtungen haben: Es riecht nicht nach Nahrung, sondern nach dem ganzen Mist, der allem beigefügt ist und der Erde, Wasser, Luft, Pflanzen, Tiere und Menschen vergiftet.
Aber auch in anderen Läden roch es nicht besser, ob es Baumärkte, Kaufhäuser, Boutiquen, Ramschmärkte, Möbelgeschäfte, Elektroläden oder Schuhgeschäfte waren. Je größer die Dinger waren, desto mieser roch es, vielleicht von den Stressschüben der einkaufenden Menschen dort.
Seit jeher hatte ich beim Betreten eines Supermarktes eine leichte Panik empfunden, eine zunehmende Enge zwischen den Regalen und ungeheure Erleichterung, wenn ich wieder auf die Straße trat.
Ich schleppte meine Tüten zur Bahnhaltestelle und wollte mir gerade eine erlösende Zigarette anstecken, als ein mir unbekannter Wagen neben mir bremste und Paul mir die Tür aufhielt.
–Hi Boy, steig ein, ich fahr dich nach Hause. Ich muss nur noch vorher schnell im Laden vorbei.
Auf diese Sätze hätte ich bei klarem Bewusstsein mit Flucht reagiert. Aber an diesem Abend fiel ich fast von selbst in seinen Beifahrersitz, nachdem ich die Tüten auf die Rückbank geworfen hatte. Ich fragte mich kurz, was ich hier tat, dann dachte ich nichts mehr und wartete in einem fahrenden Auto darauf, nach Hause zu kommen.
Es war nicht unangenehm. Paul redete irgendwas über sein Verhältnis zu seiner Vertragsbrauerei, das scheinbar nicht das beste war, und ich sagte ah und ja und döste vor mich hin. Ich schaute nicht auf die Straßen, durch die wir fuhren, ich war nicht neugierig darauf, was sich im letzten Jahr verändert hatte. Als wir einen Parkplatz hatten, sagte ich:
–Bis gleich, Paul. Ich warte hier.

Er schaute mich erstaunt an.
–Quatsch, du kommst mit rein, ich brauch bestimmt zwanzig Minuten, du kannst ja solange was trinken.
Nun war einerseits zwar meine Kehle trocken, aber ich konnte mir andererseits weit Schlimmeres vorstellen, als in diesem Zustand ein paar Minuten in einem Auto zu warten.
Paul hingegen fand mich albern, schaute verletzt, setzte zur Argumentation an, war dabei, mitten auf der Straße lauthals in Richtung Beifahrertür zu debattieren, und ich konnte mir aussuchen, ob ich hier sitzen blieb, während Paul das halbe Viertel zusammentrommelte, oder ob ich mich in der Bluesbüchse in eine Ecke kauerte und hoffen durfte, dass niemand mich entdeckte.
Ich schaute Paul bitterböse an und stieg aus.
Er hakte mich unter und geleitete mich lächelnd an die Theke, wo er das Mädchen hinter dem Zapfhahn anwies, mir jeden Wunsch zu erfüllen, außer, mich gehen zu lassen, bis er zurück sei. Dabei zwinkerte er mir fröhlich zu und verschwand durch die Tür zur Küche.
Ich klebte mich an die hinterste Ecke der Theke, von wo aus ich den größten Teil des Ladens einsehen konnte, ohne selbst auf dem Präsentierteller zu sitzen.
Es war früher Abend, die Szenerie war überschaubar, nichtsdestotrotz war Vorsicht geboten. Mein Gesicht war in diesem Viertel eine Zeit lang freudig registriert worden.
Paul hatte gut daran getan, alles beim Alten zu lassen, als er die Bluesbüchse übernahm. Der Laden hatte den unbezahlbaren Kultstatus. Es handelte sich um eine clevere Mischung aus Musikclub, Bar und Café. Rechts und links vom Eingang befanden sich große, schallisolierte Fenster, dahinter der so genannte Bistrobereich mit sieben Tischen. Links streckte sich eine zehn Meter lange Bar, an der bis zu fünf Leute arbeiteten, an der

gegenüberliegenden Wand war in Stehhöhe eine lange Ablage montiert, an der man auf weiteren Barhockern sitzen konnte. Am Ende der Bar war die Schwingtür zu den Toiletten, davor etwa dreißig Quadratmeter Tanzfläche und am hinteren Ende schließlich die Bühne, schätzungsweise acht Meter breit, fünf Meter tief, solide ausgestattet mit Ton, Licht und Nebelmaschine. Hier waren schon etliche Legenden aufgetreten, was die zum Teil schon vergilbten signierten Poster, Fotos und Instrumente an den Wänden bezeugten. Es gehörte zum guten Ton, hier gespielt zu haben.
Um mir die Zeit zu vertreiben, fing ich an, mir darüber Gedanken zu machen, wie Paul an diesen Schuppen gekommen sein konnte. Es war ein Laden, der etwa vierhundert Leute fassen konnte und mindestens zwanzig Angestellte ernähren musste. Andererseits genoss er den besten Ruf und war vermutlich nicht von roten Zahlen bedroht. Es gab kaum einen Grund, ein solches Etablissement zu verkaufen, und wenn, dann ließ man sich dafür gut bezahlen.
Paul hatte in der Zeit, in der wir uns kannten, nicht viel mit schwarzen Zahlen zu tun gehabt. Ich dachte immer, dass uns ein mangelndes Händchen für Geld gemeinsam war. Ihn als Inhaber der Bluesbüchse wiederzutreffen, zeigte ihn in einem neuen Licht. Je länger ich darüber nachdachte, umso mehr irritierte es mich. Paul musste entweder von seiner letzten Reise ein paar Kilo Koks mitgebracht haben, oder aber er hatte sich verschuldet bis an sein Lebensende. Beides passte nicht zu dem Typen, den ich gekannt hatte.
Das Mädchen brachte mir mein Ginger Ale. Ich bedankte mich mit einem gezwungenen Lächeln und ließ mir Geld für Zigaretten geben. Der Inhaber der Bluesbüchse hatte mich eingeladen, ich hatte keine Hemmungen, ihn bluten zu lassen. Der Zigarettenau-

tomat befand sich hier nicht auf dem Gang zu den Toiletten, sondern im Bistrobereich. Hier war es um diese Uhrzeit belebter als im hinteren Teil des Ladens. Ich beachtete die Leute an den Tischen nicht weiter und hoffte, auf diese Art ebenfalls keine Aufmerksamkeit auf mich zu ziehen. Ich konzentrierte mich voll auf den Zigarettenautomaten, eines dieser hoch technisierten Modelle, an denen man auch mit der Kreditkarte bezahlen konnte, wenn man eine hatte.

Während ich noch rätselte, was ich hier tun musste, um für Geld Zigaretten zu bekommen, bekam ich zwangsläufig den Ausschnitt eines Gespräches mit, das am nächsten Tisch geführt wurde.

Der Junge wunderte sich über die Preise im Laden.

–'n Fünfer für 'n Bier is echt übertrieben…

Ich fummelte die Münzen in den Geldschlitz und wartete auf weitere Anweisungen auf dem grünen Display, als das Mädchen am Tisch das Wort übernahm.

–Wir sitzen auch nicht in irgendeinem Schuppen, wir sitzen in DEM ANGESAGTEN SCHUPPEN, wo wir die Chance haben, WICHTIGE LEUTE zu treffen. Wenn hier die Getränke zu billig sind, kommen zu viele Leute, und die WIRKLICH WICHTIGEN bleiben weg, klar? Wenn man sich aber regelmäßig blicken lässt, GEHÖRT man irgendwann DAZU, das ist 'ne… Investition, verstehste das nich'…?

Ich wählte die Nummer der gewünschten Sorte und bekam nach einer kurzen Bedenkzeit des Computers meine Zigaretten in den Schacht gespuckt. Dass ich mich beim Herausnehmen bücken musste, dagegen hatten sie noch nichts erfunden.

Als ich mich umdrehte und meine ruhige Ecke ansteuerte, streifte mein Blick den Gitarrenkoffer, der neben dem Jungen an den Tisch gelehnt stand, und den Jungen, der von den Argumenten des Mädchens nicht

überzeugt schien. Wenn er gerade ausrechnete, wie viele Biere er hier mit einem Scheck vom Amt trinken konnte, hatte er allen Grund, an den Karriereplänen zu zweifeln. Er würde hoch verschuldet sein und erwachsene Kinder haben, bevor ihm hier um diese Uhrzeit WIRKLICH WICHTIGE LEUTE begegneten.
Ich floh auf meinen Platz am Ende der Bar.
Es war mir schon öfter aufgefallen: In letzter Zeit trugen viele Menschen Gitarrenkoffer mit sich herum. Und offensichtlich nahmen sie sie in ANGESAGTE SCHUPPEN mit, um damit gesehen zu werden. Ich fühlte mich unangenehm an mich selbst erinnert.
Ich hatte damals nicht allzu viel Geld in Getränke investiert, ließ mich hemmungslos einladen. Wo man mich singen ließ, wurde ich immer eingeladen, und wo man mich nicht einlud, ließ man mich auch nicht singen, wie ich schnell feststellte. In der Bluesbüchse hatte ich höchstens zwei- oder dreimal aus beruflichen Gründen gesessen, und dann und wann hatte ich ein Konzert besucht, das Kollegen hier gaben. Ich hatte wohl mehr Biss gehabt hatte als der Junge am Bistrotisch und mehr Stolz als seine Begleiterin. Aber das gab mir kein Recht, mich über sie zu stellen, mir kam auf einmal der schreckliche Gedanke, dass ich für diese Erscheinungen mitverantwortlich war, dass ich zu den Leuten gehörte, die sie dazu anstifteten, ihre Zeit zu vergeuden, Bier für einen Fünfer zu trinken und von der Bühne zu träumen, die sich unerreichbar im gleichen Raum befand.
Ich drehte mich auf meinem Barhocker zur Bühne hin, die mit den üblichen schwarzen Tüchern ausgekleidet war. Sie hatte blaue Samtvorhänge, die wahrscheinlich nie heruntergelassen wurden, aber einen sympathischen Hauch von Theaterkitsch brachten. Es gab eine Lichtleiste oben und eine zu Füßen, wo vier Monitor-

boxen in Bereitschaft standen, es gab vier Boxen, die laute und leise Musik im ganzen Laden gut hörbar machten, zusätzlich zu den zwei Türmen, die vorne standen. Es war die perfekte Bühne. Ich war froh, dass ich sie nie betreten hatte. So passte sie zu mir.

–Schöne Bühne, hm?

Ich zuckte nicht sichtbar zusammen, aber ich war doch erschrocken, als ich Pauls Stimme hinter mir hörte. Ich wusste nicht, worauf er hinauswollte und gab ein Geräusch von mir, mit dem ich nichts Bestimmtes sagen wollte.

–Wir sind auf ein halbes Jahr ausgebucht, aber ich suche noch Vorgruppen…

–Können wir gehen, biste fertig?

–Was ist, willste nicht mal mit mir rundgehen?

–Du hast gesagt, du bringst mich nach Hause. Wenn du nicht willst, komme ich auch alleine dahin, aber ich werde mich jetzt aufmachen…

Paul schwenkte unverzüglich um.

–Ein andermal. Versprochen?

Ich war bereit, ihm alles zu versprechen, um aus diesem Laden wegzukommen. Oder vielmehr, fast alles.

Auf der Fahrt zu meiner Hütte hatte ich Gelegenheit, zur Abwechslung ihn zu löchern.

–Wie kommst du eigentlich zu, ich zitiere eine Besucherin, DEM ANGESAGTEN SCHUPPEN?

Paul lächelte verwundert. Er zögerte kurz, bevor er antwortete:

–Schmeichelhaft, aber ich glaube kaum, dass die Frau wusste, von was sie redet…

–Ich würde's auch nicht so formulieren, aber in der Sache hat sie nicht Unrecht. Wie kommt ein Zigeuner wie du zu diesem etablierten Laden?

Er warf mir einen erfreuten, amüsierten Seitenblick zu, zögerte aber wieder mit der Antwort. Offenbar wog er

ab, wie viel und was er mir erzählen wollte. Ich ließ ihm alle Zeit, die er brauchte.
–Wo sich Zigeuner ansiedeln, investieren andere nicht mehr..., sagte er schließlich. Als ich nichts darauf erwiderte, sprach er langsam weiter.
–Die schicke Halbwelt hat ihre Zelte abgebrochen, als abzusehen war, dass die goldenen Tage vorbei sind. Sie haben versucht, den Laden teuer zu verkaufen, aber sie haben zu lange gewartet, mit anderen Worten, am Ende haben sie einfach an den nächsten Spinner verkauft, der sich gemeldet hat..., das war ich.
–Der Laden sieht nicht aus wie ein sinkendes Schiff..., gab ich zu bedenken.
–Das ist nicht nur mein Glück, sondern die einzige Chance, die wir haben, ich und die sechzehn Leute, die davon leben...
Wieder schwiegen wir, dann sagte Paul noch:
–Das meiste Geld musste ich dafür berappen, dass ich den Namen weiterführen darf, verstehst du jetzt, was ich meine?
Ich verstand genau, was er meinte. Es war der grundsätzliche Unterschied zwischen Schein und Sein und die seltsamen Wege, auf denen sich beide beeinflussten.
Paul hatte ein sinkendes Schiff gekauft und versuchte jetzt, die Party an Deck so lange wie möglich weiterzufeiern. Vielleicht träumte er sogar davon, in der Zwischenzeit das Leck zu reparieren und den Kahn wieder flottzumachen. In jedem Fall nahm er einen Fünfer für ein Bier und eine Legende, die offenbar noch herumgetratscht wurde, aber mit der Zeit versickern würde. Er nahm am Ausverkauf der Träume teil. Ich war weit davon entfernt, ihm das zum Vorwurf zu machen.
–Verstehe, du versuchst, ’ne gute Sache zu schmeißen,

und es wird immer schwieriger, dabei niemanden über den Tisch zu ziehen.

Er reagierte überraschend heftig:

–Es war noch nie einfach, aber darum geht es nicht. Es geht um die Angestellten und ihre Familien, und es geht vor allem um einen guten Laden mehr, der vor die Hunde geht, weil er sich nicht rechnet. Verstehst du, Boy, diese Kämpfe, die ich führe, die sind eine Sache zwischen mir und dem *System.* Dass ich damals zugemacht habe, das hat nicht so viel mit dir zu tun gehabt, wie du vielleicht denkst. Du bist zwischen die Fronten geraten, gewissermaßen, aber eigentlich ging es ums Prinzip: Sie schließen einen Laden mit einem guten Programm immer wieder wegen Lärmschutz oder Toilettenkapazität oder irgendeiner scheiß Bauvorschrift. Aber was sie im Grunde genommen machen: Sie drücken den kleinen Kulturforen den Hals zu. Damit machen sie langsam eine ganze Lebenskultur platt... Wie komm ich jetzt zu dir?

–Nach der Ampel rechts und dann immer geradeaus, sagte ich, dankbar für die letzte Frage. Seine Ansprache traf mich unvorbereitet und berührte mich doppelt: Zum einen hatte ich hier den alten Paul vor mir, den ich gekannt hatte, und ich freute mich wirklich, dass sein Feuer munter brannte, egal wie die Fassade wirken mochte. Zum anderen war ich geradezu erschüttert vor Dankbarkeit darüber, dass er mit einem entspannten Halbsatz den Felsen weggewischt hatte, der in seiner Gegenwart auf meiner Seele gelastet hatte, und ich lauschte noch einmal dem fernen Poltern nach: *Dass ich damals zugemacht habe, das hat nicht so viel mit dir zu tun gehabt, wie du vielleicht denkst,* das klang so einfach, so erleichternd, dass ich heftig blinzeln musste und froh war, dass Paul mit seiner Grundsatzrede fortfuhr:

–Oder jetzt, im aktuellen Fall, da macht ein Laden mal zwei Jahre nicht noch mehr Umsatz als im Vorjahr, und schon beschließt man, dass die Sache gestorben ist, und schleust das schicke, dekadente Pack zum nächstgrößeren In-Schuppen. Es freut mich zu hören, dass die Botschaft beim Volk noch nicht angekommen ist, aber wir sind out. Ich will die Leute nicht über den Tisch ziehen. Ich hoffe nur, dass sie weiter kommen werden, weil wir ein gutes Programm haben, egal, wie hip wir gerade sind und ob Herr Wichtig auch seine Cocktails bei uns schlürft..., ich will Lebensqualität erhalten, verstehst du, wie ich das meine, Boy?
Nun konnte ich ihm wieder antworten, und ich trug mein Herz auf der Zunge.
–Versteh ich, Paul. Du bist 'n guter Typ, echt. Da vorne musste links rein.

Als sie damals Pauls Kneipe schlossen, hatten sich unsere Wege bereits getrennt. Aber ich hörte selbstverständlich davon, und die Anwohnerbeschwerden, auf die die ganze Sache zurückging, stammten noch aus meiner Zeit. Soweit man mir erzählte, hatten die Behörden das Treiben eine Weile verfolgt und dann mit dem vollen Programm zugeschlagen: Bauvorschriften, Emissionsgesetz, Steuerhinterziehung, Veranstaltungen ohne Konzession (sie war beantragt, aber es kam nie zur Genehmigung), Anzeigen wegen nächtlicher Ruhestörung. Er schien mit einem blauen Auge davongekommen zu sein, aber die Kneipe blieb geschlossen. Als sich der Ärger angebahnt hatte, war ich mittendrin gewesen, bekam aber kaum etwas davon mit. Mir war anderes wichtig.

Die Kneipe war praktisch mein Wohnzimmer, in dem ich oft vor einer Hand voll Leute gespielt hatte, das aber in letzter Zeit immer voller wurde, in dem sich manchmal fünfzig, sechzig Menschen um das Podium drängten, auf dem ich sang. Es gab Abende, an denen keiner mehr durch die Tür passte, Abende, an denen eine Menschentraube auf der Straße vor der Tür hing. Paul warb um Verständnis dafür, dass die Tür geschlossen bleiben musste, aber er konnte letztlich nicht verhindern, dass die Leute auf der Straße feierten.
Und wo war eigentlich das Problem? Wir befanden uns im Künstlerviertel, es gab überall Kneipen, einen Block weiter lag die Meile mit den großen Läden, das *DJungle,* das *Metropol* und die *Bluesbüchse.* Die Straßen waren am Wochenende praktisch rund um die Uhr bevölkert. Wen hätte es stören können, wenn sich vor unserer Tür ein paar Leute stauten?
Ich selbst stand an diesen Abenden fernab von allem unter der Besten Aller Drogen, der konzentrierten, selbstverständlichen Aufmerksamkeit eines Publikums.
In dieser Zeit spielte ich schon verstärkt. Meine Gitarre war mit einem Pick-up bestückt worden, und ich entdeckte gerade die ersten Spielereien mit Effekten und Mikrophon. Wir machten auch ein paar Mitschnitte über Pauls Anlage, über die ich meine Musik wie von außen hören konnte. Mein Gitarrenspiel war noch nicht so souverän, wie ich es mir wünschte, ich begnügte mich damit, meine Stimme sauber zu begleiten, aber das Mikrophon hatte es mir schnell angetan. Mir fiel auf, dass die Leute sich nicht so sehr um saubere Töne scherten wie um die Intensität meines Vortrages. Ich gewöhnte mir an, die Augen zu schließen und in meine Stimme hineinzukriechen, bis ich anfing zu glühen und mir meine Mimik entglitt. In solchen Momenten wusste ich, dass es gut war.

Ich trat jeden zweiten Samstag unter diese zwei Scheinwerfer und zelebrierte mit einem wachsenden Publikum einen harmlosen Ritus, bei dem mir die ehrenvolle Aufgabe zuteil war, zu singen und meine Seele zu entblößen.

Es geschah etwas Großes und Schönes, ich schaute in leuchtende Gesichter, wenn ich mich umsah. In dieser Atmosphäre schien es unwirklich, dass es Kräfte gab, die dem ein Ende machen wollten.

Solange ich bei Paul engagiert war, hatte ich immer dieselbe Gage bekommen. Der Schein, den ich mir am Ende eines jeden Abends an der Theke abholte, war vergleichsweise großzügig berechnet. Ich lernte später brillante Musiker kennen, die seit Jahren für Getränke spielten. Deswegen spielte ich bei Paul immer für einen Schein, auch später, als ich seinen Umsatz steigerte, als er anfing, Eintritt zu nehmen (die Besucherzahlen sanken kurzfristig, stiegen aber wundersamerweise auch wieder). Der Rest des Erlöses ging zum Teil in Pauls Schmiergeldkasse für die Konzession, zum anderen kauften wir davon technisches Zubehör. Es herrschte eine Verbundenheit zwischen uns, die nur über ein gemeinsames Ziel entsteht. In diesem Fall war das Ziel, mich als Künstlerin zu etablieren.

Ein paar Mal kam es vor, dass andere Veranstalter vorbeikamen und mich buchen wollten. Ich verwies sie an Paul, der die Reputation, die das Angebot bringen konnte, mit einer entsprechenden Gagenforderung abwog. Umsonst vermittelte er mich nie. Für ihn war das eine Frage des Prinzips.

–Die sollen sich gar nicht erst daran gewöhnen, dass sie Künstler umsonst kriegen. Kunst ist schnell nichts mehr wert, wenn sie nix kostet.

Für mich waren diese Formulierungen neu. Ich war immer freiwillig bezahlt worden, den Launen und der aktuellen Finanzlage meines jeweiligen Publikums ausgeliefert. Ich hatte auch schon mit den Zähnen geknirscht, wenn die Spenden allzu zögernd flossen, speziell an Tagen, wo ich sie dringend brauchte, und wenn ich mich wirklich ins Zeug gelegt hatte. Der Silberling eines Zuhörers war eine Form des Respekts.

Ich war froh, dass Paul sich als Manager betätigte. Wenn ich einen Auftritt hinter mir hatte, war ich meistens verschwitzt und leicht verwirrt, mein Adrenalinspiegel sank schlagartig, und plötzlich sehnte ich mich nach Ruhe. Die Menge von Leuten, die mich auf der Bühne mit konzentrierter Aufmerksamkeit getragen hatte, zerbröselte in einzelne Personen, sobald ich aus dem Rampenlicht und von meinem Podest trat. Ich wäre gern einfach nur in der Menge untergetaucht, um zu verschwinden, aber ich stand nun zwischen vielen Einzelnen, die mir zulächelten, den Daumen zeigten und mich am Arm fassten, mir Komplimente zuraunten, mir zuprosteten und es darauf anlegten, ein Gespräch zu führen.

Das waren die Momente, in denen ich meine letzten Kräfte zusammennahm. Diese Leute hatten mir gerade eine Dosis der Besten Aller Drogen verschafft. So lächelte ich tapfer und bedankte mich für all die freundlichen Worte und Gesten, während ich mich langsam in Richtung Küche vorarbeitete, wo ich schließlich mit einem letzten entschuldigenden Winken hinter der Tür mit der Aufschrift PRIVAT verschwand. Diesen Weg hinter mich zu bringen, war eine anstrengendere Übung als der ganze Auftritt.

In solchen Momenten über Geschäfte zu reden, war für mich ein Ding der Unmöglichkeit. In meinem geschwächten Zustand hatte ich ohnehin Schwierigkeiten, meinen eigenen Wert zu empfinden. Ich hatte das Gefühl, für alles dankbar sein zu müssen, und war weit

davon entfernt, irgendwelche Forderungen für angebracht zu halten. Deshalb war ich heilfroh, dass ich die Geschäftsleute zu Paul schicken konnte.
Anders war es mit den Journalisten. Paul hatte mir eingeschärft, wie wichtig dieser Berufszweig für unsere Sache war. Man konnte froh sein, wenn sie Interesse zeigten, man konnte sich glücklich schätzen, wenn sie etwas schrieben, man hatte unter allen Umständen einen kooperativen Eindruck zu machen.
Einmal kam eine Frau von einem Stadtteil-Blättchen. Sie war vor meinem Auftritt gekommen und auch wieder gegangen, nachdem sie ein Foto geschossen und mit einem distanzierten Gesicht ein paar Fragen gestellt hatte. Ich machte das alles mit, posierte mit der Gitarre vor der Theke, beantwortete ihre Fragen gewissenhaft, schenkte ihr versuchsweise ein Lächeln (es wurde nicht erwidert). Kurz, ich verhielt mich so, wie Paul mir empfohlen hatte, obwohl mir die ganze Situation nicht gefiel. Am Montagmorgen hatte Paul die Ergebnisse vorliegen.

OBDACHLOSE SINGT JETZT DRINNEN
Sie nennt sich Boy und wirkt etwas verwahrlost, aber sie hat ein neues Zuhause gefunden: die 25-jährige Sängerin, die drei Jahre auf der Straße bettelte, fand ein neues Zuhause bei Paul N. und auch gleich eine Bühne in seiner Kneipe …
–Findest du mich auch VERWAHRLOST, Paul?
–Ach komm, die brauchen eben was zu schreiben, das darfste nicht so eng sehen …
Sie hat das Zeug zur großen Künstlerin, behauptet der 54-Jährige, der seinen Schützling vor einem Jahr von der Straße holte …
–Steht da EIN WORT über meine Musik? Ansonsten brauchste nich' weiterzulesen.

–Hm …, warte mal, ja, hier: *neben bekannten Folksongs hat Boy auch eigene Stücke im Programm …*
–Das war's?
Paul machte eine entschuldigende Geste und ließ die Zeitung sinken.
–Vielleicht sollte ich 'ne andere Geschichte erzählen, sonst bin ich immer nur die Pennerin mit Gitarre, was denkst du?
–Ich denke, 'ne bessere Geschichte als deine gibt es nicht.

Der zweite Journalist, der kam, schrieb eine Reportage über die Kleinkunstbühnen der Stadt. Er kam schnell ins Gespräch mit Paul und ignorierte mich weitgehend. Ich tat nichts, um auf mich aufmerksam zu machen, und verzog mich, sobald wir die Höflichkeiten absolviert hatten. Mit Paul schien er sich gut zu verstehen, er blieb den ganzen Abend und trank Hochprozentiges auf Kosten des Hauses.
Als ich meinen Auftritt hinter mir hatte, sah ich ihn mit gerötetem Gesicht zwischen der Stammkundschaft sitzen. Vermutlich waren sie bei ihren Revolutionsgeschichten. Startbahn West. Brockdorf. Typen in diesem Alter hatten alle die gleiche Vergangenheit, wenn sie sich unterhielten, fanden sich immer gemeinsame Bekannte oder der Schauplatz eines Geschehens, bei dem jeder mitgewirkt hatte.
Paul versuchte, mich mit seinem Blick in die Runde zu dirigieren, aber ich hielt mich stur an die Tür, hinter der die Erlösung wartete, ein kühler, dunkler, stiller Hausflur, ein Joint, ein Küchensofa.
Kurz bevor ich sie erreichte, legte sich ein sanfter, unerbittlicher Arm um meine Schultern, und Paul raunte an meinem Ohr:
–Komm, ein Glas wirste jetzt noch mit uns trinken …

Er drehte mich um und steuerte mit mir auf den harten Kern zu, in dessen Mitte ein reichlich angeschlagener Reporter versuchte, mit Winnie ein Gespräch zu führen, was eine zwecklose Übung war, denn Winnie praktizierte nur eine Gesprächform, die des Monologs. Er war Schauspieler, Theaterschauspieler mit Brief und Siegel, aber seit vielen Jahren ohne Engagement. Die einzige Bühne, die ihm geblieben war, war Pauls Tresen. Die Menschen, die er dort traf, waren für ihn Publikum, nur einige erlesene Leute, die es geschafft hatten, in sein Bewusstsein vorzudringen, hatten die Ehre, ihm als Stichwortgeber zu dienen. Der Reporter kam nicht weiter als zum Luftholen, da ging schon der nächste Theaterdonner auf ihn hernieder. Mit einer konzentrierten, langsamen Hand griff er in Richtung Glas.

–Paul, der Typ ist völlig hinüber…

–Umso besser, du weißt doch, wie das läuft…

–Ich habe keine Ahnung…, setze ich an. Ich war sauer, er wollte mich nötigen, das Äffchen zu geben, er hatte mich schon an den Tisch gezogen.

Die Jungs begrüßten mich lauthals, der eine oder andere erhob sich sogar ansatzweise, um mir ein suffsaures Küsschen auf die Backe zu drücken, und selbst Winnie unterbrach seinen Monolog, um mir mit der Andeutung eines Lächelns zuzunicken, und das, das schmeichelte mir dann doch so sehr, dass ich meine Wut auf Paul vergaß. Man zog einen Stuhl heran und rutschte herum, um mir Platz zu machen. Man brachte mir Mineralwasser, prostete mir zu (Besauf dich nicht!), man gab mit mir an. Mir wurde angenehm warm. Seit vielen Monaten sahen wir uns praktisch jeden Abend. Jeder Einzelne von ihnen hatte mir irgendwann schon väterlichen Ratschlag zukommen lassen. Ich hatte mir alle ihre Geschichten angehört. Ich nickte zu ihren Belehrungen, ließ mir ihre alkoholschweren Arme um die Schultern hängen, ich half ihnen oft auf die Straße hinaus und übergab sie dem Taxifahrer. Diese Typen hatten mich mit der Zeit allesamt adoptiert. Ich hatte allen Grund, mich in ihrer Runde wohl zu fühlen, ob nun ein Journalist am Tisch saß oder nicht, ein Journalist im Übrigen, dem ich momentan nicht zugetraut hätte, seinen eigenen Namen zu schreiben.

Die Reportage erschien zwei Wochen später. Sie enthielt ein flammendes Plädoyer für den Erhalt unabhängiger Kulturkneipen, das letztendlich von Paul stammte, ohne dass er zitiert worden wäre. Immerhin handelte eine kurze, lobende Passage von Pauls Laden. Mein Auftritt kam nicht darin vor. Paul meinte, das Thema wäre gut behandelt.

–Da verkauft einer deine Worte als seine eigenen. Ärgert dich so was nicht?

–Es ist die Wahrheit, sagte Paul, da sollte man kein Copyright drauf erheben.

Der dritte Journalist kam nicht im Dienst und stellte sich nicht vor, aber er war mir schon vor dem Auftritt aufgefallen, wie jedem im Laden. Er war vielleicht Anfang dreißig und trug einen teuren Anzug. Ein jüngerer Kerl, der so aussah, als hätte er einen guten Job, so etwas sah man hier selten. Pauls Gäste waren zum größten Teil in seinem Alter und wenn sie gute Jobs hatten, sah man es ihnen nicht an.

Zum anderen hatte er eine langbeinige Schönheit im Schlepptau, mit hohen Schuhen und Seidenstrümpfen, tiefem Ausschnitt und allem Drum und Dran, und so ein Mädchen war in diesem Etablissement wahrhaftig Aufsehen erregend.

Pauls Kneipe war kein Musterbeispiel für die Gleich-

wertigkeit der Geschlechter. Bei meinen Auftritten kamen mittlerweile auch mehr Frauen, aber an normalen Abenden lag die Quote bei fünf Prozent. Frauen, die so aussahen, als wären sie einer Champagnerwerbung entsprungen, verirrten sich so gut wie nie hierher.
Die Stimmung im Laden hob sich sichtlich. Die Typen schwirrten herum, redeten lauter, tranken schneller, glotzten sich die Augen aus. Ich machte mir Gedanken darüber, wie diesem Mädchen wohl zumute war, dem ständig alle auf die Titten starrten.
Ich beobachtete sie. Sie lachte, schüttelte die Mähne, wechselte die Stellung ihrer Beine auf dem Barhocker und klimperte mit den Augen. Sie schien sich wohl zu fühlen, und tatsächlich, sie hatte Grund dazu, auch sie hatte einen Weg gefunden, an die Beste Aller Drogen zu kommen.
Als ich an diesem Abend auf das Podest trat, machte ich mir zum ersten Mal seit langem Gedanken darüber, wie ich aussehen mochte. Eigentlich hatte ich keinerlei Vorstellung davon.
Für einige Minuten verunsicherte mich das, und als ich anfing zu spielen und zu singen, war ich nicht bei der Sache und fand das Tempo nicht. Ich quälte mich durch den ersten Song und wurde tiefrot vor Scham, als mein Publikum nach dieser schlechten Darbietung brav applaudierte.
Ich änderte mein Programm kurzerhand und spielte *Humility*, eine schräge, harte Nummer, mit der ich ins Grooven kam und deren wütender Text es mir möglich machte, meine Unsicherheit abzuschütteln und mich in etwas hineinzusteigern:

Why should I respect you
you've never been crawling
you expect me rehearsing humility
I expect you falling

Ich starrte zornig über die Köpfe der Leute hinweg und spuckte einem fiktiven Gegenüber meine Beleidigungen ins Gesicht. Als der letzte Akkord verklang, fühlte ich mich besser. Ich achtete nicht auf den Applaus und fing direkt mit dem nächsten Stück an, bei dem ich die Augen schloss und mich aufs Singen konzentrierte.
Als ich die Augen wieder öffnete, stand der Typ im Anzug in vorderster Linie und klatschte.
Bei meinem nächsten Auftritt war er wieder da, diesmal ohne das Mädchen.

Er hieß Ron und war freier Nachrichten-Journalist. Er hielt meine Stimme für eine Sensation, soweit ich ihn verstand, konnte aber selber wenig für mich tun. Aber er kannte jede Menge Leute und wollte mich gerne etwas herumreichen.
Sein Gesicht war mir zu glatt und zu gebräunt, aber seine hübschen Augen schienen mir weder von Problemen noch von Hintergedanken getrübt. Ich willigte ein, zu einer Party mitzukommen.
Er fuhr tatsächlich einen Sportwagen. Er holte mich am frühen Abend ab und schlug vor, noch etwas zu essen. Die Wahl des Restaurants überließ er mir. Ich lotste ihn zu Pino, bei dem es die beste Pizza der Stadt gab. Pinos Bude lag in der Altstadt, unweit der Fußgänger-Meile.
–Ciao, bella, come stai? Dov'è la chitarra?
Ich hatte hier monatelang mindestens eine Mahlzeit am Tag eingenommen.
–Ciao, Pino, gut siehst du aus.
Pino hatte in meinem Geburtsjahr seinen Straßenverkauf eröffnet, und seitdem hatte sich weder an den Preisen noch an der Qualität viel geändert. Meine Theorie dazu war, dass er seit 25 Jahren nicht aus seiner Bude herausgekommen war und die Entwicklungen der Welt nicht mitbekommen hatte. Er war zwar immer

blass, und seine Augen waren halb geschlossen, aber seine Hände drehten in unvermindertem Tempo den Pizzateig, jonglierten Kellen mit Tomatensoße, griffen in Töpfe mit Pilzen, Oliven und Käse, in die Kasse, und dann wieder blind in die Kulisse, um einen Ofen aufzureißen oder sich einen Pappkarton zu schnappen. Pino war eine Show für sich. Ich fragte mich, ob Ron ihn auch sah, den magischen Pizzabäcker. Seinem Gesicht konnte ich nichts entnehmen, weder Ungeduld noch Begeisterung. Als er merkte, dass ich ihn anschaute, lächelte er strahlend. Wir schlenderten mit unseren Kartons durch die Altstadt und verbrannten uns die Finger an der besten Pizza der Stadt. Ron stellte mir eine Menge Fragen, und ich erzählte ihm meine Abenteuergeschichten. Aus seinen Reaktionen konnte ich eine Menge Rückschlüsse ziehen.

Er war reich geboren und so klug gewesen, seine Chancen zu nutzen. Er hatte das selbstsichere Auftreten von jemandem, der mit Erfolg und Bildung gesegnet ist, der immer die Wahl gehabt und stets vernünftig entschieden hatte. Zudem war er ein wirklich sympathischer Kerl, bedacht darauf, dass sich jedermann in seiner Gegenwart wohl fühlte. Er war gewöhnt, jede Frau zu kriegen und hatte offenbar keine Hemmungen, das auszunutzen.

Was er von mir wollte, war mir zunächst schleierhaft. Aber er kam mir nicht nur harmlos vor, sondern tatsächlich eher angenehm. In einem sorgfältig verborgenen Eckchen meiner Seele schmeichelte mir sein Interesse.

Die Party fand in einer geräumigen Altbauwohnung statt. Ron eilte von dieser Gruppe zu jener, nahm Küsschen entgegen und animierte die Leute, meine Hand zu schütteln. Die Hände, die ich zu fassen bekam, fühlten sich alle sehr gepflegt an und ließen jeden

Druck vermissen. Nach zwei Minuten fühlte ich mich bereits unwohl. Die Gerüche und Gesten dieser Menschen waren mir fremd, und auch ich musste befremdlich wirken für meine Umgebung: Ich trug Jeans mit einem Lappen ums linke Knie und ein New Model Army-T-Shirt, das beste meiner Sammlung. Ohne Gitarre fühlte ich mich fehl am Platz, ohne meine Jacke, die an der Garderobe hing und in der sich mein halber Haushalt befand, fühlte ich mich fast nackt, und dennoch, wenn ich mir die Frauen um mich herum so anschaute, kam ich mir eher vermummt vor. Sie alle hatten eine tadellose Körperhaltung, blitzende, gerade Zähne und eine Haut wie Samt. Sie tranken Sekt und bewegten sich souverän auf ihren hohen Absätzen und in ihren Mini-Kleidern.

Ich drückte mich mit einem Glas Orangensaft an der Wand entlang und versuchte, im Boden zu versinken, bis Ron auftauchte und mich zum nächsten Grüppchen zerrte.

Diesmal waren es ältere Leute, etwas weniger strahlend, aber nicht minder elegant. Sie gaben mir alle die Hand und lächelten höflich, aber sie konnten mir nichts vormachen. Ich nahm die Irritation deutlich wahr, die kurz um ihre Mundwinkel zuckte, Bruchteile von Sekunden, bevor sie sich wieder im Griff hatten. Ich suchte nach einer Möglichkeit, Ron mitzuteilen, dass ich leider gehen musste, aber er ließ mir keine Chance.

–Jakob, darf ich dir Boy vorstellen, die junge Sängerin, von der ich dir erzählt habe… Boy, das ist Jakob, ein sehr guter Freund von mir…

Ich fühlte eine große, raue Hand, die sich um meine legte und sie kräftig drückte. Ich schrak aus meinen Fluchtphantasien hoch und nahm einen riesigen alten Mann wahr, der meine Hand festhielt, und mich mit

bohrenden braunen Augen fixierte. Er sah nicht im Mindesten irritiert aus, zeigte lediglich ein knappes Lächeln, während sich sein Blick weiter durch meine Augen direkt in mein Gehirn fräste.
–Boy…, sieh mal an, sagte er.
Seine Stimme war tief und ebenso Ehrfurcht gebietend wie seine ganze Erscheinung.
–Hi…, Jakob, stammelte ich.
Er ließ meine Hand los, aber ich war unfähig, mich zu rühren. Dann drängelte sich ein Mädchen mit vollen Gläsern an der Seite vorbei, und er wendete sich von mir ab, um ihr Platz zu machen. Ich nutzte meine Chance und verschwand im Gedränge. Ich stellte mich an ein Fenster, zündete mir eine Zigarette an und hoffte, einigermaßen beschäftigt auszusehen. Ich überlegte, ob ich nach draußen gehen sollte und den Joint rauchen, der sich in meiner Jacke befand. Ob der Abend sich dadurch erträglicher gestalten, oder ob ich mir die Atmosphäre dann erst recht zusetzen würde.
–Glaubst du an Magie?
Ich fuhr herum. Jakob stand neben mir. Er schaute mich nicht an, vielmehr schaute er versonnen in sein Glas, aber seine Frage war an mich gerichtet, jemand anders stand nicht bei uns. Ich musterte ihn von der Seite. Er hatte schlohweiße Haare und eine etwas gebeugte Haltung. Dieser mächtige alte Mann war zu mir gekommen, weil er meine Meinung hören wollte. Ich gewann nicht nur an Sicherheit, ich fand mich plötzlich in einem wahrhaftigen Gespräch wieder.
–Klar, ich bin Musikerin. Ich praktiziere Magie.
Er nickte langsam, als würde er sorgfältig über diese Antwort nachdenken.
–Gut, sagte er. Du bist ein helles Mädchen.
Plötzlich hatte ich das Bedürfnis, meine Karten auf den Tisch zu legen und zu sehen, wie er reagieren würde.

–Naja, sagte ich, ich bin von der Straße …
Er trank ruhig sein Glas aus, dann spürte ich, wie er mir seine riesige Pranke ins Genick legte. Er zog mich heran und schaute mir wieder in die Augen, und sein Blick kam mir nicht mehr ganz so bohrend vor.
–Willkommen im Club, mein Kind, sagte er, … das sind wir alle …
Dann ließ er mich los und ging mit seinem leeren Glas davon.

–Dein Freund Jakob, fragte ich Ron später, was ist der, ein Schamane?
Er hatte mich schließlich von der Party erlöst, unter der Bedingung, dass wir bei ihm noch einen Kaffee trinken würden. Seine Wohnung war kleiner, als ich gedacht hatte, aber erwartungsgemäß blitzsauber und geschmackvoll eingerichtet. Er hantierte gerade an einer aufwendigen Espressomaschine, während ich meinen Joint rauchte. Nun hielt er inne und lächelte mich erstaunt an.
–Gar nicht so falsch. Er schreibt Kinderbücher. Wie findest du ihn?
–Respekt einflößend.
–Er war begeistert von dir. Ein sicheres Zeichen mehr, dass ich mich um dich bemühen sollte. Er kennt mich gut, er hat mich schon auf den Knien geschaukelt. Er hat meine Freundinnen nie sehr gemocht.
Die Atmosphäre zwischen uns war mittlerweile eindeutig. Ich hörte das Staccato einer hellen Jazztrompete, von fern die Frauenstimme *I noticed you around,* aber ich stocherte erst noch im Vortext.
–Du bist dir im Klaren darüber, sagte ich, dass ich nicht das Mädchen bin, das du brauchst. Ich bin ziemlich das Gegenteil davon.
Er sah amüsiert aus.

–Was brauche ich denn deiner Meinung nach für ein Mädchen?
–Na, eine aus deiner Welt. Die mit einem Sektglas in der Hand auf hohen Schuhen nette Gespräche führen kann und dabei zufrieden aussieht.
Ron kriegte sich nicht mehr ein vor Lachen.
–Du bist hinreißend, sagte er.
Er machte keinen Hehl daraus, dass er von mir fasziniert war. Ich war davon nicht mehr ganz so verunsichert, ich hatte durchaus eine Interpretation für sein Interesse, und ich versuchte mich in weiteren Vorbehalten.
–Du findest mich im Moment spannend, aber du wirst schnell merken, dass ich nicht besonders kompatibel bin …
Er war fast zehn Jahre älter als ich, aber in diesem Augenblick fühlte ich mich ihm weit überlegen.
Dann nahm ich wahr, wie rettungslos verliebt und abseits jeder Vernunft er mich anstarrte, und meine Überlegenheit verschwand spurlos. Er küsste mich, mir wurde heiß, und als er mich aus den Jeans pellte, hatte ich schon jede Kontrolle verloren.

–Wie bist du Glückskind an diese Wohngelegenheit gekommen?, fragte Paul.
Wir lagen vor meiner Hütte in der herbstlichen Nachmittagssonne, ich auf einer Decke, Paul auf meiner Campingliege, und rauchten einen Joint. Er war in letzter Zeit öfter bei mir, wenn er einen Nachmittag frei hatte, und es störte mich nicht, im Gegenteil.
–Ein Freund hat sie mir vermittelt, Jakob. Du weißt schon, der Kinderbuchautor.
Damals hatte ich schon länger keinen Kontakt mehr

mit Ron, aber Jakob war mir erhalten geblieben. Wir sahen uns zwar nur sehr selten, aber als Jakob von der Sache mit der Hütte erfuhr, hatte er sofort an mich gedacht.
Paul kannte ihn nur vom Hörensagen. Und natürlich interessierte ihn, worüber ich lieber hinweggeredet hätte.
–Was ist eigentlich mit deinem Lover geworden?
Ich gab Paul den Joint zurück.
–Er ist in seine Welt zurückgejettet, ein paar Monate später. Das Übliche.
Paul sah mich prüfend an. Falls er sich fragte, ob sich später auf den Anfang meiner Affäre mit Ron bezog oder auf den Bruch zwischen ihm und mir, konnte ich ihm nicht weiterhelfen; die Ereignisse lagen zeitlich zu nahe beieinander.
–Hat es sich gelohnt?
–Auf jeden Fall.
Das kam etwas zu schnell, ein Reflex, den ich nicht unterdrücken konnte. Ich versuchte, den Eindruck der Rechtfertigung abzumildern, indem ich nichts weiter ausführte.
–Und dann?
–Später hab ich nur noch mit Musikern gevögelt.
Er grinste schwach.
–Sonst nichts? Kann ich mir bei dir gar nicht vorstellen...
Seine Bemerkung blieb in der Luft hängen und klang noch eine Weile nach. Ich zupfte ein paar Grashalme aus.

Als ich zu Paul hinüberschaute, saugte er gerade mit zusammengekniffenen Augen an dem Joint. Er ließ sich Zeit, er war ein Kiffer der alten Schule, kannte sich aus mit den ganzen Shiva-Mätzchen und legte Wert

darauf, nicht süchtig zu sein. Ich schwieg, bis Paul weiter sprach.
–Was ich nie ganz verstanden habe: du hast instinktiv die Welt gehasst, aus der der Junge kam. Und trotzdem bist du ziemlich schnell dort verschwunden. Hattest du's so eilig, von mir wegzukommen?
Er gab mir den Joint, und ich war froh, etwas in der Hand zu haben, mit dem ich mich beschäftigen konnte.
–Auch bei den Reichen gibt's die Guten und die Bösen und die Freaks, sagte ich schließlich.
–Und bei Licht besehen hockten die größeren Klugscheißer bei dir in der Kneipe...
–Erklärst du mir das?
–Ganz einfach: Hermann, Charlie, Winnie, Schorsch und wie sie alle hießen, alle konnten sie einen zuschütten mit ihrer Lebenserfahrung. Alles gesehen, überall gewesen, aber in der Zeit, wo wir uns kannten, klebten sie jeden Abend bei dir am Tresen. Die waren seit Jahren nicht aus deiner Kneipe rausgekommen, konnten mir aber alles erzählen, vor allem, warum das, was ich wollte, auf keinen Fall funktionieren würde. Schließlich hatten sie's auch mal versucht. Die Leute, die Ron kannte, MACHTEN ALLE IRGENDWAS. Ich hab mich nie für Innenarchitektur interessiert oder Fernsehwerbung, aber von diesen Leuten jammerte keiner rum, wie schlecht die Zeiten geworden sind...
–Die hatten auch keinen Grund dazu, unterbrach mich Paul, die würden alle laut heulen, wenn es sie selber mal erwischt.
–Siehste, das hab ich damals auch vertreten. Aber irgendwann war ich mir nicht mehr so sicher. Da waren einige drunter, die haben mehr als einen Job verloren, von denen hast du nie gehört, dass das alles keinen Sinn hat.

–Bessere Basis, höhere Flexibilität, mehr Selbstvertrauen. Das muss ich dir doch nicht erklären.
–Nee. Ich versuch ja auch nur, zu erzählen, wie das damals für mich war. Ich war das erste Mal unter Leuten, die in dem *System* lebten, ohne irgendwie dagegen zu sein. Natürlich, weil sie davon profitieren und so weiter. Aber ich war auf einmal nicht mehr so sicher, ob ich ihnen etwas vorwerfen konnte, was ich eigentlich auch wollte.
Ich unterbrach kurz und sortierte meine Gedanken. Ich hoffte, er würde verstehen, was ich ihm zu sagen hatte. Es ging um die Schnittstelle meiner Begegnung mit Ron und meines Konflikts mit Paul.
–Ich hatte das Gefühl, wenn ich nicht in Bewegung komme, dann sitze ich in dreißig Jahren immer noch in deiner Kneipe, aber singe nicht mehr, sondern versaufe meine Stütze und erzähle allen meine Jammergeschichte...
–Du dachtest, der Junge könnte dich weiterbringen.
–Wenn du denkst, ich bin in sein Bett gehüpft, weil er Kontakte hatte, dann bist du falsch gewickelt. Das habe ich nie getan, nicht früher, nicht damals, nicht später, nie.
Ich betonte diesen Punkt nicht nur vor Paul. Ich zog nicht nur vehement die Lefzen hoch, sobald die erste Andeutung fiel, sondern tat meine Abneigung gegen Prostitution kund, wo ich konnte.
–Klar waren seine Kontakte interessant, aber mindestens genauso interessant war für mich, dass der Sex mit ihm gut war.
–Woran hat's denn gehapert?
Das Gespräch hatte eine Ebene erreicht, auf der es albern gewesen wäre, Distanz zu halten. Auf einmal redeten wir tatsächlich wie zwei Erwachsene miteinander, zwei Leute von der Straße. Auch wenn ihn diese

Dinge nichts angingen, Paul war mein Freund, wir kannten uns ewig, ich konnte ihm unbefangen antworten.

–Er wollte mich therapieren.

Ich winkte mit der Packung Joint-Blättchen, um zu unterstreichen, was ich meinte. Paul zog scharf die Luft ein, wedelte mit der Hand und schnitt eine verstehende Grimasse.

–Der wollte dir das Kiffen ausreden?

Das war tatsächlich ein Thema gewesen, bei dem ich keinen Spaß verstand. Einer der Hauptgründe, die mich damals veranlasst hatten, mir einen Job zu suchen, nachdem ich keine zwei Scheine im Monat mehr bei Paul verdiente. Ich hatte hier und da einen Auftritt, bekam meine lächerliche Stütze, spielte bei gutem Wetter immer wieder auf der Straße, aber nun hatte ich auf einmal Miete, Strom, Telefon und all diese Dinge, die mich autonom machten und zugleich ans Geld ketteten.

Ich duldete, dass Ron alles Mögliche für mich bezahlte, aber Grasrauchen hielt er für überflüssig, und ich wollte ihm keinen Anlass geben, darüber zu diskutieren. Was ihn leider nicht vom Diskutieren abhielt.

(– Willste schon wieder rauchen?

–Du musst ja nicht mitrauchen.

–Du bist total süchtig.

–Ron, ich kiffe, seit ich denken kann ...)

Ich wollte mich auf keinen Fall dem Vorwurf aussetzen, ich hätte mein Leben nicht im Griff. Nachdem er mir ein möbliertes Appartement organisiert hatte, das ich von meiner Stütze bezahlen konnte (eine winzige Bude, aber mit einer Dusche und zwei Kochplatten) und mir einen Telefonanschluss bezahlt, damit er mich erreichen konnte, hatte ich mehr und mehr den Wunsch, meinen Laden selber in den Griff zu kriegen.

Ich hatte mich nicht aus Pauls mütterlicher Umklammerung gelöst und all seine weisen Worte in den Wind geschlagen, um mich dem nächsten Erzieher in die Arme zu werfen.

–Irgendwann ging es nicht mehr nur ums Rauchen. Der hatte die fixe Idee, dass ich irgendwie krank wäre, untermauert von Berichten in Magazinen, dekoriert mit irgendwelchen Fachbegriffen.

Paul lachte sich kaputt. Es war sicher auch die Häme gegenüber dem alten Rivalen, den er einmal einen *Windbeutel* genannt hatte, aber der Tenor seines Glucksens war ein verstehender, komplizenhafter, der mich freute und ansteckte.

–Du wirst dir vorstellen können, dass er da bei mir auf Granit gebissen hat…, setzte ich nach.

Während wir zusammen lachten, warf ich einen verstohlenen Blick auf meinen alten Möchtegernvater und konnte mich nur wieder wundern, wie kumpelhaft er mir heute vorkam. Wer von uns beiden hatte sich so verändert, seit ich unseren Kontakt abgebrochen hatte?

–Was für Begriffe denn?

–Zuletzt meinte er, ich wäre magersüchtig…

Ron sah in mir einen Musterfall von Minderwertigkeitskomplexen. Ich ließ ihm seine Meinung gerne, solange er mir damit nicht auf die Nerven ging. Im Allgemeinen konnte ich nichts mit Komplimenten anfangen, die sich auf mein Äußeres bezogen. Sie brachten mich durcheinander und ärgerten mich. An diesem Punkt waren wir nie einig geworden. Mitten in einem angeregten Gespräch wurde sein Blick starr, und er streckt eine Hand nach meiner Hüfte aus. Ich redete weiter, er zog mich zu sich heran und starrte auf meine Lippen. Ich wand mich aus seinen Armen, stinksauer, und er verstand die Welt nicht mehr.

(– Was ist los?
–Ich dachte, wir führen ein Gespräch.
–Darf ich dich nicht anfassen dabei?
–Du hörst mir nicht mehr zu.
–Aber du bist wunderschön …
–Siehste? Wir waren eigentlich bei 'nem interessanteren Thema.
–Du bist wirklich scharf…
–MIR GEHT'S ABER UM RESPEKT!
Spätestens an diesem Punkt war der gemütliche Teil des Abends beendet.)
Im Übrigen hatte er Recht, wenn er analysierte, dass ich mich selber nicht schön fand.
Ich war ganz und gar nicht das, was die letzten paar Jahrhunderte als ästhetische wohlgeformte Frau gegolten hatte. Ich konnte von Glück sagen, dass ich in die jüngste Epoche der westlich-zivilisierten Magersucht hineinwuchs. Persönlich hatte ich eine andere Vorstellung von weiblicher Schönheit, ging aber dieser Tage als gute Figur durch, dabei war ich wirklich einfach nur mager, meine Brüste waren mager, meine Hüften spitz, meine Schultern knochig. Ich hatte struppige braune Haare und eine schlechte Haut. Mein Gesicht, wie es mir aus dem Spiegel entgegenblickte, bestand aus groben Elementen, ein wuchtiges Kinn, ein riesiger Mund, eine breite Nase, die einen Boxerknick im oberen Drittel hatte, dicke Augenbrauen über schmalen Augen, die mir allerdings gefielen: sie waren dunkelgrau, wie ein heranziehendes Gewitter.
Was Ron nicht begriff, war, dass ich meinen Körper nicht schön finden musste, um ihn zu lieben. Ich hatte diese wunderbaren Möglichkeiten, zu denken, zu singen, zu hören, zu fühlen, zu zaubern. Er hatte mich noch nie im Stich gelassen. Mein Körper hatte mit mir überlebt.

Paul schaute fragend aus seinem Liegestuhl herüber. Es gab noch eine andere Geschichte, die war so gut, dass ich sie gerne meinem alten Freund und neuen Kumpel weitertratschte:
–Er sagte auch, dass ich mir den Pullover falsch ausziehe.
–Den Pullover…?
–Ja, da gab's 'ne Studie, nach der Frauen sich den Pullover erst an den Armen ausziehen und dann von unten über den Kopf heben, während Männer sich den Pullover so ausziehen…
Ich demonstrierte wie, indem ich von oben mein Shirt an den Schultern griff und mir über den Kopf zog, wie ich es getan habe, seit ich mich erinnern kann.
–Wow, sagte Paul, du ziehst dir den Pullover aus wie ein Mann?
–Ich hab's mir nie abgewöhnt, sagte ich.

Ron kannte sich aus in der Welt der Medien und der Werbung. Er zog Erkundigungen ein und hatte schnell recht genaue Vorstellungen vom Weg zum Ruhm. Er zerrte mich zu einem Fotografen, der mich gut beleuchtete und ein paar Schwarzweiß-Porträts zustande brachte, auf denen ich androgyn, rätselhaft und bizarr wirkte. Ein befreundeter Layouter entwarf ein Plakat, das Ron gleich drucken ließ, mit einem leeren Feld, in das Termine eingetragen werden konnten. Was ich mit den Plakaten zu tun hatte, wusste ich allerdings selbst am besten. In der gesamten Szene gab es keine Ecke und keine Toilettentür, die ich nicht irgendwann mit einer Schwarzweißkopie beklebt hatte, die mein Standard-Plakat bei Paul gewesen war, zweimal im Monat,

gleicher Ort, gleiche Zeit. Nun hatte ich alle möglichen Auftritte, auf privaten Partys, in Musikkneipen, auf kleinen Festivals, bei mehreren Vernissagen, bei zwei, drei Talentwettbewerben (ich spielte zwischen Bands und gewann nie etwas), bei einem Fest der Kirchengemeinde, deren Pfarrerin Ron von der Schule her kannte, und bei den politischen Grillveranstaltungen der Partei, bei der ein Onkel von ihm aktiv war. Abgesehen von den Privatleuten schienen all diese Auftraggeber erstaunlich wenig Geld zu haben.
Bei einem der Talentwettbewerbe hatte es eine Art Anmeldegebühr gegeben, die Ron bezahlt hatte, bevor ich davon erfuhr und protestieren konnte. Ich hatte von Paul eine andere Schule mitbekommen, und es ärgerte mich, dass ich ihm gefühlsmäßig immer noch Recht gab.
–Warum soll ich dafür bezahlen, dass ich arbeite?
–Na komm, jetzt reg dich nicht auf, du wirst dort singen, das ist wichtig.
Daraufhin sagte ich nichts mehr, denn auch wenn es falsch war, wie vieles, was in der Welt geschah: so Recht hatte er selten gehabt. Recht hatte er auch, wenn er mich drängte, ein Demo aufzunehmen.
–Du brauchst einen Tonträger, damit du einen Labelvertrag bekommst und eine richtige Produktion machen kannst, erklärte er mir.
Ich verstand nur einen Bruchteil dessen, was er und seine Bekannten mir über Musikverlage, Labels, Vertrieb, Rotation, Merchandising und Features erzählten, aber ich nahm eine Menge neuer Begriffe auf, die ich mir nach und nach erschließen konnte. Was ich sofort verstand, war, dass ich in ein Studio gehen und Aufnahmen machen würde, dass diese Aufnahmen möglichst gut sein mussten und dass ein Tag im Studio eine Menge Geld kostete.

Ron hatte schon genug für mich ausgegeben, und ich konnte das Ende unserer Beziehung recht schnell absehen. Ich wollte nicht mit etwaigen moralischen Schulden im Gepäck gehen, nicht schon wieder, und schon gar nicht mit tatsächlichen.
Er hatte mir geholfen, eine Hütte zu finden und den einen oder anderen bürokratischen Akt zu tätigen, aber einen Job suchte ich mir selber. Das hatte weniger mit Stolz zu tun, vielmehr fühlte ich mich weder willens noch fähig, in einem Job zu bestehen, den Ron mir in seiner Welt hätte vermitteln können.
Stattdessen trieb ich mich nachmittags am Großmarkt herum. Schließlich fragte ich einen der ankommenden LKW-Fahrer, ob ich ihm beim Ausladen helfen könnte. Er musterte mich und lachte mich aus.
–Bitte. Ich brauch 'n Job.
Er stutzte, sah mich scharf an und überlegte kurz.
–Okay, versuch's mal, sagte er schließlich.
Als der LKW abgeladen war, klebte mir der Pullover auf dem Rücken fest und meine Arme taten weh. Der Fahrer schaute mich nachdenklich an. Dann gab er mir einen Zehner und sagte:
–Komm morgen früh um vier, ich stell' dich meinem Boss vor.
Von dem Zehner kaufte ich einen Wecker.
Am nächsten Morgen taten mir die Arme erst recht weh, aber ich stand pünktlich um vier fröstelnd an der Markthalle. Der Fahrer blinzelte verwundert, als er mich sah, aber er ging wie versprochen mit mir zu seinem Boss. Dieser war, wie fast jeder hier, einen guten Kopf größer als ich und übersah mich vorerst.
–Ja, Enzo?
–Das Mädchen hier sucht Arbeit.
Der Boss musterte mich und grinste abschätzig. Dann machte er schmale, kalte Augen und knurrte:

–Ich hab nich' viel Zeit für Witze.
–Boss, sagte Enzo, ich weiß nich', was für 'n Problem sie hat, aber arbeiten kann sie.
Der Mann, der nur begrenzt Zeit für Witze hatte, zögerte nicht lange.
–Gut, dann schlepp mal die leeren Paletten raus. Die sind abgezählt, hier wird nix geklemmt, kapiert? Wennde fertig bist, kommste zu mir. Wennde jeden morgen pünktlich da bist, gibt's am Freitag Lohn. Kannst anfangen.
Die Paletten waren nicht leichter als die vollen Obstkisten, und ich zog mir jede Menge Holzsplitter in die Hände, aber mit der Zeit fand ich heraus, wie ich sie am besten zu packen bekam. Als ich mich eine Stunde später schweißüberströmt beim Boss meldete, belohnte er mich mit einem irritierten Blinzeln, das als Kompliment gelten konnte.
Die Woche verging wie im Flug. Wenn ich von der Arbeit kam und einen Joint geraucht hatte, schaffte ich es gerade noch unter die Dusche, bevor ich völlig gerädert auf mein Lager fiel und erst beim Kreischen des Weckers wieder zu mir kam. Dann schleppte ich wieder Kisten, putze Kühlhäuser, sortierte faules Obst und Gemüse aus, stapelte Paletten und gönnte mir kaum eine Zigarettenpause.
Die Fahrer, die regelmäßig kamen, winkten mich manchmal in ihre Runde und hielten mir einen Becher Kaffee hin. Sie fragten mich ein bisschen aus, und ich erzählte ihnen, dass ich Musikerin war und Geld für ein Studio brauchte. So seltsam sie mich fanden, dies war eine Geschichte, die vernünftig klang und ein Gesprächsthema lieferte:
–Oh, ja, die Künstler! Da hatten wir doch schon mal einen, vor zwei Jahren, weißte noch?
–Allerdings! Das war vielleicht 'n Typ…

–Der konnte aber nich' so anpacken wie du, sagte einer der Männer zu mir gewandt.
Dieses Image versuchte ich nach Kräften zu wahren und auszubauen, auch wenn mir alle Knochen weh taten. Am Freitag zückte der Boss seine Börse und drückte mir vier Scheine und ein paar Zerquetschte in die Hand. Ich hatte schon höhere Gagen gehabt, aber die gab es nicht jeden Freitag, und wenn ich das auf den Monat umrechnete, ergab sich eine Summe, die mir zunächst fürstlich vorkam.
Ron war während dieser Zeit nicht im Lande, er war für seine Nachrichten unterwegs, und wir sahen uns erst am Wochenende wieder. Als ich ihm gut gelaunt von meinem Job erzählte, war er hell entsetzt. Er fand diese Art von Arbeit nicht akzeptabel und suchte sofort nach anderen Lösungen.
–Hast du denn wirklich nichts gelernt?
Darauf reagierte ich radikal, denn es ging um Dinge, auf die ich stolz war. So fremd ich mich noch zwischen all meinen neuen geschmackvollen und selbstsicheren Bekannten fühlte: Ich kannte sie schon länger, von der Straße, wo ich zu Hause war und sie nur zu Besuch. Ich hatte sie schon völlig versagen sehen, wenn sie ihre Handtaschen und Aktenkoffer fester umklammerten und mit starrem Blick weiterhasteten, nur weil ein Berber, der sich kaum noch auf den Beinen halten konnte, sie nach ein paar Groschen fragte. Wenn ich daran dachte, fühlte ich mich wohler. Ich gab in ihrer Welt gewiss ein besseres Bild ab als sie in meiner. Ich fand, ich hatte das Recht, präzise Formulierungen zu fordern.
–Ich hab 'ne Menge mehr gelernt als manch einer. Setz mich mit nichts auf die Straße, und ich komme abends mit 'nem halben Schein wieder, nur zum Beispiel…
Ron kannte das schon und winkte ab.

–Du weißt, was ich meine: noch nie einen offiziellen Job gehabt, irgendeine Ausbildung?
–Naja, früher hab ich mal in einer Fabrik irgendwelche Sachen zusammengeschraubt. In 'ner anderen Fabrik hab ich Teile abgefeilt. So in der Art. Ist aber lange her.
–Nie im Büro? PC-Kenntnisse, Buchführung, irgendwas?
–Ich kann lesen und schreiben.
–Hast du schon mal was verkauft? Kennst du dich mit irgendwas gut aus?
Ich zuckte mit den Schultern.

Auch wenn ich weiterhin morgens um halb vier im Halbschlaf zum Großmarkt wankte: mir war nach drei Wochen klar, dass ich mich übernommen hatte. Die Schmerzen in den Schultern und Armen gingen durch Gewöhnung nicht weg, sie wurden immer heftiger. Mit einer Sehnenscheidenentzündung würde ich nicht mehr Gitarre spielen können. An diesem Wochenende hatte ich einen Auftritt, der mir fast einen Wochenlohn vom Großmarkt einbrachte.
Als ich freitags mein Geld entgegennahm, fragte ich nach einer leichteren Tätigkeit.
–Gibt's hier nich'.
–Ich kann arbeiten, aber ich muss auch Gitarre spielen, und…
–Okay, verpiss dich.
Als ich schon fast an der Tür war, fiel ihm noch etwas ein:
–Bist eben doch kein Kerl, was? Warum gehste nicht anschaffen, dann haste 'ne LEICHTERE TÄTIGKEIT! HÄHÄHÄHÄ…
Ich krallte meine rechte Faust um die vier Scheine und das Kleingeld, in meiner Tasche und phantasierte vor mich hin, zu ihm zurückzugehen, ihm die vier Scheine

plus Kleingeld vor die Füße zu schleudern, oder besser, in seine Fresse zu drücken, aber dann trat ich ins Freie und ließ die Tür hinter mir zufallen.
Ich beschloss, zu Joelle zu gehen, um einen Teil meines doppelt sauer verdienten Lohnes in wohltuende Kräuter zu investieren. – Joelle hatte mich stets in meinem Anspruch auf Selbstständigkeit unterstützt. Paul war zwar ein guter Freund von ihr, aber sie fand es richtig, dass ich eine Bude hatte und meine eigenen Beziehungen zur Welt knüpfte, wie sie sich ausdrückte. Sie rieb mir die Arme mit einer duftenden Salbe ein und wickelte meine Hände in feste Verbände.
–Die hältste jetzt ruhig, bis sie nicht mehr weh tun.
–Und mein Auftritt?
Sie lächelte über meinen panischen Tonfall.
–Tu, was du nicht lassen kannst. Aber keine Jobs auf Baustellen oder Ähnliches, ja? Lass dich mal zwei Wochen von deinem Verehrer durchziehen, sei doch schlau. Denk einfach daran, worum es dir wirklich geht.
Ich folgte ihrem Rat, so gut ich konnte.
Ron hatte einen völlig anderen Grad der Seelenbildung als der Boss vom Großmarkt. Er ging mit keiner Silbe auf meine Selbstüberschätzung ein, nachdem ich einmal das Handtuch geworfen hatte. Er nahm mich in die Arme und sagte, ich solle mir nicht so viele Sorgen machen. Besorgt war er nur um meine Hände, die dank Joelles Salbe aber bald wieder zu gebrauchen waren.
–Such dir ein Studio, mach deine Aufnahmen, das ist jetzt wichtig.
Er schaute mich so liebevoll an, dass ich eine Gänsehaut bekam. Manchmal konnte ich es nicht fassen, dass sich dieser gut aussehende, gebildete Typ ausgerechnet um mich bemühte. Und dass er wirklich versuchte, mich zu verstehen. Es war schwer, ihn nicht zu lieben.

Ich fing an, mich intensiv mit meinen Songs zu beschäftigen. Es konnte nicht schaden, die Namen der vielen Akkorde herauszufinden, die ich seit Jahren spielte. Ich ging in die Stadt, um ein Buch über Musiktheorie zu kaufen. Auf dem Weg zur U-Bahn, auf einem belebten Platz vor einer Kirche, entdeckte ich in einer Gruppe herumlungernder Jungs den Indianer.

Zwei Jahre, nachdem ich der Straßenszene nicht mehr als Bewohnerin angehörte, freute ich mich jedes Mal aufrichtig, wenn ich ein bekanntes Gesicht aus der anderen Zeit wiedersah. Das kam nicht gerade selten vor, denn mindestens im Sommer traf man sich immer wieder bei der Arbeit. Aber den Indianer hatte ich lange nicht gesehen und umarmte ihn strahlend.

Da ich die anderen Jungs nicht kannte und auch nicht sympathisch fand, schlug ich vor, ein paar Schritte zu gehen, und, als wir um die Ecke waren, in einem nahe gelegenen Park einen Joint zu rauchen. Ich fragte ihn, was er so machte. Gespräche mit dem Indianer hatten sich schon immer anders gestaltet als mit dem Rest der Menschheit.

–Gestern sind die Vögel wieder gekommen.

–Welche meinste jetzt?

–Die aus meinem Traum.

–Singvögel oder Sprechvögel?

–Beides nicht. Sie fliegen nur. Sind dann weg.

–Aus deinem Traum?

–Aus allem. Da wird's interessant, ha!

Der Indianer hatte mal zu lange in die Sonne gegrinst, aber man machte einen Fehler, wenn man ihn nicht ernst nahm. Manchmal war das, was er sagte, reine Poesie, leuchtend, klingend und völlig frei von praktischen Bezügen oder dem Anspruch einer logischen Aussage. Wäre er ein preisgekrönter Irrer gewesen statt eines Straßenirren, die Welt der Hippen und Fort-

schrittlichen hätte an seinen Lippen gehangen. Das wiederum hätte der Indianer nie zugelassen, eher hätte er für immer geschwiegen.
–Du bist 'n warmes Stückchen Erde, sagte er, als ich ihm den Joint reichte.
–Du auch, sagte ich.
Es war neblig und zumindest mir zu kalt, um auf der Bank zu verweilen. Wir schlenderten zum Parkausgang Richtung U-Bahn. Ich war beschwingt von dem Joint und schaute mit wachem Blick über die Straßen, zu den erleuchteten Fenstern, die in dieser nieseligen Dämmerstimmung seltsam romantisch aussahen.
Im Fenster einer mittelgroßen Gaststätte sah ich einen Zettel hängen: Spülhilfe gesucht! – bei Interesse an der Bar melden!
Ich trat einen Schritt näher und überlegte kurz.
–Ich hab eben was zu erledigen, sagte ich zum Indianer, aber als ich mich nach ihm umdrehte, war er nirgends mehr zu sehen.

Der Besitzer des Schuppens ließ sich nur abends blicken, wenn ich schon fort war. Ich hatte mit einem Koch zu tun und verschiedenen Kellnern und mit Küchenhilfen, die wechselten. Der Koch war ein schwer übergewichtiger Chinese mit einem für mich unaussprechlichen Namen. Ich nannte ihn Chef, was ihn freute, da ihn sonst niemand so nannte. Er war ein freundlicher Typ, der mich ständig zum Probieren einer Soße nötigte und mir immer wieder ganze Gerichte aufdrängte. Obwohl er in einem unspektakulären Loch arbeitete, ließ er es sich nicht nehmen, die Teller mit Gurkenmustern und Radieschen-Rosetten zu dekorieren oder kleinen Schwänen, die er aus Karotten schnitzte.
Die Arbeiter aus der Gegend, die hier ihr Mittagessen

zu sich nahmen, waren manchmal amüsiert, witterten jedoch hinter dem aufwendigen Dekor eine Preiserhöhung und bestellten oft *ohne Gemüse.* Ich dagegen sprach ihm freimütig meine Bewunderung für seine Künste aus, unser Arbeitsklima wurde umso besser.
Meine Aufgaben waren auf eine angenehme Art stupid. Morgens griff ich mit beiden Händen in Berge von gebrauchten Kaffeetassen, packte sie in die Spülkörbe, schob sie über die Wasserdüsen, zog die Haube herunter und schnappte mir den nächsten Korb. Die Maschine dröhnte wie ein kleiner Hubschrauber und wenn sie stoppte, zog ich die Körbe heraus und ließ sie trocknen. Mittags zog ich mir schreigelbe Gummihandschuhe an und schippte die Reste von den Tellern in den Müllcontainer, bevor ich die Körbe neu füllte. Kurz vor Feierabend waren noch die riesigen Töpfe und Pfannen von Hand zu schrubben, und zuletzt säuberte ich die Spülmaschine und wischte den Fußboden. Zwischen alldem polierte ich Unmengen von Besteck, pellte Kartoffeln, wusch Salat, brachte den Müll in den Hof, und einmal in der Woche wechselte ich die Kakerlakenfallen aus.
Ich rannte hin und her, riss die Haube der Spülmaschine auf und zu, ich schwitzte und fluchte, wenn ich nicht nachkam; aber mein Geist blieb unberührt von alldem und schweifte entspannt umher, sobald sich die Routine einstellte.
Ich gewöhnte mich daran, morgens aufzustehen. Meinen Lohn bekam ich pünktlich, um drei Uhr nachmittags war Feierabend und am freien Wochenende konnte ich mich um die wesentlichen Dinge kümmern.

Das Studio hatte ich aus dem Branchenbuch, eine der kleineren Anzeigen, ein Name, der sich nett anhörte.
–Komm vorbei, sagte der Typ am Telefon.

Er war in Rons Alter, und er verzog das Gesicht, als ich ihm erklärte, was ich wollte.
–Gitarre, Stimme, sonst nichts? Zehn Titel? Ohne Rechnung, nehme ich an…
Er hüpfte von seinem Drehstuhl und baute sich vor dem Terminplaner an der Wand auf.
–Übernächstes Wochenende kannst du kommen. Samstag, Sonntag. Fünfhundert am Tag, mit Tonmeister. Ich werde nicht da sein, ein Kollege macht das. Das Band kannste kaufen, kostet vierhundert, wenn du's nicht haben willst, wird's gelöscht. Die DAT-Kassette ist inklusive. Das Geld bringste cash mit.
Ich wagte nicht zu fragen, was eine DAT-Kassette sei. Ich dachte über den Preis nach, den er mir nannte. So viel hatte ich nicht, aber das fehlende Geld konnte ich beschaffen. Ich würde Ron anpumpen und ihm jeden Schein zurückzahlen.
–Okay, sagte ich.

Als ich an jenem Samstag vormittags zu dem Studio kam, schloss ein grauhaariger Typ gerade die Tür auf. Er sah aus, als hätte er eine Woche in seinen Klamotten geschlafen und sei gerade aus dem Bett gefallen. Er murmelte einen Gruß, hielt mir die Tür auf und verschwand in der Kulisse.
Ich stellte meine Gitarre ab und drückte mich in dem kleinen Flur herum, der mit Fotos von mir unbekannten Musikern dekoriert war. Ich überlegte, ob ich den verpennten Grauhaarigen suchen sollte, vielleicht wusste er, an wen ich mich wenden könnte, da kam er schon um die Ecke und winkte mir zu.
–Komm rein, Kaffee is fertig.
Im Regieraum stand auf der einen Seite ein riesiges Mischpult, auf der anderen ein fast ebenso großes Sofa,

auf dem sich der Verpennte lümmelte. Zum ersten Mal schaute er mich aus halb geschlossenen Augen an.
–Nimm dir 'n Kaffee, mach's dir gemütlich. Ich bin der Heinrich.
Ich setzte mich. Der Typ war mir sympathisch, ich hatte nichts dagegen, etwas zu plaudern.
–Hi, ich bin Emma. Oder Boy, wie sie mich nennen. Ich hab 'n Termin hier zum Aufnahmen machen...
–Jaja, sagte Heinrich, hab' ich von gehört. Was machste denn für 'ne Musik?
–Songs, sagte ich, meine eigenen. Stimme und Gitarre. Ich brauche die Aufnahmen, um eine Demo-CD zu haben.
Heinrich rührte in Zeitlupe seinen Kaffee um.
–Wie viele Songs?
–Zehn will ich einspielen.
Er hob träge den Kopf aus seiner Tasse und öffnete die Augen zu zwei Dritteln.
–Schon mal im Studio gearbeitet?
Ich schüttelte verlegen den Kopf.
–Biste gut trainiert?
Wie in einem Tonstudio gearbeitet wurde, wusste ich in etwa. Ich hatte geübt, die Gitarre zu spielen und den Gesang nur im Kopf laufen zu lassen, und die Musik im Kopf zu haben, während ich an meinem Gesang feilte. Ich hatte jede Nuance bearbeitet.
–Kann man sagen.
–Dann mal los.
Von einem auf den anderen Augenblick kam Bewegung in seine verschlafene Gestalt. Er lotste mich in den Aufnahmeraum, der ein Fenster zum Regieraum hatte. Der Raum hatte eine niedrige Decke und so gut wie keine Akustik, aber die Luft war gut und die Atmosphäre gemütlich: ein halbes Schlagzeug auf einem alten Teppich, ein paar Hocker, an der Wand, die mit dunkelro-

tem Stoff ausgekleidet war, eine ganze Reihe unterschiedlicher Gitarren, akustische und elektrische, die teilweise edel aussahen.

–Setz dich, entspann dich, stimm schon mal die Gitarre, ich bau schon mal 'n bisschen auf…

Bis zu diesem Augenblick hatte sich etwas in mir geweigert, darüber nachzudenken, ob dieser sympathische Fertige vielleicht der Tonmeister war, mit dem ich arbeiten sollte. Nun konnte ich verfolgen, wie er anfing, im Raum herumzuwieseln, Mikrophone aufzubauen und um mich herumzuarrangieren und Kabel zu stecken, bevor er mir von hinten einen Kopfhörer auf die Ohren drückte und aus dem Raum verschwand. Er tauchte auf der anderen Seite des Fensters wieder auf, hackte auf dem Mischpult herum und gestikulierte zu mir herüber. Ich schüttelte den Kopf, bis ich ihn hören konnte.

–Okay, da sind wir. Sag mal was, klimper mal 'n bisschen, sing dich mal warm…

Ich tat, wie mir geheißen, konnte mich aber nicht wirklich konzentrieren, denn ich war immer noch völlig fasziniert von der Verwandlung der zerknitterten Erscheinung in diesen geölten Blitz, der zielsicher die Regie übernahm.

–Brauchste 'n Clicktrack?

–Sorry, ein was?

Heinrich fuchtelte hinter seiner Scheibe verzweifelt mit den Händen.

–'n Metronom, Anzähler, so tick-tick-tick-ping-tick-tick-tick…, damit du das Tempo hältst.

Ich hatte genug richtige Musiker getroffen, um zu wissen, was ein Anzähler war. Eine Zeit lang hatte ich mich darin geübt, zu meiner Musik zu zählen, ließ es aber bald wieder, der Sinn der Sache wollte sich nicht recht offenbaren. Um das Tempo zu halten, war mein gesamter Körper im Einsatz. Wenn meine Arme, Hüften, Beine und meine Hände auf der Gitarre gleichzeitig gegeneinanderwippten, ich beliebig mit den Füßen stampfen und dabei gelöst singen konnte, dann fühlte ich eine Präzision, ohne sie zu zählen. Ich musste Heinrich signalisieren, dass ich ihm folgen konnte.

–Es gibt ein paar Stücke, wo das Tempo sich ändert.

Er winkte schon ab.

–Sehen wir alles später. Spiel doch einfach mal was, um warm zu werden …

Ich merkte, dass er sich alle Mühe gab, mich nicht nervös zu machen, und das tat mir gut. Ich atmete mich ein, schloss die Augen und fing an zu spielen und zu singen. Er unterbrach mich ein paar mal, fragte, ob ich mich gut hören konnte und empfahl mir, die Gitarre nachzustimmen.

–Die klingt wie 'n Pappkarton. Warte mal.

Er kam wieder hereingewirbelt, nahm eine der Edelgitarren aus dem Ständer, steckte ein Kabel hinein und hielt sie mir hin.

–Versuch's mal damit. Wir nehmen zuerst 'ne Schmutzspur auf, wo du einfach mal alles so machst wie live …

Ich hörte ihm kaum zu. Ich hatte meine Gitarre hingelegt und mir die andere umgehängt, ein seltsames Instrument mit einem nach hinten gewölbten Korpus, das vorne kein Schallloch hatte, dafür aber mehrere kleine Löcher, die mit aufgelegten Ornamenten aus verschiedenfarbigem Holz geschmückt waren. Das Griffbrett war das gleiche wie bei meiner Westerngitarre, aber der Hals war nicht lackiert und fühlte sich weich an. Die Mechanik ging wie Butter, wie ich beim Stimmen feststellte. Ich spielte probehalber ein paar Sequenzen an und riss mir den Kopfhörer von den Ohren, weil mich der laute, klare Ton irritierte. Ich hörte selbst in

diesem Aufnahmeraum ohne Hall, dass dieses die groovigste, satteste und brillanteste Gitarre war, die ich je gespielt hatte. Die ich je gehört hatte. Ich unterbrach abrupt meinen Proberiff.
–Was ist das für 'n Gerät? Ist das irgendein Spezialbau?
Heinrich, der gerade wieder neben mir stand, um ein Mikrophon zurechtzurücken, starrte mich so entgeistert an, als hätte ich ihn gefragt, was das rote Licht auf der Ampel bedeutete.
–Das ist 'ne *Ovation*. Sag bloß, du hast noch nie 'ne *Ovation* gesehen?
Später, als wir eine Pause machten, hatte ich einiges dazugelernt. Vor allem ahnte ich, wie viel mir noch zu lernen blieb. Heinrich beantwortete geduldig alle meine Fragen, ließ aber immer wieder durchblicken, dass es sich um Basiswissen handelte, was er bei Musikern eigentlich voraussetzte. Auf der anderen Seite lobte er mein Durchhaltevermögen. Als ich ihm erzählte, dass ich eine gelernte Straßenmusikerin war, lachte er und sagte, so was hätte er sich schon gedacht.
–Du solltest mal mehr unter Musiker, empfahl er mir, man hört, dass du fast nur alleine gespielt hast bisher. Du missachtest Grundregeln der Musik, was charmant sein kann, aber wenn du mit anderen Leuten spielst, funktionieren die Tricks nicht mehr, sie irritieren dann. Wenn das zu oft vorkommt, schalten die allermeisten Leute ab, weil sie die Musik nicht mehr verstehen, weißte, wie ich meine?
In den letzten Stunden hatte mich Heinrich restlos von seiner Kompetenz überzeugt und für sich eingenommen. Folglich war ich bemüht, meinen Mangel an Wissen durch Aufmerksamkeit auszugleichen. Wir plauderten ungezwungen, und ich erfuhr auch einiges über ihn. Er war ein alter Hase im Geschäft und hatte schon Massen von Musikern hinter der Glasscheibe

stehen gehabt. Er hatte für Stars, die bekannter waren als die Präsidenten ihrer Länder, die Mikrophone aufgebaut, teilweise lange bevor sie irgendjemand hören wollte. Ein paar Fotos zeigten ihn mit der ein oder anderen Berühmtheit, aber eigentlich brauchte ich keine Beweise: Dieser magische Tonmeister war auf einer Ebene wahrhaftig, auf der es keine Rolle spielte, wie viele der Anekdoten ihm wirklich passiert waren. Und ich empfand es auch als überflüssig, zu rätseln, auf welche Art er in dieser Frittenbude gestrandet war, in der Leute wie ich an der Steuer vorbei ihre Demos einspielten: Heinrich war ein Typ aus dem wirklichen Leben und seine Goldenen Tage schienen schon seit längerer Zeit vorbei zu sein.

Mich interessierte seine Meinung zu meinen Songs.

–Du hast 'ne interessante Stimme, sagte er, und mir persönlich gefällt solche Mucke. Ob du da draußen einen Blumentopf damit gewinnen kannst, kann ich dir nicht sagen.

Am nächsten Vormittag, als wir uns wieder vor der Studiotür trafen, war mir klar, warum Heinrich seine Augen erst öffnete, wenn das Band lief: Wir hatten bis drei Uhr nachts gearbeitet. Wenn das sein normaler Arbeitsrhythmus war, musste er jede freie Minute zum schlafen nutzen.

Auch ich fühlte mich gerädert von der letzten Nacht, zu viel Kaffee und viel zu vielen Zigaretten. Gleichzeitig war ich aufgedreht bis zum Anschlag und freute mich auf die Fortsetzung. Durch die intensive Arbeit vom Vortag hatte ich das Gefühl, diese Räume schon lange zu kennen. Wir hatten die Gitarrenspur von acht Stücken auf Band bekommen. Heinrich hatte vorgeschlagen, diese zuerst einzusingen.

–Was wir drin haben, haben wir.

Meine Stimme taugte um diese Uhrzeit noch nicht viel,

aber ich schüttete mir zuversichtlich Kaffee in den Hals und hustete ein bisschen, bevor ich ohne Zögern in den Aufnahmeraum trat.
In den nächsten Stunden versank ich in einer Atmosphäre, die der Besten Aller Drogen ziemlich nahe kam. Nur dass es sich hier um eine intime Variante drehte, in der kein Publikum beteiligt war. Ich hatte auf nichts zu achten als meinen Gesang, stand alleine in dem schalldichten Raum, mit meiner Musik in einem Käfig. Ich fiel völlig in meine Songs und kam über meine Stimme wieder heraus, ich schnitt Grimassen und zuckte vor mich hin, hauchte, heulte, juchzte und flüsterte in das Mikrophon, ein rauschender, leuchtender Ego-Trip, den ich bis zum Umfallen hätte weiterexerzieren können.
Heinrich war ein erfahrener Begleiter, der mich anspornte, lenkte, mich auf Unebenheiten auf der Strecke aufmerksam machte und alles tat, um dem ganzen ein gutes Ergebnis abzugewinnen. Wir kamen schnell mit wenigen Worten zurecht, und ich konnte fühlen, dass wir beide an derselben Sache arbeiteten: die Klänge, Bilder, Gefühle auffangen, die bei meinem Gesang entstanden. Ich stand mit nackter Seele in diesem Raum. Ohne volles Vertrauen zu dem Mann hinter der Scheibe hätte ich das nicht gekonnt. Heinrich holte mich immer wieder aus dem Aufnahmeraum, wenn er meinte, ein Stück wäre soweit. Ich rauchte dann eine Zigarette und hörte an, was ich gerade gesungen hatte, aber es erreichte mich nicht wirklich.
–Kann ich dir nicht sagen, wie ich das finde. Fehler höre ich keine. Lass uns erst mal weitermachen.
Meine Anspannung hielt sich bis zum frühen Abend, als wir alle acht Titel im Kasten hatten. Ich ließ mich schweißgebadet in das Sofa sinken, rauchte einen Joint und schaute dem Tonmagier beim Zaubern zu. Seine

Hände flogen über das Mischpult, er schaltete Kanäle zu und ab, drehte Knöpfe, zog willkürlich auf Discolautstärke und wieder auf Autoradio, setzte leichte Nuancen, kleine Effekte, wirbelte zwischen den blinkenden Lämpchen und Anzeigen und Geräten herum wie ein Derwisch, vertieft in ein Ritual.
Je länger ich ihm bei der Arbeit beobachtete, desto klarer war mir, dass meine Einschätzung vom Vortag falsch war. Egal wie groß die Studios waren und wie berühmt die Musiker, sein Leben bestand aus harter Arbeit für eine begrenzte Anerkennung, und ich glaubte zu verstehen, dass der Glanz seiner Tage in dieser Arbeit selbst begründet lag. Dieser Mann lebte nicht, um Erfolge zu feiern, sondern dafür, gute Aufnahmen zu machen. Er war doppelt so alt wie ich, und er hatte sich nicht irritieren lassen.

–Übrigens, sagte Paul, Johnny Lehmann spielt im November bei uns. Es gibt noch Karten, aber du brauchst natürlich keine …, du kommst doch?
Ich glaubte ihm, dass er diese Frage reinen Herzens stellte. Er konnte nicht wissen, welch eine Lawine von Assoziationen und widersprüchlichen Gefühlen er bei mir auslöste, mit dem Namen Johnny Lehmann und der Vorstellung, ein Konzert in der *Bluesbüchse* zu besuchen.
–Mal sehen, sagte ich, um Zeit zu gewinnen.
Wir saßen mittlerweile am Küchentisch. Draußen dämmerte es schon, vom Wasser her war ein kalter Hauch gekommen. Zum ersten Mal seit Monaten war ich wieder froh, dass ich für jeden Tee das Feuer schüren musste, es war angenehm warm in der Küche. Paul hatte bereits angekündigt, er müsse in einer guten Stunde in der Stadt sein, aber Zeit für einen Tee habe er noch.

–Heh, wo bleibt die Begeisterung? Stehste nicht mehr auf Johnny ?
Das war's nicht. Wenn man mich mit vorgehaltener Waffe genötigt hätte, mein Idol zu benennen, wäre mir sofort Johnny Lehmann eingefallen. Seit ich ihn das erste Mal auf der Bühne erlebt hatte, verehrte ich ihn glühend, daran hatte sich nichts geändert. Ich suchte nach einer kurzen Erklärung, fand aber keine. Stattdessen stellte ich meine Frage, die eine, die mich noch verfolgte.
–Sag mal, was weißt du über mich? Ich meine, über die Zeit zwischen damals und heute?
Paul verstand, was ich meinte.
–Was sollte ich deiner Meinung nach wissen? Oder nicht wissen?
–Na, würde mich schon interessieren, was so gequatscht wird…
Das klang so vage, wie es war, deshalb fügte ich noch hinzu:
–…damit ich weiß, was ich widerlegen muss.
Paul sah mich noch einmal forschend an, dann zuckte er mit den Schultern.
–Keine Ahnung, worauf du hinauswillst, aber okay: Joelle hat mir irgendwann erzählt, du hättest 'ne Band. Sie sagte, du wärst aufgeblüht und Klassen besser geworden. Ich hätte euch gerne mal gesehen, aber ich hatte damals zu viele Probleme, um die ich mich kümmern musste. In der Zeitung hab ich euch auch gesehen. Ich hab mich für dich gefreut, wirklich, aber für mich wurde es mal wieder Zeit, mich aus diesem schönen Land in ein schöneres zu verpissen…
Während er kurz seinen Gedanken über die Reize anderer Kontinente nachhing, keimte in mir die Hoffnung, dass Paul von der ganzen elenden Geschichte tatsächlich nichts mitbekommen hatte. Ich pries insge-

heim seinen Wandertrieb, der ihn zur richtigen Zeit außer Hörweite geführt hatte.
–Als ich wieder zurück war, hab ich Joelle natürlich auch nach dir gefragt. Sie machte 'n paar Andeutungen, aus denen hervorging, dass irgendwas ziemlich schief gelaufen ist, aber was genau, wollte sie mir nicht sagen… Er legte eine wirkungsvolle Pause ein und fixierte mich wieder.
–Sie hat gesagt, das solltest du mir selber erzählen.
Ich stand auf, machte mir am Herd zu schaffen und stocherte mit einem Holzscheit in der Glut herum, man konnte ohne weiteres minutenlang nachlegen, den Aschenkasten rücken, den Rohrabzug regulieren oder einfach in die Flammen starren, bis die Glut schwarze Ränder bekam.
–Also, was war jetzt mit deiner Band?, hakte Paul in meinem Rücken nach.
Ich legte ein letztes Scheit auf und setzte mich wieder zu Paul an den Tisch. Die Herdklappe ließ ich offen stehen. So blieb es in der Küche hell genug, dass wir uns erkennen konnten. Dieses Gespräch konnte ich besser führen, wenn ich dabei in ein Feuer schaute.
–Ja, die Band…
Ich hatte die Wahl, bis zu welchem Punkt ich ihm meine Geschichte erzählte. Ich versuchte, so früh wie möglich anzusetzen, und hoffte, dass ich mir rechtzeitig darüber klar werden würde.
–Im Nachhinein glaube ich, wir waren 'ne gute Truppe. Schlagzeug, Keyboard, Bass. Die Jungs waren so gut, dass ich fast nur noch gesungen habe. Das war irgendwie das Beste, einfach nur singen, mit den Jungs im Rücken, die so einen Druck machen, dass du dich dagegenlehnen kannst, dass du völlig frei vor dich hin spinnen kannst, getragen von dem Sound, den sie im Griff haben…

Ich war nicht sicher, ob Paul folgen konnte, aber er schaute mich aufmerksam an und wartete geduldig auf die Fortsetzung.

–Was ich meine ist, sagte ich, die Typen waren richtige Musiker. Die konnten nach Noten spielen. Ich hab sie an einem Jazzabend kennen gelernt, auf 'ner Jam-Session…

Ich erlebte solche Veranstaltungen als eher negativ, meistens saß ich verschämt zwischen all diesen Musikern, die ihr Handwerk so souverän verstanden, dass sie stundenlang querbeet dudelten und groovten, bis sie Durst bekamen, ohne dass ihre Ideen je erschöpft schienen.

Ich verstand mich nicht aufs Improvisieren. Meine eigenen Nummern hatte ich immer haarklein erarbeitet, bevor ich damit auf die Bühne ging. In der Absicht, wenigstens etwas zu lernen, saß ich mit dabei und versuchte, die Kommunikation zwischen den Musikern zu verfolgen. Der Form halber hatte auch ich die Gitarre in der Hand, kam mir aber unbeholfen und ganz fehl am Platz vor. Dennoch blieb ich. Heinrich, der Tonmeister, hatte gesagt, ich müsse unter Musiker, und er hatte Recht.

Was mich bei den Sessions zusätzlich verunsicherte, waren die Frauen. Verschwindende zehn Prozent der Teilnehmer waren weiblich, und nie spielten sie Instrumente. Manchmal waren es lediglich die Freundinnen der jammenden Typen, die je nach Temperament gelangweilt oder fasziniert in der Ecke saßen, aber es gab auch ein paar Sängerinnen. Sie waren allesamt aufgedonnert und hatten ausgebildete Stimmen, die seltsam gleichförmig klangen, aber so beeindruckend durch die Tonleitern und Ausdrucksformen turnten, dass jeder Gedanke an Einwände im Ansatz erstarb. Sie hatten perfekte Zähne und tief ausgeschnit-

tene Dinger an, sie wussten um ihren Marktwert und traten betont selbstbewusst auf. Ich mochte diese Sängerinnen nicht. Sie waren es, die mich vom Singen abhielten.
Irgendwer, der mein Gesicht kannte, forderte mich zu vorgerückter Stunde auf, doch auch eine eigene Nummer zu bringen. Er fragte dies in einer Pause quer durch den Raum, so konnte ich mich nicht entziehen, aber auf einmal wollte ich es auch nicht mehr. Ich stand so schnell auf, dass ich über ein Kabel stolperte und mich mitsamt der Gitarre gerade noch abfangen konnte. Ich wurde rot, aber das war mir egal. Ich trat zum Mikrophon und stimmte meine Gitarre, während die Musiker warteten. Auf einmal konnte mich nichts mehr irritieren.
Ich spielte kurz einen Lauf und sagte die Akkorde an. Es war eine neue, balladige Nummer, und ich hatte Lust, sie zu singen.

You tell me who I am and what I should be
You tell me I must be strong, but you see:

I'm strong
oh yes I am
stronger than you will ever know
you would call it wrong, my dear
so I'd do better not to show
what I am

You tell me what to do, what to think, what to say
you tell me I must be cool and clever these days

I'm cool
oh yes I am
ice cold as you would not believe

you would call it cruel, my dear
so I hide away like a thief
what I am…

Während ich sang, hörte ich, wie sich die Musiker in den Groove und die Harmonien einfanden, und fühlte mich zum ersten Mal eingebunden in Musik, die ich nicht selber machen konnte. Ich konzentrierte mich darauf, gut zu singen, und wenn auch meine Stimme ganz anders klang als die der Background-Sängerinnen aus der Jazz-Schule, so hatte ich doch den ein oder anderen charmanten Seufzer im Repertoire und konnte aus dem Augenwinkel sehen, dass die Typen anerkennend in meine Richtung grinsten.
Später winkte mich einer in die Runde.
(– Boy, das sind Pablo und David, ich bin Konny. Wir haben gerade darüber geredet, dass wir mal wieder 'n Bandprojekt machen sollten. Mit dir als Sängerin.)
Auf einmal hatte ich eine Band.
–Die Jungs waren erfahrene Musiker, aber sie hatten keine eigenen Stücke, und sie fanden meine Stimme gut, also haben wir eine Band gegründet.
Paul zündete zwei Zigaretten an und reichte mir eine.
–Ich organisierte uns Auftritte, also brauchten wir auch einen Bandnamen. Ich hab *The Ugly Girls* vorgeschlagen. Schade, dass ich den nicht durchsetzten konnte…
Paul lachte.
–Ja, echt schade… *Boy & The Ugly Girls*, klasse Name, wirklich.
–Die Jungs konnte ich nicht überzeugen. Wir haben uns auf *Bloody Beatniks* geeinigt, nach dem Song von mir, und dann nie wieder darüber geredet. So idiotisch es sich anhört: Die Sache mit dem Namen war unser erstes Problem.

–Verstehe, sagte Paul, die alte Wer-ist-der-Leader?-Geschichte…
–So ungefähr. Ich hatte die Songs, die Jungs hatten die Musik. Als in der Zeitung was von hoffnungsvollem Nachwuchs stand, kam auf einmal die Frage auf, wer gemeint war.
–Du hast dich das hoffentlich nicht gefragt. Du hast doch auch alleine schon Läden voll gemacht!
Ich musste darüber lächeln, wie vehement Paul im Nachhinein Partei ergriff.
–Die Jungs waren der Meinung, ohne die Band hätte ich nie dieses Niveau erreicht, und sie hatten absolut Recht. Ich hätte mir nur gewünscht, dass darüber nicht groß geredet werden muss…
Ganz so abgeklärt hatte ich damals nicht argumentiert, ich war sogar äußerst emotional geworden, denn es ging um heilige Angelegenheiten, mein Leben, die Chance, dem *Durchbruch* ein großes Stück näher zu kommen.
–Irgendwann hab ich meine Songs eingepackt und bin gegangen. Damit war das Projekt Bloody Beatniks Geschichte.
Bei diesem Satz empfand ich immer noch eine gewisse Genugtuung, zu der ich eigentlich keinen Grund hatte. Eigentlich war ich das beste Beispiel für eine gescheiterte Musikerin. Aber ich behielt die Freude darüber, den eigenen Entscheidungen gefolgt zu sein.
–Und das war's dann?
–Im Großen und Ganzen.
–Und was hat das jetzt mit Johnny Lehmann zu tun, oder damit, dass du nicht mehr auftreten willst?
Im Herd rutschten zwei Scheite ab und sprengten Funken hoch. Ich schreckte aus meinen Gedanken auf. Beim Erzählen hatte ich aus den Augen verloren, dass es bei der Geschichte, die Pauls Frage beantwortete,

nur am Rande um die Band ging; dass sie nur ein nettes, harmloses Detail war, an das ich mich letztendlich gerne erinnerte. Nun hatte Paul gezielt den dreckigen Rest der Geschichte eingefordert, und plötzlich stand ich wieder unter Strom.

–Mit Johnny Lehmann hat das zu tun, weil wir gemeinsame Bekannte haben, die ich in dem Maße verachte, wie ich Johnny verehre.

Die hochtrabende Formulierung war angebracht. Johnny machte mich fertig und beflügelte mich gleichzeitig, als Künstler wie auch als Typ: schwul, von der Sorte, die von Männern als Kerle akzeptiert werden und die Frauen unweigerlich wehmütig seufzen lassen. Auf der Bühne leuchtete er magischer, als ich das je bei jemandem gesehen hatte, mitunter brannte er lichterloh, und es kam mir so vor, als hätte er den ganzen Raum beleuchten können. Ich fragte mich, ob Johnny vielleicht noch etwas Besseres hatte als die Beste Aller Drogen, die er wie nebenbei entgegennahm, bevor er sich an den Mikrophonständer klammerte, wieder in sein Element eintauchte und das nächste Feuerwerk steigen ließ. Ich hatte keine Hemmungen, jemandem zu huldigen, der es so verdient hatte.

Ich war nicht die Einzige, die seinem Zauber verfallen war. Johnny Lehmann hatte ein sehr buntes Publikum, unter anderem klebte ein Teil der Halbwelt an seinen Hacken, außerdem die Schwulenszene. Politische, Freaks, Bildungsbürger, Musiker und jede Menge Hausfrauen standen in friedlicher Faszination gemeinsam vor seiner Bühne. Selbst in seiner Plattenfirma gab es echte Fans.

Ich holte tief Luft und sah Paul an.

–Ich habe die Band aufgelöst, weil ich die Aussicht auf einen Vertrag hatte. Es war ausgerechnet Johnnys Label, das Interesse zeigte. Sie wollten eine Vorproduk-

tion mit mir machen, ohne die Band. Ich konnte nicht anders. Ich meine, es war das Label von Johnny Lehmann, und sie wollten mich und meine Songs …, kannste das verstehen?
–Wahrscheinlich nicht, aber es passt zu dir.
Das traf mich an einer empfindlichen Stelle, aber ich brachte es fertig, nicht mehr als ein wehmütiges Lächeln zu zeigen. Ich würde nicht nur Paul, sondern aller Welt einschließlich mir selbst beweisen, dass ich die Dinge inzwischen gelassener nahm.
–Ich habe 'ne Menge gelernt seither, aber damals war es richtig …
Auf den Demos, die ich verschickt hatte, waren nicht die Bloody Beatniks zu hören, sondern Boy & Her Guitar – Heinrich hatte alles herausgeholt, was in mir steckte, und er hatte betont, dass ich nicht zu viel auf Hochglanz setzen sollte:
–Entweder denen gefällt 'ne Nummer oder nicht, egal, wie sie instrumentiert ist …
Das hatte mir später auch Rocco bestätigt, der Produzent, der alles, was wie eine Band klang, aus ein paar flachen schwarzen Kästen herausholen konnte und über eine Keyboardtastatur einspielte.
–Die Jungs hatten Recht, mir einen Ego-Trip vorzuwerfen, und ich kann verstehen, dass sie mir nicht mehr als Live-Band zur Verfügung stehen wollten. Aber ich wollte in ein Geschäft, in dem eben so gearbeitet wird. Ich hätte die mal an meiner Stelle sehen wollen.
–Und aus dem Vertrag ist dann auch nichts geworden?, mutmaßte Paul.
Ich war dankbar, ihn nur bestätigen zu müssen. Und versuchte gleichzeitig, ihm eine Interpretation mitzuliefern, die er verstehen und billigen konnte.
–Ich nehme an, ich war ihnen zu anstrengend. Den

Produzenten hab ich ein paar Mal ins Schwitzen gebracht...

Ich musste unwillkürlich lächeln. Tatsächlich hatte die Geschichte auch ihre amüsanten Seiten gehabt. Rocco zum Beispiel hatte meine volle Sympathie, obwohl er mich ständig zum Streit nötigte.

(– Schatz, du singst schief.

–Nee, das gehört zum Song.

–Würde besser klingen, wenn du richtig singst.

–Du findest den Song gut, dann machen wir ihn, du findest ihn scheiße, dann machen wir ihn nicht.

–Der Song ist nicht das Problem, er hat was, aber es gibt bestimmte Dinge, die du nicht bringen kannst. Du spielst den Song in G, dann sing ihn auch in G und nicht 'n halben Ton tiefer. Es macht die Sache schlechter.

–Ich sing nicht einen halben, sondern etwa einen drittel Ton tiefer. Und zwar den ganzen Strophenteil durch. Der Song wollte das von mir, und ich hab dafür gearbeitet. Mach das mal nach, das ist 'ne Kunst für sich.

Rocco seufzte milde und antwortete mit der resignierten Geduld eines antiautoritären Kindergärtners.

–Jetzt kommt sie mir mit Kunst! Weißt du Schatz, der Song wäre vielleicht eine Riesennummer, wenn er 'n bisschen anders klänge.

–Ist aber keine Riesennummer, sagte ich. Es ist DER Song...)

Rocco hatte noch mit mir diskutiert, und aus diesen Diskussionen hatte ich letztendlich eine Menge gelernt, an das ich später noch denken sollte. Der A&R hatte weniger Geduld an den Tag gelegt. Er ging davon aus, dass ich einen Vertrag wollte. Kunst war etwas, was man mitleidig belächelte, es sei denn, sie brachte was ein. Von seiner Warte aus war ich eine Traumtänzerin mit einem Dachschaden.

(– Was wir noch brauchen, ist ein guter Name.

–Ich hab schon einen Künstlernamen. Ich finde ihn gut. Eine Menge Leute kennen mich unter dem Namen. Er gehört zu mir.

Er wischte jeden Einwand ungeduldig aus der Luft.
–Namen sind Schall und Rauch. Sie müssen gut klingen, mehr nicht. Boy ist kein Name. Er ist noch nicht mal witzig, weil man nicht sieht, dass du 'ne Frau bist. Wir brauchen einen Namen für dich, der wild und sexy klingt, bei dem Assoziationen aufkommen ... Ich denk mir was aus. Versuch du mal solange auf dein Äußeres zu achten, ich muss dir schon zutrauen, dass du in 'nem Video passabel aussiehst. Und du brauchst 'ne andere Garderobe, im Ernst ...
Er musterte mich zweifelnd, und ich nutzte die Pause, um weitere Einwände loszuwerden.
–Ich hab überhaupt nichts gegen 'n Image. Aber ihr habt hoffentlich nicht vor, 'ne Discomaus aus mir zu machen? Ich bin 'ne Straßenmusikerin, erinnerst du dich, 'ne Rumtreiberin. Zufällig bin ich das wirklich. Es geht doch darum, wie nennt ihr das hier immer: AUTHENTISCH zu sein.
Ich kannte das Wort schon länger, Ron und seine Kreise hatten es auch auf mich angewendet. Ich nahm es nie richtig als Lob, weil es immer eher nach einer Entschuldigung klang. Bei der Plattenfirma klang das Wort wie ein Risiko, das man ab und zu eingehen musste.
–Du willst eine poetische Pennerin rausgeben, die keinen Sex-Appeal hat? Du glaubst, ich hab' so viel Geld, dass ich's in den Gulli schmeiße?
–Ähm, was meinste denn genau mit Sex-Appeal? Patti Smith im Chelsea mit verrutschtem T-Shirt?
–Igitt. Seh ich aus wie Mapplethorpe? Zieh dir mal was Nettes an, schmink dich, mach 'n bisschen was aus dir,

lern dich mal zu bewegen, Herrgott, seit wann muss ich 'nem Mädchen erzählen, wie es sich sexy macht?
Einmal hatte ich mich dann bei Rocco darüber beklagt, dass es dem A&R nicht so sehr um meine Musik zu gehen schien als darum, dass ich hohe Schuhe tragen lernte.
–Schatz, wenn du es noch nicht mitgekriegt hast, dann hör mir jetzt mal zu: Die Musikindustrie interessiert sich nicht für Musik. Was die interessiert, ist: schwarze Zahlen zu schreiben, wie jedes andere Unternehmen. Ihr Musiker tanzt hier an mit euren Hoffnungen, aber das ist ein großes Missverständnis. Du hast hier 'ne mäßig interessante Nummer, und das ist auch schon alles, was die Musik betrifft. Wir müssen zusehen, dass wir sie verkauft kriegen, und wir haben Erfahrungen, wie man das macht. Für dich gilt: arbeiten, nicht träumen, lächeln. Wenn du damit nicht klarkommst, biste im falschen Business.)

Im Nachhinein wunderte ich mich, wie viel Zeit sie mit mir verschwendet hatten. Vielleicht hatte es mich zu sicher gemacht, dass sie mich wollten, jedenfalls hatte ich meinen Job an der Spülmaschine bereits aufgegeben und rechnete fest mit dem Vertrag.
Als sie sich einig geworden waren, dass sie mit mir nichts anfangen konnten, haben sie mich am Telefon abserviert. Ich hatte gemerkt, dass wir nicht zusammenkommen würden, ich und der A&R, aber meine Eitelkeit hatte mich davon abgehalten, wenigstens mein Gesicht zu wahren. Das allein tat mir Leid. Diese Schwäche hatte ich mir bis heute nicht verziehen, weswegen ich Paul gegenüber großzügig mein Verständnis betonte.
–Ich bin mit diesem rasenden Business nicht kompatibel. Aber das musste ich erst selber einsehen.

Noch einmal holte ich tief Luft.
–Ich weiß, dass du mir das alles vorher hättest sagen können. Aber ich wollte es schon selber wissen, vielleicht kannst du mich verstehen...
–Und wie, sagte Paul.
Wir schwiegen und schauten in die Glut, die schon zu veraschen begann. Dann hakte Paul erneut nach:
–Willste deswegen nicht mehr auftreten?
Ich zündete mir eine Zigarette an. Im aufflammenden Streichholz sah ich seine Augen. Plötzlich fragte ich mich, was ich eigentlich so sorgfältig tarnte, vor wem ich glaubte, ein Geheimnis hüten zu müssen. Vor mir saß ein Freund, einer der wenigen Menschen, von denen ich noch Aufmerksamkeit und Zuspruch erwarten durfte.
Dies war vorerst alles, was mir blieb: ein paar Freunde, ein paar Geschichten. Mich überkam eine unerwartete, perverse Redelust, es war Zeit für die Beichte, und ich wartete drauf, dass der Priester die Fassung verlor.
–Sag mal, haste noch nie was von Stella Runaway gehört?
–Klar, das Mädchen mit der Nummer, wie hieß die noch ... *Vagabonds Kitchen.* Was ist damit?
–Erinnerst du dich daran, dass ich den Song früher auch im Programm hatte?
Paul erinnerte sich nicht nur, er kombinierte schnell, dass ich auf etwas hinauswollte.
–Es war kein Cover?
–Nein.
–Du willst doch nicht sagen, dass du Stella Runaway bist?
–Nein. Aber ich war's mal.

Milch & Honig

What it all comes down to
Is that I haven't got it all figured out just yet
I've got one hand in my pocket
And the other one is giving the peace sign
Alanis Morrissette

Ein knappes Jahr, nachdem Stella Runaway wie ein verirrter Komet in die Top Ten geschossen war, stand ich eines Vormittags vor meiner Hütte und schaute zu, wie sich die Stare in den Bäumen sammelten, quatschten und zirpten und sich auf einmal gleichzeitig in den Himmel erhoben, ein großartiges Schauspiel ritueller Flugkünste, und wie sie schließlich am verhangenen Himmel immer kleiner wurden.

Ich hatte andere Winter unter viel härteren Bedingungen angetreten, aber es war immer das Gleiche, im Zelt oder in der Hütte: Wenn die Tage kürzer wurden, rückten einem die existenziellen Fragen auf den Geist. Reichten die Vorräte, um den Winter zu überstehen? Würde es schneien? Würde es ein nächstes Frühjahr geben? Das Heulen und Zähneklappern war keine zufällige Phrase. Nun trauerte ich nur noch um den Sommer, der vorbei war. Der nächste würde auf sich warten lassen, und die Stare flogen einfach in den Süden.

Meine Flucht in den Süden im ersten Winter auf der Straße war ein jämmerlicher Versuch geblieben, der nach noch nicht einmal einer Woche gescheitert war und den ich nie wieder aufgenommen hatte.

Zuerst hatte ich den Lift meines Lebens erwischt. Der LKW fuhr an die dreißig Stunden ohne Pause Richtung

Süden. Der Fahrer war froh, mit jemandem reden zu können, wenn wir auch nur wenige gemeinsame Vokabeln zur Verfügung hatten. An einer Raststätte, wo wir schließlich hielten, war die Luft auf einmal viel wärmer und roch betörend süß, nach Blüten, Kräutern, Sonne, ich bildete mir sogar ein, das Meer riechen zu können: Ich war im Süden angekommen. Das ist es, dachte ich, das Land, wo Milch und Honig fließen.

Der Fahrer legte sich in seine Koje und schlief sofort, ich packte in aller Eile meine Sachen und ging weg von der Autobahn, querfeldein.

Ich übernachtete in einer Orangenplantage, hörte Grillen und sah den Mond. Ich war glücklich. Einen weiteren Tag wanderte ich durch riesige Obst- und Gemüsefelder.

Am nächsten Morgen stand ich an einer Landstraße und hielt den Daumen hoch. Ich musste eine Stadt finden. Städte waren sich ähnlich. Es würde Fußgängerzonen geben, Straßenkünstler, Kleingeld, einen Bahnhof. Ich wollte das Meer sehen. In einer Stadt würde ich mich schneller zurechtfinden.

Die Straße, die ich entlanglief, führte quer durchs Nichts. Ein paar vereinzelte Traktoren und Lastwagen fuhren in beide Richtungen, aber keiner hielt an. Abends hielt ein Fahrzeug der Guardia Civil neben meinen müden Füßen. Drei Typen in Uniform sprangen heraus, einer zückte seine Waffe und bellte etwas, was ich nicht übersetzt bekommen musste, um es zu begreifen. Die anderen beiden stürzten sich auf mich drehten mir den Arm um, stießen meine Füße auseinander und tatschten mir über den ganzen Körper. Meine Gitarre fiel ins Gras. Einer packte mich am Arm und warf mich ins Fahrzeug, ein anderer warf meine Gitarre und die Tasche hinterher.

Da ich nicht verstand, worum es ging, hatte ich Angst,

ich heulte und zitterte am ganzen Körper. Das machte die Bullen wieder friedlich. Während der Fahrt kontrollierten sie meine Papiere und nahmen eine autoritäre, militärisch-korrekte Haltung ein.
Der Wagen hielt in einem kleinen Dörfchen vor der Polizeistation. Man forderte mich auf, die Schuhe auszuziehen (ich trug keine Socken) und sperrte mich in eine Zelle. Draußen hörte ich den Wagen wieder fahren. Ich hatte das Gefühl, völlig alleine auf der Wache zurückgeblieben zu sein. Ich hatte nicht versucht, mich mit den Bullen zu verständigen, sondern die ganze Zeit über nur geheult. Nun hatte ich Zeit, mich zu fragen, was mir geschehen war.
Die Zelle war leer und erstaunlich kühl, der steinerne Fußboden roch nach Pisse. Das Fenster lag unerreichbar unter der Decke und hatte eine Art Fliegengitter, das kleine runde Lichtpunkte auf die gegenüberliegende Wand projizierte. Ich fror, ich hatte Angst, ich war durstig, hungrig, ich gierte nach einer Zigarette, und es gab nichts, was ich tun konnte. Ich rollte mich auf dem steinernen Fußboden zusammen und schlief ein.
Als ich aufwachte, war es dunkel in der Zelle, aber durch das vergitterte Loch in der Tür konnte ich sehen, dass der Gang indirekt beleuchtet wurde, ein Lichtschein, der vom Ende des Ganges kommen musste. Ich war offenbar also doch nicht allein in dem Gebäude. Meine Zunge war trocken wie Leder, aber ich unterdrückte den ersten Reflex, um Hilfe zu rufen. Welche Hilfe hatte ich zu erwarten? Ich lief in der Zelle auf und ab, um meinen Kreislauf in Gang zu bringen. Dann hörte ich, wie jemand den Gang herabschlurfte. Das Schloss rappelte und ein fettes Gesicht erschien im Fenster. Der Bulle war riesig, übergewichtig und schien kurz vor der Pension zu stehen. Trotzdem wirk-

te er nicht weniger autoritär als seine Kollegen, er hatte die Ruhe eines ergrauten Mafioso. Sein Blick glitt gelangweilt an mir herunter, dann winkte er mich knapp an sich vorbei und schleuste mich in das Büro, in dem man mir mein Instrument, meine Sachen und Schuhe genommen hatte. Der Bulle wies auf den Stuhl vor dem Schreibtisch, ich setzte mich. Dann sah ich den Wasserhahn in der Ecke.

–Durst!, sagte ich, machte eine Geste des Trinkens und zeigte auf den Wasserhahn.

Er starrte mich misstrauisch an. Ich starrte bettelnd zurück. Schließlich zuckte seine Hand verdrossen, und ich musste mich zusammenreißen, um nicht aufzuspringen, sondern ruhig zu dem Wasserhahn zu gehen und ihn langsam aufzudrehen. Ich stürzte mich auf den Wasserstrahl, trank und ließ es mir übers Gesicht laufen und trank wieder dieses wunderbare Wasser, bis der Bulle mich hart am Arm packte und in Richtung Stuhl schubste. Ich setzte mich wieder, und der Bulle ging um den Schreibtisch herum und ließ sich ächzend in seinen Bürosessel fallen.

Ich wusste nicht, was er von mir wollte, aber es gab niemanden außer ihm, und er hatte mich trinken lassen.

–Wo ist meine Gitarre?, fragte ich und mimte Gitarrenspiel, ... Guitarra?

Der Bulle zog erstaunt die Augenbrauen hoch und sah einen Augenblick irritiert aus, dann kniff er die Augen wieder zusammen und schüttelte unwirsch den Kopf, während er eine Schublade aufzog und einen flachen Koffer ans Licht brachte. Er klappte den Koffer auf, und ich starrte entgeistert auf ein Schachspiel.

Während er die Figuren aufstellte, versuchte ich vergebens, irgendeine logische Erklärung zu finden. Wollte er mit mir um die Gitarre spielen? Um meine Freiheit? Sollte mein ganzes Schicksal an einer Partie

Schach hängen? Wäre es richtig, zu gewinnen, oder würde es ihn reizen? Wenigstens darüber brauchte ich mir keine Gedanken machen. Wenn er gerne Schach spielte, war er auf jeden Fall besser als ich. Ich verstand nichts von diesem Spiel, ich wusste nur, wie die Figuren gezogen wurden. Wenn er gut war, würde ich ihn schnell anöden. Was dann passierte, war nicht kalkulierbar.

Dann steckte der Bulle sich eine Zigarette an und hielt sie mir hin, als er meinen sehnsüchtigen Blick bemerkte. Ich dankte ihm überschwänglich und rauchte gierig. Es war eine Filterlose, das Nikotin rauschte mir in den Schädel wie Gras, für ein paar Sekunden war ich fast glücklich. Der Bulle nahm sich eine neue Zigarette, griff zu einem Bauern und eröffnete das Spiel.

Das erste Matt kassierte ich zwei Minuten später, und es war nicht mein Todesurteil. Der Bulle stellte mit ungerührter Miene die Figuren wieder auf und schaute mich auffordernd an. Ich gab mir Mühe, mich in die Strukturen des Spiels hineinzudenken, aber auch die Revanche verlor ich nach ein paar Minuten. Der Bulle runzelte leicht die Stirn und seufzte. Wieder zog er die Schublade auf, und ich geriet einen Augenblick in Panik, aber dann sah ich die Weinflasche, sah zwei Gläser folgen und wurde in den nächsten Stunden beim Schachspielen abgefüllt. Irgendwann taten mir sämtliche Innereien weh.

–Ich muss pissen, sagte ich.

Wir hatten seit Stunden nicht gesprochen, und ich musste mich räuspern.

–Pissen, wiederholte ich, erhob mich halb und machte eine Geste, wie sie manche Typen verwenden, die Hand vor dem Hosenschlitz, mit gestrecktem Daumen und kleinem Finger, die anderen Finger zur Faust geballt.

Der Bulle ließ die Andeutung eines Grinsens sehen und erhob sich dann mühelos aus seinem Sessel, während ich mich anstrengen musste, nicht vornüberzu fallen. Die Toilette lag am anderen Ende des Ganges, ein Loch im Boden und ein Eimer Wasser daneben. Der Bulle selber hatte schon ein paar Mal ins Waschbecken gepisst. So brauchte er den Raum nicht zu verlassen. Er war diese Mengen Wein gewöhnt, er hatte nicht zwei Tage von Obst gelebt. Ich war besoffen, mir war elend zumute, mir war inzwischen fast alles egal, trotzdem konnte ich noch eine enorme Erleichterung empfinden, als ich über dem Loch hockte. Es war mir sogar egal, dass der Bulle daneben stand.
Als wir wieder über dem Schachspiel saßen, war ich auf einmal nur noch müde. Ich rang nicht weiter um Konzentration, verlor immer schneller und ließ meine Augen zufallen.
Der Bulle knallte mir seine flache Hand ins Gesicht. Ich war schlagartig wieder wach. Alles Vertrauen, das ich in ihn gesetzt hatte, war dahin. Dieser Typ ließ mich leben, aber er war nicht mein Freund. Er schüttete mein Weinglas wieder voll und gab mir eine Zigarette. Ich rauchte gierig, an dem Wein nippte ich nur, aber er schüttelte unwillig den Kopf und forderte mich auf, richtig zu trinken. Was blieb mir übrig.
Irgendwann erhob ich mich mühsam, taumelte in Richtung Waschbecken und kotzte mir die Seele aus dem Leib. Ich ließ das Wasser laufen, wusch mir das Gesicht, spülte mir den Mund aus und setzte mich wieder an den Tisch. Ich wagte nicht, dem Bullen ins Gesicht zu schauen, aber innerlich wälzte ich mich im Staub vor ihm. Nie zuvor hatte ich mich so elend, so dreckig, so gedemütigt gefühlt. Ich starrte durch Tränen auf das Schachspiel und flehte stumm um mein Leben.

Als es draußen dämmerte und die Vögel anfingen zu zwitschern, erhob sich der Bulle plötzlich, packte mich am Arm und schleifte das, was noch von mir übrig war, in die Zelle zurück. Ich sank auf dem Steinfußboden zusammen und wollte mich gerade in erlösenden Schlaf fallen lassen, als ich draußen Stimmen hörte. Sie hatten offenbar Wachablösung. Der Duft von frischem Kaffee wehte durch das Gitter in meine Nase. Ich hätte alles getan, um einen Becher davon zu bekommen. Alles.

Kurz darauf kamen zwei junge Uniformierte, um mich abzuholen. Sie legten mir Handschellen an und schleiften mich hinaus in die Morgensonne. Auf der Rückbank des Wagens sah ich meine Gitarre liegen. Und wieder fing ich an zu heulen, aber diesmal lag es daran, dass ich auf einmal wieder Land sah. Ich wusste nicht, welchen Fehler ich gemacht hatte, um in diese Lage zu kommen, noch, was mir nun blühte, aber es konnte nicht mehr schlimmer kommen: Sie hatten mir meinen Stolz genommen, meinen Willen, meine Orientierung, meine undeutlichen Träume. Aber wenn sie mich vernichten wollten, hatten die anderen ebenfalls einen Fehler gemacht: Sie hatten mir meine Gitarre gelassen.

Auf der Fahrt redeten die Bullen nicht mit mir. Die ganze Sache ging sie nichts an, sie hatten den Auftrag, mich zur Grenze zu bringen, die etwa zwei Stunden Fahrt entfernt lag. Dort warfen sie mich hinaus. Ich lief die Straße entlang in die Richtung, die sie mir gezeigt hatten.

Eine Ewigkeit später hielt ein Auto, das mich in die nächste Stadt mitnahm. Ich suchte den Bahnhof, setzte mich in den Zug und fuhr, eingeschlossen in die Toilette, die ganze Strecke zurück, die ich mit dem LKW vor ein paar Tagen gekommen war. Es war der Beginn

des ersten miesen Winters, den ich auf der Straße lebte.
Nun, sechs Jahre später, stand ich zwischen Haselsträuchern an einem Baggerloch und sah die Stare verschwinden. Der Hund streifte mein Bein, ab und zu schnellte ein Fisch aus dem Wasser, es raschelte in den Weiden. Aus dem Kamin meiner Hütte stieg dünner Rauch auf. Ein kleines Paradies, in dem es Winter wurde.
–Grüßt mir den Süden, Leute, rief ich den Staren hinterher und fing laut an zu lachen.

Es war ein kalter, sonniger Nachmittag, als ich mich auf den Weg zu Joelle machte. Unwillkürlich blieb ich auf der Straße stehen. Etwas stimmte nicht, aber ich brauchte ein paar lange Sekunden, um herauszufinden, was es war.
Von dem Magnolienbaum, der mich im Frühling so berauschte, war nur noch die Hälfte übrig. Irgendjemand hatte alle ausladenden Äste der Baumkrone abgesägt, irgendein mieser, brutaler Wichser, den ich auf der Stelle glühend hasste. Nur die drei Hauptstämme, die nach oben wuchsen, waren verschont geblieben. Nun hing nicht mehr die halbe Baumkrone über den Bürgersteig, und keine Blätter würden auf den Asphalt fallen, weil der größte Teil der feinen, nackten Zweige, an denen schon die Knospen für das nächste Blütenwunder zu sehen waren, mit den dicken Ästen amputiert worden waren. Im nächsten Frühling würde es keine satte, berauschend duftende weiß-rosa Wolke mitten auf der Straße mehr geben.
Ich stand fassungslos am Zaun, starrte auf die großen,

hellen Wunden, die die Kettensäge im Stamm hinterlassen hatte und begann, leise in mich hinein zu heulen.
Ein Typ lief langsam an mir vorbei und musterte mich misstrauisch. Ich wischte mir mit dem Ärmel übers Gesicht und deutete auf die zerfranste Magnolie.
–Die sind völlig wahnsinnig. Ich versteh so was nicht.
–Hä?? Sprichste mit mir?
–Der Baum, sagte ich, dieser wunderschöne Baum...
Jetzt verstand er, wovon ich redete, aber noch nicht, was ich meinte.
–Jaa, wurd' auch mal Zeit, dass da was passiert. Jedes Jahr der ganze Dreck auf der Straße, und die Hausverwaltung...
Ich ging dazwischen.
–Das is pervers, einen Baum pflanzen, der blüht, und ihn ein Menschenleben später zu massakrieren, weil er blüht.
Der Typ realisierte, dass ich nicht seiner Meinung war. Das brachte ihn aus dem Konzept. Weil er verunsichert war, schaltete er sofort auf Verteidigung.
–Was willste von mir? Was haste hier überhaupt zu suchen? Warum kümmerste dich nicht um deine Probleme?
–DAS IST MEIN PROBLEM!
Ich fuchtelte aufgebracht mit den Händen Richtung Baum. Das allerdings verstand er als tätlichen Angriff auf sich, und mein Auge war träger als seine Faust, die mir ins Gesicht flog und mich von den Füßen holte. Ich fiel hart auf die Seite, schrammte mit der Hand über den Asphalt, wurde kurz durchgeschüttelt und hatte ein lautes Rauschen im Ohr und eine Art Bildstörung. Ich schüttelte den Kopf und blinzelte, bis ich wieder auf Empfang war.
Das Erste, was ich sah, waren die Reste der Baumkro-

ne, feine, nackte Zweige, die leicht zitterten, an einem windstillen Tag.
Das Erste, was ich hörte war:
–Verpiss dich dahin, wo du herkommst. Hier will dich keiner!
Diese Worte hatte ich schon einmal gehört, diesen Blick hatte ich schon einmal gesehen, diese Mischung aus Irritation, Hass, Angst. In den Augen eines anderen Typen, der mir zwei Scheine hinhielt, während in unserem Rücken ein Bagger die Wand meines Schlafzimmers eindrückte.
Das war in meinem ersten miesen Winter auf der Straße gewesen. Ich hatte in Parkhäusern geschlafen, in U-Bahn-Stationen, auf Lüftungsschächten, bei einem Kerl in einem Appartement, aber was hieß schon geschlafen, zwei, drei Stunden abgedriftet, wenn man Glück hatte, bevor einen Wachdienst oder Schaffner oder Bullen mit der Fußspitze antippten. Der Wachdienst in der U-Bahn kam jede Stunde, eigens, um die Obdachlosen zu wecken und zum Umzug zu bewegen, denn die Bahnen fuhren in den frühen Morgenstunden nicht. Die Bullen ließen einen spüren, dass sie nur ihre Scheiß-Pflicht taten und keinen Spaß daran hatten, wegen ein paar Pennern aus dem warmen Auto kriechen zu müssen. Der Kerl schließlich, der mich in sein kahles, schmuddeliges Appartement eingeladen hatte, hatte mich vergewaltigt, und ich hatte mich kaum gewehrt und war bis zum Morgen geblieben, denn draußen herrschten 15 Grad minus.
Dann tat einer der Treber ein Haus auf. Es war ein ehemaliges Einkaufszentrum, ein Bungalow mit einer riesigen Halle und ein paar Büro- und Lagerräumen. Die drei kleinsten dienten als Schlafzimmer für rund fünfzehn Bewohner. Die Fenster waren mit Brettern und Pappe verrammelt, als Beleuchtung hatten wir Kerzen,

die Schlafsäcke lagen auf Sperrmüll-Matratzen. Ein Lagerraum am anderen Ende des Gebäudes wurde zum Klo. Nach ein paar Wochen fiel es einem immer schwerer, diesen Raum zu betreten, aber wenn ich mich morgens endlich überwunden hatte, den warmen Schlafsack zu verlassen, schleppte ich meine volle Blase nicht auch noch ins Freie um die Hausecke, wo der Wind noch ein paar Grade kälter pfiff. Der Boden der große Halle war mit Schrott und Müll übersät, Ratten, so lang wie mein Unterarm, polterten nachts im Dunkeln. Wir warfen unseren Müll in die Halle, um sie von unseren Schlafräumen fern zu halten. Wenn sie trotzdem kamen, warfen wir mit Steinen, leeren Dosen und Flaschen. Wir lebten dort fünf Wochen in Frieden, dann kam der Hausbesitzer das erste Mal mit den Bullen.

Die Bullen waren schon öfter zu Besuch gewesen, wenn sie jemanden suchten, oder wenn wieder ein aufmerksamer Bürger sie rief, weil Obdachlose in ein Abbruchhaus einstiegen, aber sie sahen keine Veranlassung, uns dort zu vertreiben, wo wir niemanden wirklich störten. Der Hausbesitzer erstattete offiziell Anzeige und erwartete, dass man sofort zur Tat schritt, aber die Bullen verwiesen auf den Dienstweg und zogen wieder ab. Der Hausbesitzer warf sich wutschäumend in seinen metallicgrauen Schlitten und fuhr hinterher. Wir winkten ihm jubelnd nach.

Eine Woche später sahen wir uns wieder. Es war noch nicht ganz hell, er stand auf der Straße und sah zu, wie wir unsere Schlafsäcke und Rucksäcke aus dem Fenster warfen und hinterhersprangen. Kurz zuvor war ich von Krachen und Gebrüll in der Halle geweckt worden, ein Lärm, den ein Dutzend Arbeiter machten, die mit Holzfälleräxten und Vorschlaghämmern auf Wände, Schrott und Türrahmen losgingen.

–RAUSRAUSRAUS – RAUS!
Den Zustand des Gebäudes veränderten sie nicht wesentlich, aber darum ging es auch nicht: Der Bagger stand bereits hinter dem Haus und wartete auf seinen Einsatz. Das Rollkommando war extra für uns bestellt worden. Keiner von uns legte sich mit großen, schweren Typen an, schon gar nicht mit Äxten und Vorschlaghämmern. Wir rafften unseren Kram zusammen und nahmen den nächsten Fluchtweg. RAUSRAUSRAUS brüllte es, und ich wollte auch nichts anderes. Dann sah ich den Hausbesitzer breitbeinig auf der Straße stehen und packte Happy am Arm, der neben mir hockte und sich die Stiefel zuband.
–Renn zur Telefonzelle, zieh den Notruf-Hebel, hol die Bullen!
Er sah verwirrt aus.
–Die Bullen?
–Der darf das nicht, auch wenn's sein Haus ist. Haste nicht gehört letztes Mal, der braucht 'ne einstweilige Verfügung oder 'n Räumungsbefehl und 'ne Abrissgenehmigung und allen möglichen Scheiß, und dann darf er uns immer noch nicht selber rausschmeißen, also HOL JETZT DIE BULLEN!
Happy zog ab, und ich schoss auf den Hausbesitzer zu. Als er mich bemerkte, schaute er sich panisch nach seinen Schlägern um, aber die suchten noch im Gebäude nach Straßenkids, denen sie Angst machen konnten. Der Hausbesitzer riss sich schwer zusammen und nahm eine arrogante Haltung ein. Ich blieb zwei Meter vor ihm stehen und starrte ihn an. Er hielt es genau zwanzig Sekunden aus.
–Was willst du von mir?, bellte er.
Ich starrte einfach weiter. Ich wollte nur, dass er stehen blieb, bis die Bullen da waren. Wenn er sich dabei auch noch unwohl fühlte, auch gut.

Nun fing er an, nach Lösungen zu suchen.
–Willste Geld?
Das schien ihm so nahe liegend, dass er keine Antwort abwartete, sondern eine Geldbörse aus seinem hellen Mantel zog. Ohne Zögern förderte er zwei Scheine zu Tage und hielt sie mir mit spitzen Fingern hin. Als ich sie nahm, machte sich Erleichterung auf seinem Gesicht breit. Ich kramte ein Feuerzeug aus der Jacke.
–Ich will kein Geld, ich will in diesem Haus schlafen, bis es draußen wieder wärmer ist, sagte ich mit vor Wut zitternder Stimme und hielt mit ebenfalls zitternder Hand das Feuerzeug an die zwei Scheine. Nun kam die Panik über ihn. Er riss mir das Geld aus der Hand und starrte mich fassungslos an. Seine Hände zitterten nun auch und streichelten die zwei Scheine, die er gerettet hatte.
In diesem Augenblick begann hinter dem Haus der Bagger zu dröhnen. Das raubte mir meinen Mut und gab ihm seinen zurück.
–Verpiss dich dahin, wo du herkommst. Hier will dich keiner!
Die Bullen kamen dann auch, eine halbe Stunde später, als von dem Haus nur noch ein Haufen Steine und Stahlbeton übrig waren. Nichts mehr, um das es noch zu streiten lohnte.

An diese Geschichte musste ich denken, als ich auf einem Umweg zu Joelle ging, mit brennendem, pochendem Jochbein, aber nicht wirklich getroffen; vertrieben, aber nicht gedemütigt, nicht mehr von kranken Arschlöchern dieser Sorte. Ich würde im Frühling wieder dort entlanggehen. Der Baum würde noch dort stehen, und was von ihm übrig war würde blühen.

Das Prinzip, in der Stadt nicht mehr zu spielen, hatte ich aufgegeben. Paul hatte mir in unseren Gesprächen gezeigt, dass der Grund meiner Ängste verjährt war. Ich war niemand, ich war eine Straßenmusikerin: Ich konnte mich in meiner Stadt wieder frei bewegen.

Ich suchte die einschlägigen Adressen auf, bekam die Neuigkeiten in der Branche mit und konnte feststellen, dass das Angebot an Kleiderkammern und Armenküchen vielfältiger geworden war und die Klientel sich in ein paar Jahren verdoppelt hatte.

In der Straßenszene hatte man mich nicht vergessen. Ich hatte mich lange nicht blicken lassen, aber nun wurde ich freudig in ihren Reihen begrüßt. Sie hatten zum Teil wohl gehört, ich sei im Radio gelaufen, hätte gar Karriere gemacht, aber auf der Straße kursierten so viele Geschichten, dass man sich im Allgemeinen an das hielt, was man sah: Ich war eine von ihnen. Leute, die mich nicht persönlich kannten, aber schon von mir gehört hatten, begegneten mir mit Respekt. Immer wieder wurde ich von Figuren angesprochen, an die ich mich gar nicht oder nur zögernd erinnerte, und ein paar Kumpels, die ich nie ganz aus den Augen verloren hatte, sah ich nun wieder öfter.

Es war, als käme ich nach Hause.

An diesen Tagen lief das Geschäft irrational gut, wie immer in den Wochen vor Weihnachten. Vor dem Fest trat auf der Straße der Ausnahmezustand ein, eine andere Realität, die es möglich machte, dass einem ganze Scheine in den Koffer segelten, ohne dass man die geringste Leistung dafür erbrachte. Noch der schlechteste Schnorrer hatte in diesen Wochen gute Chancen, mit Papiergeld nach Hause zu kommen.

Noch bevor die Geschäfte schlossen, ließ ich die Fußgängerzone hinter mir und fuhr in der Dämmerung zu Joelle.

Dort traf ich auch Paul, der mich wie immer mit großem Hallo begrüßte und sich nach meinen Geschäften erkundigte.
–Bestens, Gewinnausschüttung im Berberlotto.
–Wenn es mal schlechter läuft, weißt du ja, wo du auftreten kannst…
Paul erwähnte bei jeder unserer Begegnungen die Möglichkeit, für gutes Geld in der *Bluesbüchse* zu spielen, und ich schmetterte ihn reflexartig ab, es war eine Art Runninggag zwischen uns geworden, ein freundliches Ritual.
–Joelle wird mir schon was zu essen geben, wenn ich hunger'…, sagte ich.
–Den Teufel werd ich tun, solange du singen kannst, sagte Joelle.
Es war wie immer, sie waren alle auf meiner Seite, nur ich war zu stur, um ebenfalls auf diese Seite zu wechseln. Ich zog die Jacke aus und ließ mich auf das Sofa fallen.
Die Atmosphäre war geschaffen dazu, um sich wohl zu fühlen, außer uns dreien war niemand da, es roch wunderbar in der Küche. Joelle arbeitete mit allen Tricks, sie hatte Kerzen aus echtem Wachs an allen Ecken aufgestellt und Bratäpfel im Ofen.
Ich griff in meine Taschen und förderte Scheine und Münzen zu Tage. In diesem Fall hatte ich nichts gegen Publikum beim Kassemachen, im Gegenteil, es tat mir gut, diesen beiden Menschen zu demonstrieren, dass ihre Sorgen um meine Zukunft überflüssig waren.
–Haste noch von dem Thai-Gras?, erkundigte ich mich bei Joelle.
–Leider nicht, aber ich habe auch afrikanisches bekommen. Mal probieren?
Ich nickte, und Joelle ging zum Giftschrank, um die entsprechende Dose zu holen.

Paul stand auf und klopfte auf den Tisch.
–Ich muss weiter, Ladies. Boy, wir sehen uns am Samstag. Du kommst doch?
–Ich weiß noch nicht.
Paul seufzte und zuckte mit den Schultern.
–Überleg's dir.
Er strubbelte mir die Haare und umarmte Joelle, dann rauschte er ab und ließ mich wie so oft mit einem schalen, unangenehmen Gefühl zurück. Ich kam mir träge und nutzlos vor, nicht in der Lage, Entscheidungen zu treffen.
Die meiste Zeit gelang es mir, die Dinge einfach wegzuschieben. Dann kam wieder Paul mit seinen ganzen guten Absichten und unerbetenen Informationen. Ich hatte keine Lust, über den nächsten Samstag nachzudenken, öffnete die Dose mit dem afrikanischen Gras und nahm eine Blüte heraus, um einen Probierjoint zu drehen.
Joelle schaute in den Ofen und setzte sich zu mir.
–Stimmt was nich'?
–Alles bestens, wieso?
–Nichts, du siehst nur auf einmal so aus, als würde dir was auf die Eier gehen. Habt ihr beide schon wieder ein Problem?
–Paul und ich?
Ich dachte selber kurz darüber nach.
–Nicht wirklich. Aber er tut so, als wäre es nur eine Frage der Zeit, bis ich mich wieder auf das alles einlasse…
–Vielleicht hat er Recht. In dem Fall hoffe ich sogar sehr, dass er Recht hat.
Joelle verstand, was ich meinte, das gefiel mir. Aber was sie dazu sagte, gefiel mir nicht.
–Was mich daran nervt ist: Ich habe mich ein bisschen umgesehen in der Branche und bin zu dem Ergebnis

gekommen, dass ich das nicht will. Warum könnt ihr das nicht einfach akzeptieren?

–Weil ich das anders sehe. Du bist auf die Schnauze gefallen, das passiert auch andern. Und du musst dich erst wieder aufrappeln. Deine Freunde haben die Aufgabe, dir dabei zu helfen.

–Ich bin, wenn du so willst, auf die Schnauze gefallen, aber ich habe daraus GELERNT. Was soll da falsch dran sein?

Joelle winkte ab. Sie beantwortete keine rhetorischen Fragen, ebenso wenig, wie sie welche stellte. Ihre Fragen trafen präzise ins Schwarze.

–Was ist denn der wesentliche Unterschied zwischen Straße und Bühne?

Ich zögerte lange, aber dann sagte ich es doch.

–Die Freiheit. Der äußerste Fetzen davon, den man überhaupt bekommen kann. Straßenkunst ist, wenn du so willst, reine Kunst: ungebeten, unberechenbar, willkürlich bezahlt, draußen, am Puls des Lebens, am Hungertuch.

Ich grinste über meine eigenen Worte, aber sie waren mir ernst. Joelle schwieg und wartete darauf, dass ich weitermachte. Und ich war tatsächlich noch nicht fertig.

–Ich muss die Leute kriegen, die zufällig vorbeikommen, und dann muss ich sie halten. Keiner findet mich gut, weil er mein Gesicht aus dem Fernsehen kennt, ich muss in diesem Augenblick gut sein. Der reine Moment, kein Vorher, kein Nachher. Aber ich kann es auch bleiben lassen. Ich kann auch einfach für mich singen, ich kann sogar gegen meine Umwelt ansingen. Ich brauche kein Booking und kein Management, keinen Terminkalender, keine Werbestrategie. Ich muss nicht darum betteln, mein Ding machen zu können. Ich mache es einfach …

Ich hatte einen meiner klaren Augenblicke, in denen sich nicht nur meine Gedanken zusammenfügten, sondern auch die richtigen Worte fanden.
–Ich habe mich nie so sehr als Bettlerin gefühlt wie vor den Toren des Business. Dem Business ist alles egal, was mir wichtig ist. Wir passen nicht zusammen.
–Verstehe. Und wenn du in einem Laden für Geld spielst, ist das Business.
–Klar. Ich hab einen Job, es gibt einen Termin, es gibt eine Erwartung, es gibt Plakate, es geht darum, möglichst viele Leute zu kriegen und möglichst die Presse.
–Und wenn du einfach nur bei Paul spielst und mit dem Hut rumgehst?
Ich musste lächeln.
–Einfach bei Paul gibt's nicht mehr. Das ist jetzt die *Bluesbüchse.*
–Immerhin musste nicht betteln, um da zu spielen. Im Gegenteil, im Moment bist du diejenige, die sich ziemlich feiern lässt.
–Ich lass mich nicht feiern, ich werde das nicht machen.
Joelle stand auf, um nach den Bratäpfeln zu sehen, und ich lehnte mich zurück. Meine Position war sauber erklärt, und ich konnte mir einfach kein Argument vorstellen, das mich umgestimmt hätte.
Joelle rückte mit zwei dampfenden Tellern an, zauberte eine Kanne Vanillesoße hervor und setzte sich wieder zu mir.
–Guten Hunger.
–Wow, danke.
Als wir gerade an der zweiten Gabel pusteten, ertönte das geschäftliche Klingelzeichen.
–Das wird Alex sein.
Joelle ließ die Gabel sinken und ging zur Tür.
Alex war auf dem Sprung, sie wollte nur ihre Bestellung

abholen. Keinen Bratapfel, danke. Auch kein Tässchen Tee, echt nicht, sie musste weiter. Küsschen rechts, Küsschen links, dann waren wir wieder alleine.
Ich war mit meinem zweiten Bratapfel hinreichend beschäftigt, als Joelle mich mit einer Frage überfiel.
–Was is denn am Samstag?
Scheiße, dachte ich, der entgeht auch gar nichts. Ich kaute aus und nahm einen Schluck Tee, bevor ich antwortete.
–Johnny Lehmann in Concert. In der Bluesbüchse.
–Und, gehste hin?
–Wenn ich das wüsste …
–Wo ist denn das Problem?
–Leute von der Firma werden da sein. Eine Menge Volk, das ich nicht sehen will.
–Warum gehste nicht verschleiert?
Das brachte mich zum Grinsen, aber später auch auf eine Idee. Vorerst hatte ich weitere Einwände.
–Es gibt noch ein anderes Problem. Johnny Lehmann wird da sein.
Jetzt grinste Joelle.
–Hä? Wegen dem gehste doch da hin, oder habe ich was nicht mitgekriegt?
Ich drehte mir eine Zigarette und holte tief Luft. Joelle würde schweigen wie ein Denkmal, es gab keinen Grund, ihr nicht zu antworten.
–Paul wird es sich nicht nehmen lassen, mich meinem großen Idol vorzustellen, wenn ich da hingehe. Der Haken dabei ist, wir sind uns schon mal begegnet, vor einem Jahr in der Firma.

Zweimal, um genau zu sein, hatten wir uns im selben Raum aufgehalten, in beiden Fällen hatte bei mir eine Art Schock eingesetzt, ich wusste nicht mehr, wohin mit meinen Händen, und versuchte krampfhaft, dem

Gespräch zu folgen und einen konzentrierten, gelassenen Eindruck zu machen. Das erste Mal, im Aufenthaltsraum des Studios, wo ich mit Rocco und zwei Typen, die im Nachbarstudio arbeiteten, Kaffee trank, hatte er mich gar nicht registriert. Wie alle anderen hatte ich ihn beim Betreten des Raumes gegrüßt, aber er schaute geradewegs durch mich durch und wandte sich an Rocco, mit dem er etwas zu besprechen hatte. Diesen Blick kannte ich. Berühmte Leute, die durch eine Menge von fremden Menschen liefen, schauten so. Leute, die angegafft wurden, entwickelten diesen Blick, der keinen anderen Blick erwiderte. Auch ich hatte schon so geschaut, auf der Straße oder vor einem Auftritt, wenn ich mich nicht mitteilen und nicht angesprochen werden wollte: starr und hoch konzentriert auf ein bestimmtes Gesicht, eine Sache fixiert, alles andere dankbar ausblendend. Irgendwie glaubte ich Johnny zu verstehen und beachtete ihn nicht weiter, auch wenn ich schweißnasse Hände hatte und vermutlich rot wurde.
Bei unserer zweiten Begegnung war ich definitiv rot geworden, und auch der Schweiß an meinen Händen ließ sich nicht mehr vertuschen, man nötigte uns dazu, uns die Hand zu geben, und ich schaffte es immerhin, meine vorher an der Hose abzuwischen. Dass mir dabei meine künftigen Brotgeber zusahen und nicht zu vergessen auch Johnny Lehmann, dem ich diese Hand hinhielt, war nicht wirklich von Bedeutung: Es war mir ohnehin anzusehen, dass ich in heller Panik war.
–Johnny, ich darf dir kurz eine junge Kollegin vorstellen, sie ist ein großer Fan von dir...
Bei unserer ersten Begegnung war ich irgendein Mädchen gewesen, das im Studio rumhing, nun war ich eine junge Kollegin kurz vor der Unterschrift eines Vertrages.

–… Stella Runaway.
Ich trug diesen Namen erst seit ein paar Tagen und gewöhnte mich noch an seinen Klang. Der A&R war damit angekommen, er war begeistert von seiner Idee und hatte bereits alle Rechte gesichert. Ich erhob keine Einwände, ich fand den Namen schön. Trotzdem bezog ich ihn noch nicht wirklich auf mich.
Johnny Lehmann gab mir die Hand. Er lächelte, freundlich, strahlend, unverbindlich. Ich grinste hypnotisiert zurück.
Für einen Moment stiegen seine Augen aus dem Lächeln aus und schauten forschend in meine. Dann zog sich wieder das Lächeln darüber, wir ließen unsere Hände sinken und mussten nun ein paar Worte wechseln, der große Künstler, der zufällig ins Büro gekommen war, und die junge Kollegin, die vor Verlegenheit im Boden versank.
–Hi… Johnny, brachte ich heiser hervor, … freut mich.
–Freut mich auch, sagte Johnny, wie man das eben so sagte. Er war freundlich, er war ein Profi, er war cool, er konnte mit Menschen umgehen. Es war an ihm, die peinliche Situation zu beenden und er tat es souverän und ohne viel Aufhebens.
–Wir seh'n uns wohl noch öfter…, sagte er einfach zu mir, bevor er sich verabschiedete.
Dazu war es nie gekommen.

Joelle kannte die Zusammenhänge im Groben und konnte sich vorstellen, dass ich keine Lust hatte, ihm ein zweites Mal persönlich vorgestellt zu werden. Allerdings glaubte sie auch, dass das Risiko dabei gering war.
–Der wird dein Gesicht längst vergessen haben. Was meinste, wie viele Hände der im letzten Jahr geschüttelt hat…

Ich dagegen war sicher, dass er mich damals registriert hatte. Der kurze, ernste, forschende Blick hinter seinem Breitwandlächeln: Es war ein Moment echter Aufmerksamkeit gewesen.
– Im Nachhinein glaube ich, er hat mich durchleuchtet, damals. Er hat sich gefragt, ob ich hart genug bin. Zwei Wochen später platzt der Vertrag, und der Act wird auf Eis gelegt. Ärgerlich, aber die Kleine war nicht hart genug, das bringt nichts. So was passiert immer wieder. Aber dass die Nummer kurz darauf in die Charts kommt, das ist selten. So was merkt man sich.
Johnny Lehmann war nie bis in die Top Ten gekommen. Ich glaubte fast, der Hund hatte einen Trick, der ihn vor dieser Kategorie Erfolg bewahrte.

Kurz vor den Feiertagen fiel ich auf die Bretter. Ich war so erkältet, dass ich kaum Luft bekam und keinen klaren Gedanken fassen konnte. Mein Schädel war verklebt, mein Bewusstsein gedämpft, mein ganzer Körper schrie nach Ruhe. Draußen lag die Temperatur jetzt kontinuierlich unter Null. Ich hatte die Tage der guten Einkünfte weidlich ausgenützt und mir damit auch diese Beschwerden zugezogen. Nun konnte ich es mir aber auch leisten, sie auszukurieren.
Ich verbarrikadierte mich in der Hütte. Einmal am Tag schleppte ich mich kurz nach draußen, um die zwei Holzkörbe aufzufüllen. Mein Herdfeuer ging nie aus.
Ich ernährte mich von Kräutertee, Gemüsebrühe, heißer Milch mit Honig und Joelles magischen Keksen, die sie zum Jahresende unter die Leute brachte, eine kleine Aufmerksamkeit des Hauses. Die meiste Zeit lag ich im Bett und dämmerte vor mich hin. Ich hörte auch Musik, die neue CD von Johnny Lehmann.

Ich hatte seinen Auftritt von der Küche aus verfolgt. Sie lag hinter der Theke und hatte eine Durchreiche mit direktem Blick auf die Bühne. Ich lungerte hinter der Durchreiche herum und behielt gleichzeitig die Spülmaschine im Auge. Ich konnte Johnny gut sehen, aber kaum hören, die Küchengeräusche von hinten und die Thekengeräusche von vorne waren intensiver als die Hausanlage. Wenn ich zwischen den Spülkörben etwas Land sah, huschte ich aus der Küche, rückte meine Küchenhaube und Schürze zurecht und gönnte mir einige Minuten im Menschengewühl, wo ich mich recken musste, um die Bühne zu sehen, aber einen ausgezeichneten Sound hatte.

Ich sah im Laufe des Abends eine ganze Reihe bekannter Gesichter in der Menge und zuckte ein paar Mal zusammen, aber sie schauten alle durch mich hindurch.

Meine Tarnung war perfekt. Vielleicht hatte Joelle Recht, und ich brauchte keine Verkleidung mehr. Ich wischte meine Hände an der Schürze ab und verzog mich in die Küche.

Johnny wirkte auf mich strahlend wie eh und je. Er stand mit voller Berechtigung dort oben, wie auch immer er dorthin gekommen sein mochte. Ich achtete auch auf die fünf Musiker, die sich im Halbkreis um ihn herum hielten. Sie mussten wissen, dass sich für sie keiner groß interessierte, aber sie sahen aus, als würden sie eine riesige Party feiern. Sie sahen nicht aus wie Leute, die ihre Seele verkauft hatten. Johnny sang davon, dass er seine verkauft hätte, und machte damit möglich, dass eine Menge Leute heute Abend einen Job hatten und eine noch größere Menge ein wirklich gutes Konzert.

Paul hatte, völlig untypisch, nicht weiter nachgefragt, als ich mit meinem Vorschlag ankam. Er machte kei-

nen Versuch, mich in Richtung Backstage zu locken, beobachtete mich aber den ganzen Abend. Später bestand er darauf, mich mit dem üblichen Stundenlohn zu bezahlen.
–Ich soll dir noch was geben, von Johnny.
Ich spürte einen Stich im Bauch und wurde sofort so wütend, dass ich ihn am Arm packte.
–Was haste über mich gesagt?
Paul lächelte unschuldig und siegesgewiss, ein He-ich-bin-doch-nicht-blöd-Lächeln.
–Ich hab gesagt, dass ich eine Straßenmusikerin kenne, die auf ihn steht und sich freuen würde…
Er hielt mir Johnnys neue CD hin, die mit Filzstift signiert war:
Für Boy
viel Glück da draußen!
Johnny

Das CD-Cover lag neben meinem Lager. Manchmal redete ich mit ihm. Hinter der Filzstiftsignatur lächelte scheu Johnny Lehmanns Porträt. Es sah nicht so aus, als hätte er Spaß daran gehabt, sich fotografieren zu lassen.
Ich versuchte mir vorzustellen, wie Johnny alles Mögliche tat, an dem er keinen Spaß hatte, um das sein zu können, was er war, nur für diese zwei Stunden auf der Bühne hier und da, für die paar Glücksmomente im Studio, wenn der entscheidende Take im Kasten war. Die meiste Zeit ging dabei drauf, die Peripherie zu ertragen. Dieses Bild aber passte nicht zu dem, was ich gesehen hatte. Die Musiker in der Bluesbüchse hatten Spaß gehabt, eindeutiger ging's nicht mehr, und auch Johnny hatte Spaß. Er musste das alles gerne tun, sonst wäre er nicht so gut gewesen.
–He, sagte ich zu dem Cover-Foto, der Typ, dem du dei-

ne Seele verkauft hast, der muss sich doch irgendwie über den Tisch gezogen fühlen…

An einem Feiertag schaute Paul vormittags bei mir vorbei und fiel aus allen Wolken, mich hustend und schniefend mit Fieber im verschwitzten Bett anzutreffen.
–Mensch, warum rufst du nicht an!
Ich telefonierte nicht gerne, ich hatte so ein Ding, aber ich benutzte es so gut wie nie und war froh, wenn es nicht kreischte. Ich hatte einfach nicht daran gedacht.
–Ich bin nur erkältet, halb so wild.
Trotzdem war ich froh, dass er da war. Er räumte auf und stapelte Holz in die Küche, spülte Tassen, füllte die Thermoskanne mit Kräutertee und überwachte die Milch auf dem Herd. Und machte sich laut Gedanken über mich.
–Vielleicht sollteste dir doch überlegen, für die kalte Saison den Job zu wechseln.
–Ich könnte schnorren gehen, sagte ich.
Paul sah aus, als hätte ich einen Witz gemacht, den er nicht ganz verstand.
–Im Ernst, ich hab das früher auch gemacht, im Winter. Manchmal war's einfach zu kalt zum Gitarrespielen.
–Isses dann nicht auch zu kalt zum Betteln?
Ich winkte ab.
–Ist 'ne Frage der Basis. Auf der Platte war mir monatelang kalt. Da werde ich jetzt ja wohl ein paar Stunden am Tag frieren können. Ich hab's doch im Grunde paradiesisch hier. Deswegen bin ich auch im Moment krank: weil ich mir das leisten kann.
Paul seufzte väterlich-resignierend, rührte einen Löffel Honig in eine Tasse heiße Milch und kam an mein Lager.

–Was ist mit ’nem anderen Job?
–Was soll damit sein?
–Machste auch keine Jobs mehr seit der Sache mit der Plattenfirma?
Ich grinste ein bisschen.
–Nee, ich hatte Anfang des Jahres noch einen. Als Nachtkassierer an ’ner Tankstelle. Den hab ich angefangen, nachdem der Vertrag geplatzt war.
–Und, was war damit?
–Sie haben mich rausgeschmissen. Wegen mangelnder Loyalität.
–Hä?
–Naja, ich hab dem Typen, der mich überfallen hat, viel Glück gewünscht.
Das war etwas für Paul. Er strubbelte mir begeistert über die Haare und lachte anerkennend.
–Und seitdem machste keine Jobs mehr?, fragte er schließlich.
–Richtig. Weil es überall so wäre, verstehste? Die können meine Zeit kaufen und meine Leistung, aber Loyalität ist bei mir nicht im Angebot, nicht für Geld.
Paul nickte zustimmend.
–Mmm... Könntest du dir vorstellen, deine Zeit und deine Leistung an mich zu verkaufen?
–Welche Leistung?
–Am liebsten deine künstlerische...
–Vergiss das, Paul.
–...aber an der Spülmaschine haste dich neulich auch gut gemacht. Überleg dir das mal. Der Stundenlohn ist nicht berauschend, aber ich könnte mir vorstellen, dass der auf der Straße schlechter ist.
Ich überlegte tatsächlich.
–Kannste dir das denn leisten?, fragte ich schließlich.
–Mach dir darüber keine Gedanken, wenn ich dir was anbiete. Überleg’s dir einfach.

–Mach ich. Äh..., danke, Paul.
Das sagte ich nicht nur, damit er das Thema wechselte.
–Is schon gut, Boy. Kannste sonst irgendwas gebrauchen? Wie wär's mit 'nem Fernseher, zum Beispiel? Ich kann dir meinen leihen, solange du ans Bett gefesselt bist...
–Mach das lieber nicht. Der letzte Fernseher, der hier drin war, hatte kein schönes Ende. Ich hab' ihn mit dem Beil kaputtgehauen, draußen, vor der Hütte.
Paul sah wieder aus, als suche er die Pointe. Er grinste flüchtig, schaute mich forschend an. Er schien sich nicht vorstellen zu können, wie wörtlich ich es meinte.

Den Fernseher mit Satellitenschüssel hatte mir Ron geschenkt, wie auch die meisten CDs und den Blaster; den Plattenspieler und die Vinylplatten hatte ich mir selber auf dem Flohmarkt geholt. Das war, neben meinen zwei Gitarren und zwei Kartons mit Kleidern und Kram mein ganzer Haushalt gewesen, als ich in die Hütte zog.
Die Hütte war die letzte Abrundung meiner wunderbaren Glückssträhne, die mit dem Auftritt eines großzügigen Lovers begonnen hatte, die mit dessen Abgang und der Gründung einer Band weitergegangen war und nicht abreißen wollte, bis ich mich in nächster Nähe zu einem Vertrag mit einem kleinen, aber namhaften Label wieder fand.
Damals hatte Jakob angerufen und mir erzählt, ein Freund von ihm gehe ins Altersheim, und ein kleines Haus am Stadtrand würde frei. Als ich die Bedingungen hörte, sparte ich mir jede weitere Frage. Ich ging mit

Jakob zum Besitzer des Geländes, und wir gaben uns die Hand. Formalitäten gab es keine. Ich zog sofort ein, renovierte ein bisschen und freundete mich mit dem Hund an. Es war ein älteres Weibchen, eine Art Collie. Ich hatte nie einen Hund gehabt, aber ich konnte mir sehr bald nichts anderes mehr vorstellen.

Wirklich genießen konnte ich dies alles aber erst, als meine Visionen sich, eine nach der anderen, verflüchtigten und die Hütte das Einzige war, was mir blieb.

Das alles hatte sich in nicht mal zwei Monaten abgespielt: Das erste Treffen mit dem A&R, der Krach mit der Band, die Vorproduktion. Ich war in die Hütte gezogen und hatte meinen Job in der Spülküche hingeworfen, denn ich hatte nun keine Miete mehr, andererseits die zwanzig Riesen Vorschuss fast in Reichweite, die in der Vertragsvorlage standen.

Dass die Band sich in Luft aufgelöst hatte, tat mir nicht sehr weh. Sicher, es gab diese Geschichten, von Typen, die Verträge abgelehnt hatten, um das Band-demokratische Ideal zu wahren. Aber sie wurden von Leuten erzählt, die es nicht weit gebracht hatten. Meine langfristigen Orientierungen waren andere, und ich machte keinen Hehl daraus.

Nachdem die Vorproduktion im Kasten war, sollte ich Termine für einen Videodreh bekommen und wartete fast zwei Wochen auf einen Anruf. Ich rief dreimal an, die Sekretärin erzählte etwas von Koordination. Beim vierten Mal hatte ich den A&R persönlich an der Strippe.

–Ja! Emma…, richtig, das Projekt *Stella Runaway*. Gut, dass du dich meldest, spar ich mir den Anruf. Um es kurz zu machen, der Act ist im letzten Plenum abgelehnt worden. Hat die Kollegen nicht überzeugt, was wir uns da gedacht hatten.

Ich stand unter Schock und war nicht in der Lage, et-

was zu sagen. Ich presste den Hörer an mein Ohr, bis es wehtat. Dem A&R wurde mein Schweigen unangenehm.
–Tut mir Leid für dich, aber so ist das Geschäft, fügte er hinzu.
Ein heißer Klumpen explodierte in meinem Bauch und breitete sich aus, bis ich in Flammen stand. Mich interessierte nur eins:
–Lag es an meiner Musik, oder… oder lag es an mir?
Der A& R atmete scharf am anderen Ende der Leitung.
–Ich sag dir was: Du bist schon ziemlich alt und du hast noch 'ne Menge zu lernen. Aber ich will dich nicht entmutigen, die Branche ist voll von seltsamen Begebenheiten. Vielleicht klappt's ja irgendwann, viel Glück!
–Danke, sagte ich und legte auf.

Ich war dankbar gewesen für diese wunderbare kleine Welt, die mich auf andere Gedanken brachte. Ein Haushalt mit Holzofen, Mäuse in der Küche, Blumenzwiebeln, Bäume und Büsche, ein Baggerloch, ein Hund mit freundlichen Augen. Einmal schneite es zwei Tage lang, die ganze Umgebung sah aus wie im Märchen und die Luft schmeckte sauber.
Ich hatte ein paar Auftritte, die schon länger feststanden. Nachdem die letzten Gigs mit den Bloody Beatnix geplatzt waren, bot ich mich sofort wieder solo an. Ich wollte mir selbst und aller Welt zeigen, dass ich es auch alleine konnte.
Dies galt nach der Pleite mit dem Label immer noch und erst recht. Die rund fünfzig Leute, die zu den Auftritten kamen, zeigten mir, was ich wissen wollte: Ich war da, mit oder ohne Plattenvertrag. Ich brauchte nur ein Plakat in die Straßen zu hängen, auf dem Boy & Her Guitar angekündigt wurde. Danach hatte ich mir Ur-

laub verdient und bemühte mich vorerst nicht um neue Termine.
Stattdessen nahm ich den Job an der Tankstelle an, der erste, von dem ich erfuhr. Ich arbeitete gerne nachts und verschlief die Tage. Wenn ich morgens nach Hause kam, wurde es gerade hell. Ich fütterte den Hund, schaltete den Fernseher an und schlief in Kleidern ein. Wenn ich aufwachte, lief der Fernseher noch immer, und draußen war es wieder dunkel.
Anfangs bevorzugte ich einen Sender, der fast nur Polizeiserien brachte, später sah ich noch lieber das Programm, in dem alle zwanzig Sekunden eine Menge Volk loswieherte, es hatte etwas Beruhigendes, wie Meeresrauschen, und es gab keine Handlung, der man folgen musste.
Manchmal schaute ich versuchsweise ins Musikfernsehen. In der Regel bekam ich Kopfweh vom Dauerflackern der Videos, aber hin und wieder gab es auch Konzertübertragungen oder echte Musiker im Studio. Ich war nicht abgeneigt, dieses Spiel weiter zu erkunden. Ich musste besser werden und besser informiert sein, wenn ich es weiter versuchen wollte. Auch wenn es mich kränkte, dass sie mich nicht haben wollten: Es war in dieser Branche höchst schmeichelhaft, überhaupt ins Kalkül gezogen zu werden, so viel hatte ich verstanden. Ich sah zu diesem Zeitpunkt keine Veranlassung, das Geschäft als solches abzulehnen.

Dann döste ich eines Morgens in die Wiederholung der Top-Einsteiger der Woche hinein. Die Kunst beim Zuschauen bestand darin, die zugeknallte Minderjährige, die durch den Bonbonladen führte, möglichst zu ignorieren. Bei einer Nummer, deren Ansage ich nicht wahrgenommen hatte, richteten sich nach ein paar Gitarrenakkorden die Haare in meinem Nacken auf, nach dem ganzen Riff die Haare auf meinen Armen, und als die Stimme einsetzte, fuhr ich in die Senkrechte und brauchte lange Sendesekunden, bis ich mich sortiert hatte: Ich hatte gerade geträumt, mein Song käme im Fernsehen. Ich lehnte mich zurück und grinste, aber der Song lief immer noch, und wieder fuhr ich auf.

Das klang wie MEIN SONG, einer von den beiden, die ich mit Rocco eingespielt hatte, vor ein paar Wochen, damals, vor Ewigkeiten, der Song, der *im Plenum abgelehnt* worden war *(oder … oder lag es an mir?)*, zu schräg, zu wenig sexy, zu echt oder was auch immer. Aber die Nummer war jetzt nicht mehr schräg, sie war präzise, sie war brillant arrangiert und ging wie Honig ins Ohr, und die Stimme, die Stimme schleppte und lallte nicht mehr, die Stimme klang wie abgewetzter Samt, cool, sexy und … war nicht meine Stimme. Ich schaltete mühsam meine Augen in mein Bewusstsein ein und krabbelte auf allen Vieren näher an den Bildschirm.

Das Video zeigte ein paar Einstellungen, die sich wiederholten, einmal fuhr die Kamera mit Blick durch die Windschutzscheibe eines Autos eine lange Straße entlang, dann wieder zeigte sie ein paar Figuren in Mänteln, die um eine Tonne herumstanden, in der Feuer brannte, und während die Einstellungen wechselten, verschwanden alle Figuren nacheinander, und es zeichnete sich ab, dass die Sängerin zuletzt übrig bleiben würde …, doch eine Attacke Werbespots rauschte dazwischen, und die zugeknallte Minderjährige plapperte die anderen Neueinsteiger an.

Ich blieb den ganzen Tag vor dem Fernseher kleben. Ich rauchte einen Joint nach dem anderen und wurde nicht im Mindesten müde. Abends telefonierte ich kurz, um mich krankzumelden, was absolut ernst gemeint war. Es ging mir nicht gut.

Ich schaltete das Radio an. Dort waren sie tatsächlich schneller: Ein Moderator war so freundlich, eine Nummer anzukündigen, die ihn hatte aufhorchen lassen, wie er sagte, sie sei völlig unerwartet aus dem Land der Nullen quer durch die Verkaufscharts gezogen und läge mittlerweile auf Platz achtzehn.
–Für ein Debüt jetzt schon ein Mega-Erfolg, und es geht wohl noch weiter für Stella Runaway mit ihrem Titel *Vagabonds Kitchen!*

Ich bekam die Nummer noch ein paar Mal zu hören im Laufe der nächsten Tage. Sie bekam High Rotation und krabbelte weiter auf die Top Ten zu. Im Fernsehen hielten sie sich dagegen mit dem Video zurück, jedenfalls dann, wenn ich hinschaute. Weswegen ich bis zum nächsten Bonbonladen warten musste. Diesmal hatte ich mehr Glück. Die zugeknallte Minderjährige freute sich riesig, einen Gast ankündigen zu können, den bis vor drei Wochen noch niemand gekannt hatte, eine Frau, die jahrelang herumgezogen war und Straßenmusik gemacht hatte, bis vor einem halben Jahr…
–… Aber das wird sie uns selber erzählen: Herzlich willkommen: STELLA RUNAWAY!
Eine glitzernde Wand fuhr zur Seite, und das Mädchen glitt über ein paar Stufen in den Bonbonladen. Ihre Haltung war tadellos, ihr Gang war lässig, ihr Grinsen sah sympathisch aus und ließ schneeweiße, gerade Zähne sehen. Sie war wohl volljährig, aber wahrscheinlich jünger, als ich bei Antritt meiner Reise gewesen war. Sie trug lange, blond gefärbte Designerdreadlocks, hatte ein ebenmäßiges Gesicht mit negroidem Einschlag und große, runde, dunkle Augen. Sie trug zerfranste Jeans und ein sparsames Oberteil, von dem ebenfalls Fransen hingen, bis knapp über ihren gepiercten Bauchnabel. Sie hatte eine ähnliche knochige

Modelfigur wie ich, aber ihre Haut schimmerte makellos goldbeige. Sie ging neben der zugeknallten Minderjährigen zu der schreiend türkisen Couch und ließ sich in die Polster fallen, als wäre der Bonbonladen ihr Wohnzimmer.
–Jetzt erzähl mal selber, Stella: Wie war das?
–Naja, ich bin in den letzten Jahren durch Europa getrampt und hab auf der Straße gesungen. Letztes Jahr war ich in London, wurde auf 'ne Party eingeladen, 'n Monat später hatte ich den Plattenvertrag. Wie das eben so geht…
Sie zog spöttisch die Lippen auseinander. Wie das eben so ging. Mich überkam ein irrationaler Anflug von Sympathie für dieses Mädchen. Sie war cool. Aber auch das war kein Wunder: Sie war bei einem Casting aus zig Bewerberinnen ausgewählt worden, sie war die absolut Beste, die man für diese Rolle hatte kriegen können.
Die zugeknallte Minderjährige wollte nun wissen, wo Stella denn überall herumgekommen sei, und Stella zählte alle möglichen Städte quer durch den Kontinent auf und grüßte in acht verschiedenen Sprachen ihre Freunde und Fans. Dann drängte die Sendezeit, und die zugeknallte Minderjährige, die sooo gerne noch weitergeplappert hätte, kündigte an, Stella werde jetzt live im Studio singen, zur Gitarre, wie früher auf der Straße.
Das Mädchen bekam aus der Kulisse eine Gitarre gereicht und trat an das vorbereitete Mikrophon. Sie spielte die Gitarre tatsächlich selber, das gleiche Riff, was ich auch verwendet hatte, nur mit Kapodaster im dritten Bund, sie spielte gut, lässig und präzise, aber noch besser sang sie: Ihre Stimme war ausgebildet, aber *(wild und sexy)* mit allen Wassern des Bar-Jazz gewaschen. Um zu beweisen, dass sie wirklich live sang,

schmückte sie, anders als in der produzierten Version, die Strophen mit souveränen Schnörkeln aus, bevor sie sich wieder mit einem blitzenden Lächeln und einem Hüftschwung dem Refrain zuwandte, den in diesem Augenblick vielleicht schon Tausende mitsummten.
Ich zog sanft den Stecker aus der Wand. Himmlische Ruhe kehrte in meine Hütte ein. Ich löste die ganze Verkabelung, trug den Fernseher zur Tür und warf ihn so weit wie möglich in den Hof. Ich hörte ihn knirschen und die Bildröhre implodieren, ein trockenes lautes PLOP, das Splittern von Glas. Ich zog mir die Stiefel an und ging das Beil holen, um dem rauchenden Ding den Rest zu geben.

Ich brauchte den Fernseher nicht mehr. Ich hatte genug damit zu tun, mir die Single von Stella Runaway zu besorgen, sie mit meinem Original zu vergleichen (das Demo von Boy & Her Guitar), festzustellen, dass Tonart und Tempo sich unterschieden und der Groove mehr nach vorne ging. Trotz allem war mein Lied nicht unkenntlich, und der Text war fast der, den ich geschrieben hatte, wenn sie ihn auch gekürzt und den Titel geändert hatten. Vermutlich stand die ganze Sache fest mit beiden Beinen in ihrer Rechtsabteilung, und der Act Stella Runaway war ohnehin die patentierte Kreation des A&R. Ich schaute mir immer wieder das schöne Gesicht der Darstellerin auf dem Cover an und dachte an das coole, schlaue Mädchen, das ich gesehen hatte. Selber hätte ich bei diesem Casting wohl nicht die geringste Chance gehabt.
Irgendwann hatte ich genug davon und nahm die CD sowie eine Musikzeitschrift, die den sensationellen Erfolg dokumentierte, und trug sie hinaus zu den Trümmern des Fernsehers. Ich übergoss den ganzen Plunder mit Brennspiritus und zündete ihn an. Die Zeitschrift

loderte auf, der Rest schmolz unter grünen Flammen und beißendem Qualm zur Unkenntlichkeit zusammen. Aber es war kein gutes Feuer, sondern ein giftiges, das schon wieder erloschen war, ehe man sich daran die Hände wärmen konnte. Ich überließ den kläglichen Müllhaufen dem Schneeregen und ging ins Haus, telefonierte mit der Tankstelle und sagte, ich sei wieder gesund.

–Boy!
–Ja!
Ich warf mir das Geschirrtuch über die Schulter und pfefferte eine Hand voll Teelöffel in die Schublade. Als das Geklapper verklungen war, trug Abu seine Bitte vor.
–Guckst du nach Bagett? Danke!
Ich machte also den Abstecher zum Ofen, wo ich gerade rechtzeitg kam, um die besagten Baguettes zu retten. Ich riss die Luke auf und wich der heißen feuchten Wolke aus, die mir entgegenkam, zog rasch einen Handschuh über und nahm das Blech aus dem Ofen.
Abu stand am Lieferanteneingang und rauchte an der offenen Tür.
Ich fror schon beim Hinsehen, er trug nur ein T-Shirt unter der Schürze. Mit wilden Gesten gab er mir zu verstehen, er komme gleich, dann zog er noch mal und flitschte die Kippe nach draußen.
Die Tür ließ er offen.
–Findeste das nich' 'n bisschen kalt?, erkundigte ich mich vorsichtig.
Abu schaute von seinem Teller auf, den er mit einem Salatblatt und zwei Gurkenscheiben dekoriert hatte.
–Eh, is WARM draußen! Echt! Geh raus!
Das konnte ich mir schwer vorstellen, aber als ich an

die Tür trat, konnte ich es deutlich riechen: Ein Föhn war aufgekommen, viel zu früh, um den wirklichen Frühling anzukündigen, aber unverkennbar mit seinem Aroma; warm und süß nach Erde duftend, nach Regen und nach frischem Gras. Ich sog gierig diese Luft ein.
–Hoffentlich bleibt das so bis morgen, rief ich zu Abu herüber.
Er schob den Teller in die Durchreiche, drückte die Klingel für den Kellner und kam zu mir.
–Ah, du hast freie Tag morgen, was machst du dann?
Ich rieb meine kribbelnden Hände aneinander und grinste wie ein Honigkuchenpferd.
–Straßenmusik.

Paul hatte mir die Wahl des freien Tages gelassen. Ich hatte mir den Montag ausgesucht, weil es der Sonntag der Straßenmusiker ist. Nun war es der einzige Tag, an dem ich Zeit für Straßenmusik hatte. Mir war egal, ob ich Geld dabei verdiente, ich wollte nur wieder raus. Ich hatte über zehn lange Wochen nur gelegentlich die Gitarre in der Hand gehabt, zu Hause in meiner Hütte, und nur, wenn mir danach war. Die meiste Zeit hatte ich in der Spülküche der Bluesbüchse gestanden und hatte Gläser und Besteck poliert. Durch die vielen Überstunden hatten sich meine Geldsorgen praktisch erledigt, aber ich hatte auch keine größeren Bedürfnisse, die ich mit Geld hätte stillen können. Als ich den Föhnwind roch, der die Stadt für den Frühling putzte, wusste ich auf einmal, was ich brauchte: Ich war gierig auf einen Auftritt im Freien.
Das Wetter tat mir den Gefallen. Der Montag war wolkenverhangen, aber weitgehend trocken und brachte stolze 15 Grad aufs Thermometer, als ich nachmittags in die Fußgängerzone trat.

Einer meiner Lieblingsplätze war frei, eine Passage ohne Ladeneingang, mit einer Wand ohne Schaufenster. Ich legte meinen Koffer in den Eingang der Passage und ließ die Schlösser aufschnappen. Das ist es, dachte ich, du bist soeben in den Zustand der Erleuchtung eingetreten, und ich wusste, dass es kein Déjà-vu war, sondern der Gedanke, der zu diesem Ritual gehörte, ebenso wie die Gänsehaut, die mir über den Rücken rieselte. Ich hängte mir die Gitarre um und stellte mich an die Mauer, so hatte ich einerseits die Straße im Blick und konnte andererseits die Akustik der Passage nutzen.

Ich atmete tief, schüttelte die Hände aus, griff in die Saiten und sang für mich und für die Straße, für alle, die es hören wollten, für alle, die es nicht hören wollten, für die vorübereilenden, gehetzten Geschäftsmenschen und für den Berber, der aus einiger Entfernung herüberschaute. Ich sang nicht für die Groschen, die im Vorbeiziehen in meinen Koffer geworfen wurden, und auch nicht für den Silberling, ich sang für die, die ihren Schritt verlangsamten, die stehen blieben oder mich langsam umkreisten, die mir eine Minute ihrer Zeit schenkten und mit einem Lächeln weitergingen. Nach einem langen Set rauchte ich eine Zigarette und linste in den Koffer. Meine Einnahmen waren nicht der Rede wert. Ich lachte vor mich hin, in der unbändigen Lust, etwas wirklich Schräges zu tun.

Ich schlug die Gitarre an und fand schnell das Riff wieder, ich hatte es sicher tausendmal gespielt, ich hatte es ERFUNDEN, und dann sang ich:

wild romances and wasted chances, another reason to smile
mountains of empty bottles around me, they'll feed me for a while

lost and waiting in vagabonds kitchen,
nothing to share, nothing to care
cooking dreams between trees and ruins
anyway-ay-ay, anywhere – yeah

I'm waiting for a colourful waggon that takes me away
to where I belong
my bags are packed, my heart, my heat, my guitar,
my voice, my song

lost and waiting in vagabonds kitchen,
nothing to share, nothing to care
cooking dreams between trees and ruins
anyway-ay-ay, anywhere – yeah

Please bury me under a tree and don't talk about
my misery
in my pockets you can find strange things but no regrets,
no excuses – got me?

lost and waiting in vagabonds kitchen,
nothing to share, nothing to care
cooking dreams between trees and ruins
anyway-ay-ay, anywhere – yeah …

Als ich den Song ausklingen ließ, hatte ich die Bude voll. Fünf, sechs Reihen Menschen standen im Bogen um mich herum. Diese Wirkung hatte ich bisher nur erzielt, wenn ich ein allgemein bekanntes Cover sang, und das war es ja in der Tat; ich hatte meine Version gesungen, den Song *Lost & Waiting*, aber die Leute erkannten darin einen Titel, der vor einem Jahr eine ganze Zeit lang in den Charts gewesen war, der eine Strophe weniger hatte und *Vagabonds Kitchen* hieß. Ich

fragte mich auf einmal, was die Leute eigentlich an diesem Liedchen fanden. Eigentlich hatte ich einige bessere geschrieben.
Als ich mit einem solchen das Programm fortsetzte, lief mein Publikum wieder auseinander, bis auf eine Gruppe Teenies in Schlaghosen, die sich auch die nächste Nummer anhörten. Dann kam ein Mädchen auf mich zu:
–Äh, kannste noch andere Sachen von Stella?
Ich schenkte ihr ein strahlendes Lächeln.
–Nein, eigentlich spiel ich nur eigene Songs.
–Ach so, sagte sie, lächelte verlegen, warf mir eine Münze in den Koffer und zog mit ihrer Clique weiter.
Nun hatte ich kein Publikum mehr. Ich drehte mir eine Zigarette. Ich hatte keine Eile. Sie würden wiederkommen, wenn ich anfing zu singen.

In dieser Nacht schlief ich sehr gut, wachte mit einem breiten Lächeln aus einem höchst amüsanten Traum auf und traf eine neue Entscheidung, die ich niemandem erklären musste, der ich einfach folgte. Seit langem hatte ich mich nicht mehr so übermütig gefühlt.
Bevor ich anfing zu arbeiten, besuchte ich Paul in seinem kleinen, chaotischen Büro, wo er über einem Buchführungsprogramm saß.
–Ja, Boy?
Ich hielt ihm den Veranstaltungskalender der Bluesbüchse unter die Nase.
–Da steht, Johnny Lehmann spielt im Mai wieder hier…
–Wenn wir bis dahin geöffnet haben…
Paul starrte frustriert auf den Bildschirm. Ich trat hinter ihn und tätschelte ihm den Rücken.
–Heh…, sieht es so scheiße aus?
–Leider ja…

Er tat mir Leid. Immer wieder stemmte er sich gegen den Lauf der Dinge. Er war noch nie mit dauerhaftem Erfolg gesegnet gewesen, aber er versuchte immer wieder zu tun, was er für richtig hielt. Ich liebte ihn dafür.

–Ich weiß nicht, ob dir das hilft, aber mich kannste in einem Monat von der Gehaltsliste streichen.

Er schaute mich erschrocken an und hatte auf einmal alle Geldsorgen vergessen.

–Is was passiert?

–Ja, allerdings. Die Saison beginnt. Gestern war ich das erste Mal wieder draußen.

–Du hast es ja ganz schön eilig, hier wegzukommen…

Wir lächelten uns an. Dann fiel sein Blick auf das Programmheft, was ich noch immer in der Hand hielt.

–Und wenn Johnny hier spielt, willste noch mal eine Schicht einlegen?

–Sozusagen. Ich würde gerne den Support spielen.

Paul traute seinen Ohren nicht.

–Du willst WAS?

–Vor Johnny spielen. Wenn du das drehen kannst…

Paul hatte immer noch diesen Du-verarschst-mich-Blick, und ich konnte es ihm nicht übel nehmen. Er hatte das Thema lange nicht mehr angesprochen, vermutlich dachte er, es sei erledigt, schließlich war ich selber davon überzeugt gewesen, bis mich diese Laune gepackt hatte, urplötzlich wie der warme Sturm, der mich hinausgetrieben hatte.

–Ich dachte, 'n bisschen Spaß steht mir auch zu…, offenbarte ich dem staunenden Paul.

–Ich hab heute Nacht geträumt, ich wäre verklagt worden, weil ich ohne Genehmigung meinen eigenen Song gespielt hab, du weißt schon, diesen Hit…

Paul war ganz Ohr.

–Ich dachte, das wäre 'ne wunderbare Abrundung der

ganzen Geschichte, wenn mir das gelingen würde, findeste nich'?
Ich sah, wie Paul anfing zu strahlen, bis er Tränen in den Augen hatte und trat zum Fenster, an dessen Scheibe das Kondenswasser in dicken Tropfen herunterlief. Ich verfolgte fünf Tropfen bis zum Rahmen, dann wischte ich mit dem Ärmel über die Scheibe und sah mir den Himmel dahinter an. Er trug ein helles, seltsam blendendes Grau.

Ich traf Henri bei der Wohlfahrt, wo der Kaffee in Ordnung war und die Berberpost einen ihrer Verteiler hatte.
–Hi, Emma.
–Henri! Was geht?
Wir klatschten uns in die Hände, und er setzte sich zu mir. Er sah mich unsicher an.
–Schlechte Nachrichten. Der Indianer ist tot.
Ich stellte meine Kaffeetasse wieder hin und starrte auf den Tisch, während ich versuchte, mich an diesen Gedanken zu gewöhnen.
–So eine Scheiße. Biste sicher?
–Leo war dabei. Er hat mit ihm Platte gemacht, an der Eisenbahnbrücke. Abends hat er sich hingelegt, morgens war er schon steif. Ich treffe mich nachher mit Leo, um die Beerdigung zu klären, sobald sie die Leiche freigeben...
Obdachlose kamen in der Regel zur Feststellung der Todesursache in die Gerichtsmedizin, aber ich hatte gehört, dass die Ämter, wenn sie keine schweren Verletzungen fanden, einfach Herzstillstand notierten. Bei toten Straßenleuten setzte man voraus, dass es schon

irgendeine Überdosis gewesen sein und dass sich niemand für Details interessieren würde.
Henri erzählte von einem Verein, der auf dem Friedhof ein Stück Rasen gemietet hatte und die Trauerfeiern für Obdach- und Familienlose organisierte. Er versprach, mir Bescheid zu geben.

Die Leute, die ich kannte, waren alle im Winter gestorben. Teddy war an eine Nadel mit Rattengift geraten, soweit ich gehört hatte, und Fredo, ein sehr alter, stadtbekannter Berber, war von ein paar gelangweilten Teenagern zusammengetreten worden und innerlich verblutet. Atze und Jimi hatten sich totgesoffen, und der Indianer war leise gegangen, wie es seine Art war. Seine Beerdigung fand gegen Mittag statt. Vor dem Friedhof stand ein leerer Sixpack. Am Tor standen zwei Uniformierte und diskutierten mit ein paar Leuten, die ihre Hunde dabei hatten.
–Die Hunde haben ihn auch gekannt!
–Tut mir Leid, mit eurem Freund, aber Hunde dürfen nicht in die Kapelle…
–Aber ans Grab?
–Auch nicht.
–Wer sagt das?
–Die Friedhofsordnung.
–Und dass die Bullen 'ne Beerdigung aufmischen, das is nich' gegen die Ordnung?
–Ehrlich, nicht mal unsere Freunde begraben können wir in Ruhe…
–Könnt ihr. Wenn die Hunde draußen bleiben…
Auch Bier war auf dem Gelände nicht gestattet, und so standen noch viele draußen, um ihre Flaschen zu leeren. Manche hatten Blumen dabei. Ich trug meinen Gitarrenkoffer.
Die Friedhofskapelle war zu drei Vierteln voll mit bun-

tem Straßenvolk. Der Pfarrer hatte seine Schwierigkeiten, denn an eine ordnungsgemäße Zeremonie war nicht zu denken.

–Dieser Mann war ein Freund von vielen, sagte der Pfarrer.

–Worauf du Gift nehmen kannst, ergänzte ein Berber in der ersten Reihe.

Die Menge murmelte zustimmend.

–Auf Erden gehörte er zu den Geringsten…

–Er gehörte zu den Besten, rief Leo, der aufgesprungen war, mit Tränen im Gesicht und am ganzen Körper zitternd. Die Gemeinde begann zu klatschen und zu pfeifen.

–Und ich glaube, auch er wird von Gott aufgenommen werden, sprach der Pfarrer tapfer weiter, und wieder wurde er unterbrochen, diesmal von einer Alkoholikerin mit strähnigen Haaren und heiserer Stimme:

–So, Sie glauben, der kommt in'n Himmel? Ich sag Ihn' was, ICH WEISS DAS!!!

Nun sprangen immer mehr Leute auf, und alle klatschten. Standing Ovations für den Indianer, unseren toten Freund, einen der Besten, den flüchtigsten Flüchtling, den Leichtesten von uns allen.

Der Pfarrer musste dafür sorgen, dass die Kapelle frei wurde und schlug vor, zum Urnenfeld zu gehen, um dort noch etwas, Seitenblick zu mir, Musik zu hören. Ich nickte, der Pfarrer schritt mit der Urne zur Tür. Da ich am Gang gesessen hatte, gehörte ich zu den ersten, die aufstanden, und hatte Gelegenheit, die zwei Typen zu registrieren, die noch vor dem Pfarrer die Kapelle verließen. Sie hatten geföhnte Haare und teure Lederjacken. Ich war irritiert. Sie hatten sich nicht die geringste Mühe gemacht, sich der Szenerie anzupassen. Was glaubten sie damit zu erreichen? Wieso waren sie überhaupt hier? Ich beschloss, Henri zu fragen, was

hier vor sich ging, aber Henri blieb in einer Traube von Leuten unerreichbar für mich.
Auf dem Berber-Gedenkrasen machte man mir Platz, damit ich vor die Urne treten konnte. Sie stand vor einer Tafel, auf der die Namen aller Berber zu lesen waren, die unter diesem Rasen ruhten. Ich kannte keinen der Namen, obwohl ich vielleicht einige der Toten gekannt hatte. Auch der Indianer würde unter falschem Namen hier abgelegt werden.
Ich stimmte die Gitarre durch. Ich hatte mir die Sache überlegt. Eigentlich passte nur ein Lied wirklich hierhin, aber dieses Lied hatte ich an eine andere Welt verschenkt. Es ließ sich nicht mehr zurückholen. Am Grab des Indianers konnte man keinen Hit singen.
Ich schaute die Urne an. Sie stand zwischen Blumen. Ich nahm den Indianer nicht wahr. Er war längst weg. Ich drehte mich herum und schaute in die Gesichter der Leute, bleiche und rot verheulte Gesichter, alte und junge und alterslos kaputte Gesichter voller Geschichten, Verwirrungen, Schmerzen und Weisheit. Ich sang ein Lied für die Bewohner der Straße, eins, das von Stolz handelte, von Freiheit und von Erleuchtung. An den Indianer dachte ich und hätte ihm gern ein Lied gespielt von seinen Vögeln, die nur flogen.

Später stieß ich zu Henri und Leo, die sich eine Zigarette teilten.
Ich gab Henri meinen Tabak und wollte meine Beobachtung klären.
–Was machen die Bullen hier?
Henri wechselte einen schnellen Blick mit Leo.
–Wegen der Hunde waren die hier. Die Hunde durften nicht…
–Jaja, hab ich mitgekriegt. Was is mit den anderen, denen in Zivil?

Wieder wechselten die Typen einen Blick, und ich wurde ärgerlich.

–JEDER da drinnen hat sie gesehen. Ihr habt doch die Fete organisiert. Also was soll der Zirkus?

Henri hob beschwichtigend die Hände.

–Emma, ich weiß, dass du nich' blöd bist. Nur, das Ganze ist 'n bisschen abgefahren, und ich weiß selber nicht, was ich davon halten soll…

Henri war sonst nie so sprachmatt. Aber nun schaute er tatsächlich Hilfe suchend zu Leo, der Luft holte, mich anschaute und sich dann wieder an Henri wandte.

–Die hält uns für bescheuert…

Das erlöste Henri von seiner Lähmung.

–Nee, sie kommt damit wahrscheinlich besser klar als wir. Emma, der Indianer ist weg.

–Ja, klar. Ich kann's auch kaum glauben, aber…

–Du verstehst nich', was ich sage. Er is weg. Seine Leiche. Is verschwunden. Aus der Gerichtsmedizin…, sie suchen Anhaltspunkte …

Ich brauchte nicht viel Zeit um zu verstehen, vielleicht zwei Wimpernschläge. Der Indianer war verschwunden. Es war sein Meisterstück. Er hatte es geschafft.

Dann setzte für lange Augenblicke meine Kontrolle aus, etwas lachte los in mir, laut und befreit, ein wildes Lachen über die Gräber hin.

Eric-Emmanuel Schmitt
Hotel zu den zwei Welten

Aus dem Französischen von Annette und Paul Bäcker
112 S., büttenkartoniert • ISBN 3-909081-02-9

Ein Krisengespräch über Freiheiten im Leben, das Mysterium des Todes, über die Gelassenheit, Unausweichliches zu akzeptieren. Also auch ein Stück über die Liebe – vom Autor des seit Jahren erfolgreichen Gesprächs über Liebe: »Enigma«.

Yasmina Reza
Gesammelte Stücke

Der Mann des Zufalls / »KUNST« /
Gespräche nach einer Beerdigung / Die Winterreise
Aus dem Französischen von Eugen Helmlé und C. Bernd Sucher.
Gesamtredaktion der Ausgabe: Eugen Helmlé
256 S., geb. • ISBN 3-909081-03-7

»Yasmina Rezas Stücke handeln unterhaltsam und nachdenklich, nie sentimental oder selbstgefällig, von den ältesten Passionen. Erzählen von den Komödien des Verstands und der Politik der Gefühle: auf jener nicht endenden Reise von Menschen aufeinander zu, aneinander vorbei.« Peter von Becker, theater heute

Peter Stobbe
Nach Delft gehen

Eine Erzählung vom Malen

mit einem Umschlagbild des Autors
128 S., geb. • ISBN 3-909081-91-6

Der Maler Hieronymus malt sich als Heimatlosen, als Landlooper. Einer der fort will, aber nicht vom Fleck kommt, »mit Augen wie Trichter, in welche die Welt fließt«, in einer Landschaft mit lehmiger Erde und Blütenstaub im Himmel. Noch ist das widerständige Bild nicht fertig, da flüchtet die gemalte Figur bei Nacht aus ihrem Rahmen. Der Landlooper macht sich auf den Weg nach Delft. Er sucht die Kneipe von Vermeer, der als Maler die Dinge aus einem neuartigen Licht holt.

Hermann Kinder
Kina Kina

Roman. Erweiterte Neuausgabe, mit einem Nachwort des Autors.
176 S., geb. • ISBN 3-909081-20-7

»Hermann Kinders Kina Kina ist ein amüsantes, nachdenklich stimmendes Lehrstück über die Vergeblichkeit des großen Reisens – die krude Alltäglichkeit behauptet sich auch dort, wo die Ferne nicht nur fern ist, sondern beeindruckend fremd.« Otto A. Böhmer, Frankfurter Rundschau

Fazit an ungewöhnlichem Ort:
Am liebsten machen wir Bücher, die die Weltsicht weitergeben:
Eigene Wege und besondere Anstrengungen lohnen sich,
gerade weil sie anderswo ankommen, als zuvor ahnungslos geplant.
(Solche Bücher sind nie langweilig…)
Dieser erste Roman von Uta Titz erscheint folglich gleichzeitig
mit Novitäten, in denen von ganz anderen schwierigen Wegen
(im Deutschland der Vierzigerjahre, im China des Ersten Weltkriegs,
im Kulturbetrieb der Wirtschaftswunderzeit
und im Wien des 20. Jahrhunderts) erzählt wird:

Die Wiener Autorin ***Ilse Helbich***
erinnert sich in ***»Schwalbenschrift«*** *(3-909081-96-7) an ihren lebenslang*
versuchten und erst spät glückenden Weg ins Offene.

Der Robert-Walser-Herausgeber ***Jochen Greven***
erinnert sich an die verschlungenen, beharrlich verfolgten Wege,
auf denen es ihm gelang, einen fast vergessenen Schweizer Dichter als
einen Autor von europäischem Rang kenntlich zu machen:
»Robert Walser – ein Außenseiter wird zum Klassiker.
Abenteuer einer Wiederentdeckung« *(3-909081-39-8)*

Der Diplomat ***Werner Otto von Hentig***
führte 1915/16 auf seinem gefahrvollen Ritt über das Dach der Welt
und durch die Wüsten Chinas
auf der Heimreise jener Afghanistan-Mission,
die das Fundament der deutsch-afghanischen Beziehungen legte,
ein hier erstmals veröffentlichtes Tagebuch:
»Von Kabul nach Shanghai« *(3-909081-37-1)*

Tami Oelfken
Fahrt durch das Chaos.
Ein Logbuch aus Zeiten des Kriegs *(3-909081-38-X)*
ermöglicht die Wiederentdeckung einer Lebensmitschrift,
mit der die von den Nazis verfehmte Pädagogin, Pazifistin, Autorin
von 1939 bis 1945 für sich selber Kurs hielt, während ihrer Jahre
mit wechselnden Wohnsitzen zwischen Berlin und dem Bodensee.

Das Titelbild mit fernen Galaxien, deren Licht bis zu mehreren Milliarden
Jahren unterwegs war, bis es im Computer mit sogenannten Falschfarben
nachbearbeitet wurde, verdanken wir einer Aufnahme, die Klaus Jäger
(Universitätssternwarte Göttingen) am ESO/MPG-2,2m-Teleskop
der Europäischen Südsternwarte in Chile gemacht hat.

Umschlaggestaltung: Phlox-Art
Gesamtherstellung: Pustet in Regensburg
ISBN 3-909081-95-9